Wie Sahnewolken mit Blütentaft
Die dritte Kollektion

© privat

Sophia Bennett, geboren 1966, gewann 2009 den Times-Chicken-House-Schreibwettbewerb mit ihrem Debüt »Wie Zuckerwatte mit Silberfäden«. Obwohl sie schon mit zwanzig Jahren Schriftstellerin werden wollte, studierte sie zunächst Sprachen. Ihre großen Leidenschaften sind Kunst und Design, ihre vier Kinder, Modezeitschriften, Cappuccino, ihr Mann und ihr Beruf (vielleicht nicht unbedingt in dieser Reihenfolge). Sie lebt mit ihrer Patchwork-Familie in London.

Sophia Bennett

Wie Sahnewolken mit Blütentaft

Die dritte Kollektion

Aus dem Englischen von Sophie Zeitz

Von Sophia Bennett außerdem bei Chicken House im Carlsen Verlag lieferbar:
Wie Zuckerwatte mit Silberfäden
Wie Marshmallows mit Seidenglitzer
Der Look

Ein *Chicken House*-Buch im Carlsen Verlag
Mai 2014
Originalcopyright © 2011 und 2012 Sophia Bennett
Originalverlag: The Chicken House
Originaltitel: »Sequins, Stars & Spotlights«
Copyright © der deutschsprachigen Ausgaben:
2012, 2014 Carlsen Verlag GmbH, Hamburg
Umschlagbild: Getty Images, Tony Latham
Umschlaggestaltung: formlabor unter Verwendung
des Entwurfs von Hauptmann & Kompanie
Corporate Design Taschenbuch: bell étage
Druck und Bindung: GGP Media GmbH, Pößneck
ISBN 978-3-551-31334-8
Printed in Germany

www.chickenhouse.de
Alle Bücher im Internet: www.carlsen.de

Meiner Mutter Marie, die die schönsten Geschichten erzählt

Kapitel 1

Ich sitze in einem großen Zelt vor einem mittelalterlichen Schloss mitten in Paris, umringt von Modestudenten, Modeeinkäufern, Moderedakteuren und Filmstars, und sehe mir die SCHÖNSTE MODENSCHAU ALLER ZEITEN an.

Es ist mir egal, dass es wahnsinnig heiß ist. Es ist mir egal, dass alle um mich herum so unglaublich schick sind, dass ich genauso im Nachthemd hätte kommen können (und der Kimono, den ich anhabe, sieht ja auch irgendwie so aus). Es ist mir egal, dass die Fünfzehnjährige mit dem riesigen Afro vor lauter Aufregung mit dem Stuhl wackelt. Ich bin im siebten Himmel.

Wir sehen die neueste Kollektion für das Haus Alexander McQueen. Sie wurde von Sarah Burton entworfen, der Designerin, die das berühmteste Brautkleid des Jahrhunderts gemacht hat. Jetzt will *jeder* zu ihren Modenschauen. Und wenn ich mir das hier so ansehe, weiß ich auch warum.

Bei lauter Musik rauschen die Models an uns vorbei, und jedes

Kleid, das über den Laufsteg schwebt, sieht aus wie das Kleid einer Königin. Oder Göttin. Schimmernde, leuchtende Stoffe. Mit Perlen überkrustete oder von silbernen Geschirren gehaltene Korsagen. Röcke mit so viel Stoff, dass er für die Segel eines Dreimasters gereicht hätte, jeder Quadratzentimeter davon gefältelt, verwebt oder zu unmöglichen Formen aufgeplustert. Mit jedem Schritt, den ein Model macht (ganz behutsam natürlich, weil es auf schwindelerregenden Plateausohlen unterwegs ist), rascheln und kräuseln sich die seidenen Falten wie atmende Wesen und erzeugen ihren eigenen Rhythmus. Bei Modenschauen auf diesem Niveau geht es nicht mehr um Kleider – es geht um Kunst und Schönheit und Inspiration und …

Ich weiß, meine Freundin Edie würde mir eine Kopfnuss verpassen, wenn sie mich hören könnte. Edies erste Reaktion wäre Schock, wie viel das alles *gekostet* haben muss, wo das ganze Geld doch besser in den Bau von Schulen, Straßen oder anderen vernünftigen Dingen investiert wäre. Außerdem würde sie mir erklären, dass ich mich normalerweise nur zwischen der Schule und der Pizzeria um die Ecke aufhalte und perlenübersäte Chiffonröcke an keinem der beiden Orte wirklich passend wären. Und natürlich hat sie Recht. Aber in Modenschauen wie dieser geht es um Träume, und Träume müssen einfach sein.

Glücklicherweise ist Edie zu Hause in London, und das Mädchen mit dem Afro neben mir ist meine Freundin Krähe, die selbst Designerin ist und mich genau versteht und wahrscheinlich alles noch viel stärker empfindet als ich. Krähe hat ständig neue Ideen für traumhafte Kleider, die sie zuerst zeichnet und dann näht. Das tut sie schon seit Jahren, und ihre Kundinnen stehen für ihre Kleider Schlange. Krähe ist zwar keine Sarah Burton, noch nicht zumindest. Sie ist ein Teenager. Das meiste macht sie in einem Atelier im Keller bei uns zu Hause in Kensington, zwischen der Schule und Mathe-Nachhilfe. Sie hat weder ein Unternehmen noch haufenweise Praktikanten, die allzeit bereit jede einzelne Spitzenblume auf den Abendroben von Hand ausschneiden wie bei Alexander McQueen. Ihr stehen auch nicht die besten Make-up-Artists, Friseure, DJs und Set-Designer der Welt zur Verfügung. Wobei, den weltbesten DJ hat sie, wenn sie ihn braucht, oder zumindest einen der besten. Er ist zufälligerweise mein Bruder.

Was ich sagen will, ist, meine Freundin macht ihre Kleider in der Abstellkammer, und jetzt sind wir plötzlich hier und sehen uns den absoluten Olymp der Mode an. Das hier ist so mutig und kreativ, wie es in der Modewelt überhaupt nur werden kann. Keine Eintrittskarte ist schwerer zu bekommen, und als mein Bruder sagte, er könnte uns zwei besorgen, sind wir fast tot umgefallen. Wir sitzen mittendrin, zwischen Models, Scheinwerfern, Fotografen, Musik und Fashionistas, und ich weiß plötzlich, wie es sich im Modehimmel anfühlt: wie in einem heißen Zelt an einem kalten Winternachmittag in Paris.

Immer mehr Outfits werden vorgeführt. Am Anfang waren es blasse Pastelltöne, jetzt sind wir bei Schwarz und Weiß und Silber und Gold. Die Schnitte werden immer fantastischer. Die Röcke immer bauschiger und länger. Als wir zur Abendmode kommen, sind die Schleppen so lang, dass sie den halben Laufsteg bedecken.

Endlich hört Krähe zu zappeln auf und packt mich am Ärmel. »Jetzt kommt's«, flüstert sie. »Das Brautkleid.«

Ich weiß nicht genau, ob Krähe die Kleider gezählt hat oder ob sie einfach intuitiv weiß, dass jetzt der Höhepunkt kommt, aber sie hat Recht. Die Musik wird dramatischer. Ich höre besonders aufmerksam hin, denn es ist Harrys größter DJ-Auftritt bis jetzt, und er hat wochenlang dafür geübt. Außerdem ist das Supermodel, das das Brautkleid vorführt, zufällig seine Freundin, also strengt er sich besonders an.

Nicht dass ich ständig mit Topmodels rumhänge. Wirklich nicht. Mein Bruder schon eher. Einerseits ist er ein ganz normaler Mensch. In seinem Zimmer ist es immer ein bisschen unordentlich, und er könnte seine T-Shirts öfter waschen. Er sieht aus, als würde er sich die Haare im Bad über dem Waschbecken schneiden (was er manchmal tut). Aber irgendwie hat er eine natürliche Coolness und EXTREM HOHE Ansprüche, was Frauen angeht. Er hat sie gern groß, langbeinig und bildhübsch. Und es stört ihn auch nicht, wenn sie zufälligerweise das angesagteste, schönste Mädchen der Welt ist.

Harry und Isabelle sind seit letztem Sommer zusammen, und jetzt ist Januar. Gestern Abend war sie mit uns bei meinem Vater und hat sich mit Pasta vollgestopft, und jetzt ist sie hier, auf dem Laufsteg, in einem weißen und goldenen Brautkleid, das mit Kristallen, Perlen und Glitzersteinen – echte Diamanten wahrscheinlich – bestickt ist, und sieht so wunderschön aus, dass Krähe sich mit meinem Kimonoärmel die Tränen trocknet.

Als Isabelle am Ende mit der ganzen Truppe über den Laufsteg schwebt, habe ich das Gefühl, dass ein paar Zuschauer in der ersten Reihe besonders laut für sie klatschen. Krähe sieht mich fragend an, anscheinend ist es ihr auch aufgefallen. Und plötzlich wird überall getuschelt. Hat es etwas mit dem absolut umwerfenden Kleid zu tun? Oder damit, wie zauberhaft sie sich bewegt, als würde sie nackt am Strand entlangschlendern und nicht mehrere Kilo mit Perlen und Brokat bestickten Chiffon mit sich herumtragen und dabei auf Schuhen balancieren, die sie mindestens einen Kopf größer machen? Oder was?

»Was sagen sie?«, frage ich Krähe. Doch sie zuckt nur die Schultern. Wir können beide nicht von den Lippen lesen. Es bleibt uns nichts übrig als zu warten, bis das Getuschel auch unsere Reihe erreicht.

Nachdem alle Models noch einmal über den Laufsteg gegangen sind, kommt Sarah Burton heraus, um sich schnell, fast schüchtern zu verbeugen, und wir springen auf, hüpfen auf der Stelle und klatschen so tosend, dass ich überzeugt bin, unsere Stühle krachen jeden Moment unter uns zusammen. Das Publikum jubelt. Weltberühmte Chefredakteurinnen, die bekannt dafür sind, dass sie nie in der Öffentlichkeit lächeln, grinsen von einem Ohr zum anderen.

Sarah gehört nicht zu den Designern mit Hang zur großen Geste, die sich für ihren Auftritt auf dem Laufsteg herausputzen. Wenn man sie so sieht, mit der Schere in der Hosentasche, glaubt man kaum, dass sie für all die Pracht verantwortlich ist. Ihr Herz schlägt für die Kleider, nicht für die Öffentlichkeit, und aus diesem Grund erinnert sie mich an Krähe. Trotzdem hat sie es mühelos geschafft, in die Fußstapfen ihres Mentors Alexander McQueen zu treten, der vor einigen Jahren so tragisch starb, und seine Marke mit der gleichen verführerischen, üppigen Mode weiterzuführen – nur vielleicht ein bisschen weicher und weiblicher.

Ich glaube, das und ihre schüchterne Diskretion haben Kate Middleton davon überzeugt, das Kleid, in dem sie Prinz William geheiratet hat, von ihr machen zu lassen. Wenn man Sarah Burton ansieht, würde man nicht glauben, dass sie monatelang schlichtweg gelogen hat: Ständig musste sie wiederholen, dass sie mit dem Kleid nichts zu tun hat, während sie ihrem Entwurf heimlich den letzten Schliff verpasste und sich sogar noch ein zweites, ebenso umwerfendes Kleid für Kates Schwester Pippa ausdachte.

Wir haben uns das Brautkleid später, als es im Buckingham Palace ausgestellt war, angesehen, und es ist fast ein Stück Architektur. Die Taille wirkt extrem schmal, weil die Betonung auf der Hüfte liegt, und der Rock wurde aus blütenblattförmigen Bahnen zusammengesetzt, so dass er immer richtig lag, egal, wie Kate sich bewegte. Das Spitzenoberteil saß so perfekt, dass meine Mutter, die selbst früher Model war und Expertin auf dem Gebiet ist, nach Luft geschnappt hat, als Kate vor der Abbey aus dem Auto stieg.

Klinge ich, als könnte ich einen Crashkurs über »Königliche Brautkleider« unterrichten? Wahrscheinlich. Zu schade, dass so was in der Schule kein Prüfungsfach ist. Jedenfalls bin ich tief in Gedanken daran versunken, wie Sarah Burton sich heimlich in den Palast schlich und keinem auch nur ein Sterbenswörtchen verraten durfte, als Krähe mir den Ellbogen in die Rippen rammt.

»Au!«, rufe ich. »Was ist denn? Warum siehst du mich so an?«

»Hast du's nicht gehört? Was die beiden Damen vor uns gesagt haben? Sie hat sich verlobt!«, erklärt Krähe. Sie sieht mich immer noch ziemlich merkwürdig an.

»Wer? Sarah Burton? Die ist doch verheiratet.«

»Nein. Isabelle.«

Jetzt verstehe ich den Blick. Isabelle ist *verlobt*. Ich starre zurück in Krähes weit aufgerissene Augen.

Wenn Isabelle verlobt ist, kommt nämlich nur ein Mensch in Frage, mit dem sie verlobt sein könnte, und das ist mein Bruder. Womit ich die zukünftige Schwägerin der schönsten Frau der Welt wäre.

Krähes Blick wird zum Fragezeichen. Wahrscheinlich fragt sie sich, ob die zukünftige Schwägerin irgendeine Ahnung davon hatte.

Hatte ich nicht. Ich bin völlig überrumpelt. Wahrscheinlich habe ich mich von all der romantischen, gerüschten Pracht mitreißen lassen und meine blühende Fantasie ist mit mir durchgegangen. Ich wünschte, Edie wäre hier, um mich zu kneifen. Das muss ein Traum sein.

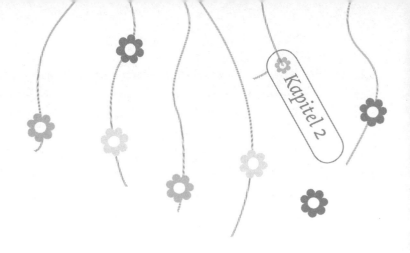

Kapitel 2

Krähe rubbelt meinen Arm. Das ist ihre Art, mich zu fragen, wie es mir geht. Ich rubbele ihren Arm, was meine Art ist zu sagen: »Ganz gut, aber frag nicht weiter.« Ich muss dringend Harry suchen. Ist es wirklich wahr? Das muss ich unbedingt rausfinden. Nur dauert es immer Ewigkeiten, bis er am DJ-Pult seine Decks sortiert und den Koffer gepackt hat und gehen kann. Ich weiß zwar nicht wieso, aber ich habe ihm oft genug zugesehen, und ich weiß, dass er dabei nicht gern gestört wird. Erst recht nicht, um sich fragen zu lassen, ob er HEIRATET und nur zufälligerweise vergessen hat seiner FAMILIE Bescheid zu sagen, bevor es DIE GANZE WELT erfährt.

Krähe und ich stellen uns in die Schlange vor dem Ausgang. Wir werden von der Menge beäugt. Ich nehme an, dass es hauptsächlich an Krähe liegt, die kürzlich in die Höhe geschossen ist und sehr zart, schwarz und schön aussieht. Aber unter der Oberfläche ist sie stark wie ein Stahlträger. Ein sehr bunt angezogener Stahlträger. Heute trägt sie einen plissierten roten Seidenponcho, in dem sie wie eine Mohnblume aussieht, mit selbstgemachten goldenen Gummistiefeln (zurzeit experimentiert sie mit Schuhen) und einem Origami-Kopfputz, der zufällig gestern bei Sarah Burton herumlag, als wir kamen und uns die Proben ansahen. Sie hat ihn ihr geschenkt. Ganz normal.

Während wir uns nach draußen schieben, kommen ein paar Leute auf uns zu, um uns mit Küsschen zu begrüßen und Krähe zu fragen, was sie als Nächstes vorhat. Bei Modeleuten ist sie so was wie »auf dem Schirm«. Noch nicht total berühmt, aber Leute, die sich mit Mode auskennen, wissen, dass sie Krähe im Blick behalten sollten. Außerdem ist sie mit ihrem Origami-Deckel natürlich schwer zu übersehen. Als wir endlich aus dem Zelt draußen sind, hat sich eine kleine Traube Fans um Krähe gebildet, und es dauert eine Weile, bis sich ein schlaksiger junger Mann in leuchtend gelbem Fleece und einem Rucksack auf dem Rücken zu uns durchgekämpft hat.

»Henry!«, ruft Krähe und vergisst alles um sich herum. Sie ist in vielen Dingen gut, aber das Hätscheln von Fashionistas gehört nicht dazu. Nicht, wenn Familienmitglieder in der Nähe sind, die sie umarmen muss.

»Krähenvogel! War es schön?«, fragt er.

Henry Lamogi ist Krähes älterer Bruder (zurzeit Single, soweit ich weiß, und es wird auch nicht gemunkelt, dass er sich in nächster Zeit mit irgendwelchen Supermodels verlobt) und wenn möglich immer dort, wo sie ist. Ihre Eltern leben mit ihrer kleinen Schwester Victoria in Uganda, und deshalb kleben Krähe und Henry so eng wie möglich aneinander.

»Es war unglaublich«, seufzt sie. Wie immer fangen ihre

Hände zu tanzen an, als sie versucht die Show zu beschreiben. Sie würde sie von der ersten bis zur letzten Sekunde nacherzählen, wenn Henry sie nicht unterbrechen würde.

»Da sind ein paar Männer, die dich kennenlernen wollen. Ich habe gesagt, dass ich dich suche. Sie stehen dahinten.«

Er führt uns über das Trottoir zu drei Männern in Anzügen und passenden Kamelhaarmänteln. Ganz offensichtlich keine Modeleute. Modeleute tragen keine Anzüge mit passenden Kamelhaarmänteln, es sei denn für Fotoshootings. Sie tragen schräge Samtjacken oder schräge Riesenschals oder schräge Kaschmirgeschichten oder witzige Hüte. Anzug/Mantel-Kombinationen sind einfach zu vorhersehbar, es sei denn, es sind irgendwie schräge Mäntel, was die hier nicht sind.

Krähe lächelt ihr schüchternes Lächeln, und Henry stellt uns vor. Die Männer halten uns die Hand hin und sagen, sie sind von irgendeinem Konzern, von dem ich noch nie gehört habe. Einer ist Engländer, einer Amerikaner und einer Deutscher, glaube ich, auch wenn er kaum einen Akzent hat, so dass es schwer zu sagen ist. Das Reden übernimmt der Amerikaner. Umständlich erklärt er, wie beeindruckt sie sind, dass ein Kleid von Krähe im Victoria-&-Albert-Museum ausgestellt ist und wie schnell ihre erste Kaufhauskollektion bei Miss Teen letzten Winter ausverkauft war.

Es stimmt. Krähe macht ihre Entwürfe vielleicht bei uns im Keller, aber eins ihrer Kleider wurde von einer jungen Schauspielerin bei der Oscar-Verleihung getragen (klingt toll, aber wie es dazu kam, hat mich den letzten Nerv gekostet) und ihre Miss-Teen-Partykleider sind heißgeliebte eBay-Bestseller. Im Gegensatz zu meinen Entwürfen, die im selben Keller entstanden sind und die gerade mal für die Prüfungen in Textilem Gestalten gereicht haben. Wenigstens habe ich eine Eins bekommen. Juhu!

Krähes Blick wird nach kurzer Zeit glasig. Über alte Sachen zu reden, interessiert sie nicht besonders. In Gedanken ist sie längst bei den Sachen, die sie jetzt vorhat. Das ist einer der Gründe, warum sie mich als Managerin braucht. Ich bin für das Hätscheln zuständig, und wenn es sein muss, auch für das Gehätscheltwerden.

Nervigerweise weichen die Männer meinem Blick beharrlich aus. Stimmt etwas nicht mit mir? Habe ich Cappuccino-Schaum an der Lippe? Obwohl ich diejenige bin, die nickt und »auf jeden Fall« und »hochinteressant« sagt, reden sie unbeirrt auf Henry ein (der Mode hasst und einen GELBEN FLEECE-PULLOVER trägt, mon dieu!) und auf Krähe, die offensichtlich nicht zuhört.

Irgendwann gebe ich auf. Ich habe andere Sorgen im Moment. Zum Beispiel wie kalt es in diesem Pariser Winter ist, wenn man nur einen Kimono anhat, und wie blöd es von mir war, dass ich meinen bestickten Pashmina (Geschenk meiner Großmutter) in Papas Wohnung liegen gelassen habe. Und dass MEIN BRUDER MÖGLICHERWEISE EIN SUPERMODEL HEIRATET.

Der Amerikaner starrt immer wieder hinter mich. Als ich mich umdrehe, entdecke ich einen Menschenauflauf vor dem Seiteneingang des Zelts. Jeder Fotograf, der in der Nähe ist – und das sind viele –, stürmt hin. Irgendjemand Mega-Berühmtes kommt da gleich raus. Und dann entdecke ich einen Kranz blonder Locken und sehe Isabelle Carruthers im Leuchtfeuer der Blitze – wie ein Reh vor den Scheinwerfern – und die Meute der Paparazzi, die sie mit Fragen bombardiert.

Ein großer, gutaussehender junger Mann mit verwuschelten Haaren stellt sich neben Isabelle. Mein Bruder. Die Blitze zucken wie verrückt. Harry legt schützend den Arm um sie. Ich versuche mitzukriegen, was sie antworten, aber wir sind zu weit weg. Was sie jedenfalls nicht tun, ist, den Kopf schütteln und so tun, als hätten sie keine Ahnung, wovon die Meute redet. Im Gegenteil. Harry küsst Isabelle vor den Kameras und grinst dabei.

Vielleicht stimmt es doch. Ich sehe zwar keinen Verlobungsring, aber Isabelle streicht über die leere Stelle an ihrem Finger, als könnte dort jede Minute ein Klunker auftauchen.

In der Zwischenzeit hat der Deutsche den Amerikaner abgelöst. Ich höre Wörter wie »Investitionsvehikel« und »Archivpotenzial« und »große Durchbruchschance«. Im Vergleich zu »dein Bruder wird heiraten« werden sie von meiner Richter-Skala nicht mal registriert.

Krähes Blick ist immer noch glasig. Ich stelle wieder auf Durchzug und beobachte Isabelles und Harrys Körpersprache. Isabelle lächelt und wirft ihr Haar zurück. Immerhin ist sie Supermodel. Harry wirkt ein bisschen genervt, aber so wie er sich an Isabelle rankuschelt, sieht er aus wie ein Mann, der gestern Abend mit dem schönsten Mädchen der Welt durch Paris geschlendert ist und beschlossen hat, den Abend mit einem Heiratsantrag abzurunden.

Er hätte es wenigstens erwähnen können. Dann hätte ich ihnen gratulieren können, bevor es jeder Paparazzo in Paris und praktisch jeder Moderedakteur der Welt getan hat.

Inzwischen haben die Männer in den Kamelhaarmänteln wieder die Hände ausgestreckt. Der Engländer sieht mich merkwürdig an, als hätte er genau bemerkt, dass ich nicht aufgepasst habe. Ich würde ihm ja erklären, was los ist, aber es würde einfach zu bescheuert klingen. Stattdessen verabschiede ich mich höflich und richte den Blick wieder auf die Pressemeute, die Harry und Isabelle belagert. Mal im Ernst, so was ist vielleicht normal, wenn es um George Clooney oder Angelina Jolie geht, aber wenn das jemandem passiert, den du gut kennst, ist es irgendwie verrückt.

»Was ist los?«, fragt Henry Lamogi, als die Männer weg sind.

Ich erkläre es, so gut ich kann. Henry legt mitfühlend den Arm um mich. Das ist seine Spezialität. Er hat weltklasse Arme, und es geht mir sofort besser.

»Komm, wir gehen rüber und retten sie«, schlägt er vor.

Das scheint mir eine ausgezeichnete Idee.

Wir erreichen Harry und Isabelle, als sie sich gerade abseilen wollen. Für den Bruchteil einer Sekunde sind wir mit ihnen im Blitzlichtgewitter gefangen, und mir wird schmerzhaft bewusst, dass ich mir das mit dem Kimono besser überlegt hätte, wenn ich gewusst hätte, dass ich in ein paar Tagen in der Klatschpresse lande.

Auf der anderen Straßenseite stehen die Kamelhaarmänner und beobachten uns nachdenklich.

»Wer war das?«, frage ich Krähe.

Sie zuckt die Schultern. Im Moment gibt es Wichtigeres. Schätze ich.

Kapitel 3

»Lieber Himmel! Harry! Isabelle! Lieber Himmel!«

Vierundzwanzig Stunden später holt Mum uns in London am Bahnhof St. Pancras ab, wo der Eurostar hält. Ich glaube zumindest, dass es Mum ist. Die Frau ist wie Mum im Zeitraffer bei voller Lautstärke. So habe ich sie noch nie erlebt.

»Ich bin ja so AUFGEREGT! Ihr Geheimniskrämer! Ich hatte ja keine AHNUNG! Ihr seid einfach fabelhaft! Kommt her! Lasst euch drücken!«

Henry, Krähe und ich stehen um den Gepäckwagen herum und warten, bis sich das Umarme und Geheule gelegt hat und wir auch Hallo sagen können.

So ist sie schon seit gestern Abend, bisher allerdings am Telefon. In Paris hat uns eine Limousine zu Isabelles Hotel gebracht (sie hatte eine Suite, natürlich mit Blick auf den Eiffelturm), und in den folgenden Stunden durfte ich die Tür öffnen, um immer größere Blumensträuße und verlockende Designertüten mit großen Schleifen in Empfang zu nehmen, während Isabelle und Harry ununterbrochen Anrufe von Bekannten rund um die Welt beantworteten, die wissen wollten, ob die Gerüchte stimmen, und ihre Glückwünsche durch die Leitung schrien. Krähe und ihr Bruder gingen irgendwann zu Papas Wohnung zurück. Die ganze Aufregung war ihnen zu viel.

»Hallo, Schätzchen«, bringt meine Mutter irgendwann heraus, gibt mir einen flüchtigen Kuss auf die Wange und drückt Krähe schnell. »Ist das nicht toll? Granny ist natürlich schon auf dem Weg. Ach, und Harry, am Wochenende kommt Vicente. Ist das nicht fabelhaft? Wir müssen etwas für ihn organisieren. Eine große Party!«

Vicente (ausgesprochen Weh-SEN-te – das ist Portugiesisch) ist Harrys Vater. Mum war mit ihm zusammen, bevor sie meinen Papa kennenlernte. Er lebt in Brasilien, ist Multimilliardär oder so was, hat jede Menge Grundbesitz und kümmert sich um Hunderte von Öko-Projekten. Wir haben ihn gern, aber wir sehen ihn sehr selten. Isabelle kennt ihn noch gar nicht. Die Nachricht, dass er kommt, ist also Anlass für weitere Umarmungen und Küsse.

Zu diesem Zeitpunkt entschuldigt sich Henry Lamogi und fährt mit der U-Bahn nach Hause. Ich verstehe ihn gut. Krähe kommt mit zu uns und starrt mich während der ganzen Autofahrt mit großen Augen an. Weil sie bei uns zu Hause arbeitet, sieht sie Mum ständig und weiß, wie Mum normalerweise ist – und im Moment ist sie so was von nicht normal. Fast kriegt man den Eindruck, meine Mutter hätte noch nie in ihrem Leben eine Hochzeit gefeiert.

Und dann fällt es mir wie Schuppen von den Augen.

Sie hat noch nie eine Hochzeit gefeiert.

Dabei bedeutet es ihr offensichtlich ziemlich viel. Und es ist alles meine Schuld.

Krähe sieht, wie ich plötzlich in mich zusammensinke, und streckt mir ihre Hand in. Ich nehme sie und bin froh, dass Krähe da ist und keine meiner anderen Freundinnen. Die anderen würden mich fragen, was los ist, und natürlich könnte ich es nicht erklären. Krähe fragt nicht. Sie ist einfach nur da, und das ist alles, was ich brauche.

Die nächste Stunde vergeht wie im Traum. Als wir zu Hause ankommen, ist das Erdgeschoss bis obenhin voll mit Blumen und Paketen. Auf der Straße steht ein Mann in einem schwarzen Regencape herum, und es kann gut sein, dass er unser erster persönlicher Paparazzo ist. Isabelle und Harry verschwinden schnell in Harrys Zimmer und drehen die Musik laut auf. Wir tun so, als wollten sie nur ihre Koffer auspacken. Mum macht heißen Kakao für Krähe und Cappuccino für mich (meine neue Sucht – nur den Trick, wie man beim Trinken den Milchbart vermeidet, hab ich noch nicht raus) und redet ununterbrochen davon, wie perfekt Isabelle für Harry ist und wie sie immer gehofft hat, Harry würde mal die Richtige finden, und wie unglaublich es ist, dass er es so schnell geschafft hat – er ist erst dreiundzwanzig –, und wie schnell einigen sie sich wohl auf einen Termin?

Sobald sich eine Gelegenheit ergibt, gehe ich mit Krähe hoch in mein Zimmer und wir lassen uns auf zwei Sessel fallen und starren uns einfach nur an.

»Es wird sich einiges ändern«, sagt sie.

Ich nicke. Ich habe Tränen in den Augen. Ich will nicht, dass sich etwas ändert. Mir gefällt es so, wie es ist.

Ich sehe mich in meinem Zimmer um: die uralten Poster aus dem Victoria-&-Albert-Museum, die Wand mit den *Vogue*-Fotos, die ich ausgeschnitten und mit Tesafilm angeklebt habe, die Tagesdecke mit den Schmetterlingen, die ich habe, seit ich zehn bin, der Blick durchs Fenster auf die Baumwipfel – das ganze vertraute Durcheinander. Ich wollte aufräumen, bevor wir nach Paris gefahren sind, aber irgendwie habe ich es nicht geschafft, und ehrlich gesagt sieht es noch schlimmer aus als sonst. Der Schrank steht offen und mehrere Leggings versuchen aus dem unteren Fach zu fliehen. Meine Schalkollektion baumelt verwegen von einer Tür, und nach den T-Shirts, Oberteilen und Unterhosen auf dem Boden zu urteilen, kann es gut sein, dass die Kommode leer ist.

Mum hat mich gebeten, vor der Reise meine Zeitschriftensammlung durchzusehen (womit sie meinte, die meisten wegzuwerfen), aber ich habe bis jetzt nur verschiedene Stapel in der Zimmermitte errichtet, was wie moderne Kunst aussieht. Der Stapel vor meinem Sessel gibt einen guten Fußschemel ab. Ich lege die Füße hoch und greife nach einer alten *Grazia*-Ausgabe, um mich abzulenken, während Krähe meine Büchersammlung durchgeht, wie immer auf der Suche nach Lesefutter. Natürlich sucht sie nicht nach Romanen von Charles Dickens oder Jane Austen oder so was, sondern eher nach der Geschichte der Plateausohle im Wandel der Zeit.

Krähe sagt immer noch nichts. Ich weiß genau, was sie meint.

Sie meint: »Ich habe Harry auch lieb, und es tut mir leid, dass wir in Zukunft weniger von ihm zu sehen bekommen.« Sie meint: »Deine Mutter dreht völlig durch, oder? Wie kommt es, dass sie plötzlich so viel redet? Normalerweise ist sie zu beschäftigt, um auch nur Hallo zu sagen.« Sie meint: »Ich sehe dir an, dass dir irgendwas zu schaffen macht. Ich weiß zwar nicht was, aber wenn du reden willst, bin ich da. Ich bin für dich da, wenn du mich brauchst.«

»Krähe?«, sage ich irgendwann.

Sie sieht von dem Foto eines wattierten goldenen Plateauschuhs von Salvatore Ferragamo auf. »Ja?«

»Danke.«

Sie lächelt und nickt. Sie fragt mich nicht wofür. Ich kenne sie, seit ich vierzehn war und sie zwölf. Den Großteil der letzten Jahre hat sie praktisch bei uns zu Hause verbracht. Sie weiß Bescheid.

Kapitel 4

Am nächsten Morgen haben wir in der Schule drei Stunden BWL. Das genaue Gegenteil von McQueen. Ich sitze allein in der letzten Reihe und entwerfe im Kopf das Outfit, mit dem ich auf der Modenschau cool ausgesehen hätte. Erst in der Pause schaffe ich es, mit Edie zu reden, die bestimmt alles über unsere Reise wissen will.

Edie ist bildhübsch, blond und hochintelligent, und ich dachte immer, sie wäre heimlich in Harry verliebt, bis sie mit ihrem neuen Freund zusammengekommen ist, dem süßen Phil. Er lebt in Kalifornien, und das »Zusammensein« besteht hauptsächlich aus Chatten, E-Mailen und von ihm Schwärmen. Ich frage mich, wie sie auf die Neuigkeiten reagiert.

»Das ist ja toll!«, sagt sie, ohne eine Sekunde zu zögern.

»Ja? Findest du wirklich?«

»Isabelle ist so lieb. Und du wirst bestimmt Brautjungfer.«

»Juhu.«

»Oje, tut mir leid«, sagt sie, als ihr endlich mein Mangel an Begeisterung auffällt. »Wahrscheinlich bist du total kaputt. Wie war's in Paris?«

Und dann erzähle ich ihr von Paris, aber nach ein paar »Ahas« und »Mhms« fällt mir wieder ein, dass Edie sich nicht besonders für Mode interessiert, und ich komme zum Ende.

»Und wie geht es Krähe und Henry?«, fragt sie höflich.

Was mich daran erinnert, die Männer in den Kamelhaarmänteln zu erwähnen, aber nach kürzester Zeit macht sie wieder »aha« und »mhm«. Offensichtlich ist Edie in Gedanken ganz woanders.

»Ist irgendwas passiert?«, frage ich. »Habe ich was verpasst?«

Sie überlegt einen Moment.

»Ist dir in letzter Zeit was an Jenny aufgefallen?«

Jenny ist unsere andere beste Freundin. Rote Haare, Schauspielerin, leichte Starallüren und eine Allergie gegen Männer seit einem ziemlich unglücklichen Zwischenfall mit einem Teenager-Sexgott aus Hollywood, mit dem sie einen Film gedreht hat. Nichts an Jenny ist besonders normal, aber ich muss zugeben, dass mir in letzter Zeit auch nichts besonders Unnormales an ihr aufgefallen ist.

Ich schüttele den Kopf.

»Wusstest du, dass sie nächsten Monat eine ganze Woche Schule ausfallen lässt?« Edie ist offensichtlich schockiert.

Ich nicke und versuche nicht zu grinsen. Wir sind im ersten Jahr der A-Levels, der letzten beiden Schuljahre, und alle Noten zählen für den Abschluss. Edie kann sich nicht vorstellen, dass jemand während der A-Levels freiwillig eine Woche ausfallen lassen könnte. Selbst wenn wir noch anderthalb Jahre vor uns haben, um Versäumtes nachzuholen. Selbst wenn der Grund dafür eine Einladung nach New York ist, um bei einem Musical-Workshop mitzuwirken.

»Und?«

»Sie hat mich gebeten, ihr bei ein paar Englisch-Aufsätzen zu helfen, damit sie die schon mal vom Tisch hat. Als ich vorgeschlagen habe, bei ihr zu Hause vorbeizukommen, hat sie mich fast angeschrien. Sie war richtig weinerlich. Und seitdem beobachte ich sie. Sie hat Ringe unter den Augen. Sie wirkt erschöpft. Natürlich habe ich sie tausend Mal gefragt, was los ist«, typisch Edie, »aber sie rückt einfach nicht mit der Sprache raus.«

»Vielleicht muss sie Text lernen.«

Der Workshop in New York dient zur Vorbereitung eines neuen Musicals, das ein befreundeter Theaterschriftsteller namens Bill geschrieben hat. Letzten Sommer hat sie in einem Stück von ihm mitgespielt, und daher weiß er, wie gut sie ist. Das Musical heißt *Elizabeth und Margaret*. Nicht gerade der knackigste Titel der Welt. Es geht um die Kindheit der Queen und ihrer Schwester. Nicht gerade das spannendste Thema der Welt. Aber bei Musicals kann man nie wissen. »Entstellte Typen in der Oper«, »Abba-Lieder«, »Sohn eines Bergarbeiters tanzt Ballett«, »Katzen« – nichts davon klingt erst mal besonders aufregend. Also geben wir Bill einen Vertrauensbonus.

Jenny hat nur noch vier Wochen, um sich auf den Workshop vorzubereiten und ein Dutzend neue Lieder auswendig zu lernen. Sie ist eine tolle Sängerin, aber es ist trotzdem eine ziemliche Herausforderung. Es überrascht mich kein bisschen, dass sie Ringe unter den Augen hat. Nur das mit dem Anschreien und Weinerlichsein überrascht mich. Ehrlich gesagt hätte ich im

Moment, wenn überhaupt, dann von Edie Geschrei und Tränen erwartet.

Dieses Jahr ist nämlich Edies Mega-Stress-Jahr. Ihr erklärtes Ziel ist, so schnell wie möglich zu den Vereinten Nationen zu kommen und irgendeine Art Botschafterin zu werden – wie Angelina Jolie, nur ohne die Schauspielkarriere und die vielen Kinder (oder Brad Pitt), aber dafür mit einem unheimlich guten Harvard-Abschluss. Und um dieses Ziel zu erreichen, hat sie sich dieses Jahr unglaublich viele Kurse aufgehalst – Klarinette für Fortgeschrittene, einen Vorbereitungskurs für die SATs (den amerikanischen Hochschulaufnahmetest – fragt gar nicht erst, was das ist), die Bewerbungsaufsätze für Harvard, die im Oktober fällig sind, und die Vorstellungsgespräche in Oxford »für alle Fälle«. Und in der Zwischenzeit betreibt sie immer noch ihre Website, mit der sie die Welt retten will, indem sie über Hilfsprojekte berichtet und Spenden für Kinder sammelt, denen es an grundlegenden Dingen wie Wasser und Computern fehlt. UND wenn der süße Phil ihr nicht mindestens achtmal am Tag eine Nachricht schickt, ist sie überzeugt, dass er sie sitzen gelassen hat, und kriegt vor Aufregung Pickel.

»Wenn du willst, dass ich mal mit Jenny rede, kein Problem«, sage ich. Edie braucht wirklich nicht noch mehr Stress zurzeit. »Sie hat heute frei, damit sie mit dem Casting-Direktor ein paar Songs durchgehen kann ...«

Edie sieht mich schockiert an, und ihr Blick sagt: »Noch ein Tag frei? Wie soll Jenny das je wieder aufholen?«

Doch ich ignoriere sie. »... aber ich gehe heute Abend bei ihr vorbei. Versprochen. Okay? Ach, und um welche Englisch-Aufsätze geht es eigentlich?«

Eine leichte Nervosität steigt in mir auf, als ich mich vage an irgendeinen Aufsatz erinnere, den ich eigentlich vor der McQueen-Show vorbereiten wollte, aber nicht geschafft habe.

»*König Lear*«, sagt Edie mit einem geduldigen Seufzer. »Und die *Canterbury Tales*. Aber die sind erst Ende des Halbjahrs fällig.«

Im Kopf schiebe ich die *Canterbury Tales* beiseite. Mit allem, was mehr als eine Woche Zeit hat, kann ich mich später auseinandersetzen. Doch der *Lear*-Aufsatz ist am Freitag fällig. Hoffentlich hat Edie ein paar Tipps für mich, und hoffentlich hat meine Englischlehrerin nichts dagegen, wenn ich den Aufsatz in Stichpunkten abgebe und ihr erkläre, dass ich an der Ausarbeitung noch feile. Letztes Mal hat es funktioniert. Mehr oder weniger. Außerdem habe ich unnormale Freundinnen, um die ich mich kümmern muss. Stichpunkte müssen reichen.

Kapitel 5

Als ich nach der Schule nach Hause komme, rufe ich Jen auf dem Handy an. Keine Antwort. Also versuche ich es auf dem Festnetz, und da passiert etwas Seltsames. Nach ungefähr acht Mal Klingeln geht jemand ran und ich höre es am anderen Ende atmen. Ein langsames, schweres Keuchen, als hätte die Person am anderen Ende Mühe gehabt, das Telefon zu finden.

»Jenny?«, frage ich besorgt. Weiteres Keuchen, aber keine Antwort. »Gloria?«

Gloria ist Jennys Mutter. Jennys Vater kann es nicht sein, der wohnt mit seiner vierten Frau in den Cotswolds.

»Hier ist Nonie«, sage ich. Schweigen. Langsam wird es echt unheimlich. Ich frage mich, ob ich einen perversen Anrufer am Apparat habe, nur dass eindeutig ich es war, die angerufen hat. Man kann nicht aus Versehen bei einem perversen Anrufer landen, oder? Außerdem habe ich zwei Sekunden der Anrufbeantworteransage gehört, und es war Jennys Stimme. Die Ansage habe ich schon eine Million Mal gehört.

Ich lege auf und greife nach meiner Tasche und einem warmen Schal. In der Küche unten wird immer noch über Hochzeiten gesprochen.

»Granny ist unterwegs«, ruft mir Mum hinterher. »Komm bald nach Hause. Hast du den Shakespeare-Aufsatz schon geschrieben?«

»Ich setze mich mit Jenny dran«, rufe ich vorbildlich zurück. »Bis nachher.«

Draußen weht mir die kalte Abendluft ins Gesicht, und plötzlich werde ich ein bisschen ruhiger. Der lauernde Paparazzo erkennt schnell, dass ich kein goldgelocktes Supermodel bin, und verkriecht sich wieder in seiner dunklen Ecke. Fünfzehn Minuten später stehe ich in einem großen Wohnblock in der Nähe der Royal Albert Hall vor Jennys Tür und bin fest entschlossen, so lange zu klopfen und zu klingeln, bis mich jemand reinlässt und mir erklärt, was los ist.

Irgendwann macht Jenny auf und verschanzt sich hinter der Tür. Sie starrt mich an, ohne etwas zu sagen. Mir fällt auf, wie weiß ihr Gesicht unter dem roten Haar ist, und die grauen Schatten unter ihren Augen, die im Flurlicht fast lila wirken.

»Ach, hallo, Nonie. Du bist wieder da«, sagt sie bedrückt, ohne mir die Tür aufzumachen.

Edie hat Recht. Irgendwas stimmt hier nicht. Aber ich tue so, als würde ich es nicht bemerken.

»Wie ist es mit dem Casting-Direktor gelaufen?«, frage ich munter.

»Gut«, sagt Jenny. Die Tür bewegt sich keinen Millimeter.

Ich lächele höflich und hoffe, dass meine Sorgenfalten nicht durchschimmern. »Kann ich reinkommen?«

Sie wirft einen Blick über die Schulter. »Passt grad nicht so gut. Morgen vielleicht?«

»Sei nicht albern. Ich bin doch schon da. Ich habe lebenswichtige Informationen zu *König Lear*. Und wir müssen uns unterhalten.«

Als Jenny sieht, dass ich nicht zum Rückzug bereit bin, tritt sie endlich einen Schritt zurück und lässt mich rein.

»Tut mir leid wegen der Unordnung«, sagt sie.

Ich will gerade sagen, ich bin das gewohnt, aber als ich mich umsehe, wird mir klar, dass ich so was doch nicht gewohnt bin. Der enge Flur ist völlig zugemüllt mit Schmutzwäsche, vollen Plastiktüten und Tellerstapeln, die in die Spüle gehören. Selbst an schlimmen Tagen sieht es bei mir nicht annähernd so schlimm aus, und wenn es so wäre, würde meine Mutter Amok laufen und mir mindestens eine Woche Hausarrest aufbrummen.

»Äh, ist alles in Ordnung?«, frage ich, als wir uns an den Bergen von Zeug vorbeischlängeln, um zu ihrem Zimmer zu kommen.

»Alles gut«, sagt sie. Doch ihre Worte schaffen es kaum über ihre Lippen. Edie hat Recht. Es geht ihr so was von NICHT gut.

Als wir bei ihr im Zimmer sind, rollt sie sich auf dem Bett zusammen, wo ihre Katze Stella auf sie wartet, und streichelt ihr zärtlich über das Fell. Ich nehme einen Bücherstapel von ihrem Schreibtischstuhl und setze mich. Ich spüre, dass Jenny schon eine ganze Weile in dieser Position verbracht hat, und worüber sie auch nachgrübelt, es ist nichts Gutes.

»Erzähl mir, was los ist«, sage ich.

Jenny versucht das Thema zu wechseln und fragt mich nach Paris, doch auf einmal habe ich keine Lust mehr, von Paris zu erzählen oder von Brüdern, Verlobungen oder sonst was, und ich frage sie noch einmal, was los ist, und mache ihr klar, dass ich mich keinen Zentimeter wegbewege, bevor sie mir nicht alles erzählt hat.

»Na ja ... ich kann nicht nach New York«, rückt sie irgendwann raus, und eine Träne platscht auf Stellas Näschen, die sie empört mit der Pfote wegwischt.

»Warum denn das?«, frage ich schockiert. »Gibt dir die Schule nicht frei? Hat Bill es sich anders überlegt? Oder dieser Casting-Typ?«

»Es ist nicht wegen der Schule. Oder wegen Bill. Ich weiß einfach nicht, wo ich dort wohnen soll, okay?«

Jenny sieht mich trotzig an.

»Aber ich dachte, sie bringen dich in einem Hotel unter. Ich meine ... in New York gibt es doch genug Hotels, oder?«

Sie ignoriert mich eine Weile und konzentriert sich darauf, Stella zu streicheln. Dann seufzt sie.

»Sie lassen mich nicht allein im Hotel wohnen. Und Mum würde es mir auch nicht erlauben. Und sie kann nicht mitkommen.«

»Warum denn nicht?«

Jenny wird rot. Dann wird sie wütend. »Sie kann eben nicht, okay? Sie ist nicht versichert, und außerdem will sie nicht mitkommen, und damit hat sich die Sache erledigt. Es ist ja nur ein Workshop, kein richtiger Auftritt oder so was. Mir geht's gut, ja? Lass mich einfach in Ruhe. Sollen wir nicht einen Aufsatz schreiben?«

Ich habe drei Möglichkeiten. Ich kann still hier sitzen bleiben. Ich kann nach Hause gehen und an *König Lear* arbeiten, während Mum und Granny alle fünf Sekunden reinplatzen, um zu fragen, welche Farbe Isabelles Brautstrauß haben soll. Oder ich kann mich mit Jenny anlegen. Ich wähle Möglichkeit drei.

»Es ist nicht ›nur‹ ein Workshop! Wie kannst du so was sagen?«

Die Musical-Leute brauchen Jenny zwar nur für eine Woche, um irgendwelchen Produzenten die Songs vorzustellen, damit sie dann das Geld zusammenbekommen und eine richtige Show auf die Beine stellen können. Aber das ist Jennys Chance, mit den Top-Profis in dieser Branche zu singen und zu schauspielern. Sie hat sich so darauf gefreut, dass sie seit Weihnachten von nichts anderem geredet hat.

»Ich weiß nicht mal, ob ich die Stimme dazu habe«, sagt sie kraftlos.

»Natürlich hast du die. Du hast eine fantastische Stimme, Jenny. Du warst doch beim Vorsingen. Und in *Annie* bei der Schulaufführung warst du spitze. Außerdem singst du die ganze Zeit. Selbst wenn es einem manchmal auf die Nerven geht. Du hast TOTAL die Stimme dazu, Jenny Merritt.«

Die dritte Möglichkeit fängt an mir richtig Spaß zu machen. Endlich kann ich ein bisschen Dampf ablassen. Ich hoffe, sie sagt noch ein paar Sachen, denen ich widersprechen kann.

»Und wo soll ich übernachten?«, fragt sie.

»Kannst du ihnen nicht sagen, dass Gloria nicht mitkommen kann, und Bill oder sonst jemand bitten dir was zu organisieren?«

»Nein, kann ich nicht.« Jennys Lippen zittern, und sie schüttelt den Kopf. Ich sehe es ein. Wenn sie schon *mir* nicht sagen wollte, was los ist, wird sie es erst recht niemand anders erklären wollen – nicht mal einem alten Freund der Familie wie Bill. Nicht mal, wenn das hieße, dass sie in London bleiben muss und die Chance ihres Lebens verpasst.

Dann kommt mir eine geniale Idee.

»Isabelle! Du kennst doch Isabelle. Sie hat eine Wohnung in SoHo.«

»In Soho? Bei der Oxford Street?«

»Nein, du Dummie. In SoHo in New York. Ihre Zweitwohnung. Ich weiß zwar nicht, wie groß sie ist, aber ich bin mir sicher, dass du dort übernachten kannst. Ist ja nicht für lange. Außerdem hat Isabelle bestimmt ein paar Freundinnen, die sich um dich kümmern können. Models sind es gewohnt, dass Mädchen auftauchen, die ganz allein sind.«

Bei dem Gedanken schaudern wir beide. Mum hat uns schreckliche Geschichten von jungen, hübschen Mädchen erzählt, die in großen Städten von ihren Model-Agenturen sich selbst überlassen wurden. Andererseits bedeutet es, dass Models ziemlich gut darin sind, sich umeinander zu kümmern, und wahrscheinlich haben sie nichts dagegen, ein paar Tage lang auf einen angehenden Musical-Star aufzupassen.

»Also, ich schätze, wenn ich sagen könnte, ich würde bei einer Freundin wohnen ... Aber Isabelle ist – du weißt schon – so berühmt. Können wir sie überhaupt fragen?«, fragt Jenny. Jetzt sieht sie nicht mehr ganz so kraftlos aus. Nachdenklicher dafür, und beinahe aufgeregt. Sie zwinkert die Tränen weg und sieht mich hoffnungsvoll an.

»Natürlich können wir sie fragen. Schließlich ist sie so gut wie meine Schwägerin.«

Jetzt ist Jenny verblüfft.

»WAS?«

Ach ja. Das habe ich noch gar nicht erwähnt. Also erzähle ich ihr von der Verlobung, und mit jedem Satz werden ihre Augen glänzender.

»Wie romantisch! Und du glaubst wirklich, dass es ihr recht ist, wenn ich komme?«

Das ist die alte Jenny. Zwei Worte zu Harry und Isabelle, und schon dreht sich alles wieder um sie. Aber im Moment ist es genau das, was ich brauche. Leute, die über Wichtigeres nachdenken als über die Hochzeitsvorbereitungen meines Bruders.

»Ich rufe sie gleich an, wenn du willst. Das heißt, ich rufe Harry an. Die beiden sind zurzeit unzertrennlich.«

Ich rufe Harry an, und tatsächlich steht Isabelle genau neben ihm (oder sitzt auf seinem Schoß oder sonst was), und sie hilft uns gerne aus. Sie sagt, ein paar Tage ist sie sogar selbst in New York, und sie wird Jenny auf jeden Fall ein paar »echt coolen Leuten« vorstellen.

Jenny ist ganz aus dem Häuschen, und dann kriegt sie einen Riesenschreck.

»Der Aufsatz! Den habe ich total vergessen.«

Also quetschen wir uns zusammen vor den Computer und strengen uns eine Stunde lang an, indem wir Google und Wikipedia und Edies Tipps und das, woran wir uns aus dem Unterricht erinnern, und unsere Fantasie zusammenwerfen. Wahrscheinlich bekommen wir diesmal keine Einsen, aber daran ist unsere Englischlehrerin gewöhnt.

Auf dem Weg zur Tür frage ich beiläufig, ob Glorias Waschmaschine kaputt ist. Jenny sieht mich mit leerem Blick an.

»Nicht direkt. Ich schaffe das schon. Ich war nur so damit beschäftigt, mir Sorgen wegen New York zu machen. Bis du gekommen bist.«

An der Tür umarmt sie mich fest. Ich höre, wie im Flur hinter uns eine Tür zugeht.

»Sag Gloria Grüße von mir.«

Sie nickt. »Klar.«

Einen Augenblick lang verrutscht ihr Gesicht.

Trotz des Workshops und Isabelles Wohnung habe ich sie noch nie so traurig gesehen.

Kapitel 6

Als ich von Jenny nach Hause komme, wartet Granny mit Mum in der Küche auf mich. Isabelle und Harry sind auf irgendeiner Party, wo sie sich von noch mehr Freunden beglückwünschen lassen.

Granny trägt ein korallenrosa Kostüm, das hat sie sich machen lassen, als wir in den Weihnachtsferien in Indien waren, und eine zweireihige Perlenkette. Sie hat eine neue Frisur, die aussieht wie ein Vanille-Softeis, nur ohne den Schokoüberzug. Ihre Wangen sind gerötet, ihre Augen leuchten und sie läuft ernsthaft Gefahr, ihren Gin Tonic zu verschütten, als sie das Glas schüttelt, um zu unterstreichen, wie höchst erfreut sie über die derzeitige Situation ist.

»Ist es nicht FABELHAFT? Nonie, du bist so ein Glückspilz. Es ist eine ganz wunderbare Familie. Isabelles Vater Lucius ist der Earl von Arden. Absolut reizender Mann. Und der Bruder ihrer Mutter hat in den 1980ern mit Plastikverpackungen ein Vermögen verdient und schwimmt im Geld. Jede Menge Ferien in den Hamptons, und ich glaube, eine hübsche Yacht hat er auch.«

»Mummy!«

Selbst meine Mutter ist schockiert. Granny hat viele Eigenschaften, aber Fingerspitzengefühl gehört nicht dazu.

»Was ist denn, Darling? Solche Dinge sind wichtig. Wenn Nonie eines Tage die richtige Sorte Mann anziehen will, dann muss sie wissen, wie sie sich von ihrer besten Seite zeigt. Und nichts bringt hübsche Beine besser zur Geltung als der Sprung von einer Yacht.«

Ich sehe an mir runter. Im Moment stecken meine Beine in Schottenkarostrumpfhosen und hochgeschnürten Doc Martens. Außerdem finde ich sie zu kurz, um hübsch zu sein. Aber ich habe sowieso nicht vor, in naher Zukunft von einer Yacht zu springen, um irgendeinen reichen Langweiler zu beeindrucken, und deshalb zerbreche ich mir darüber nicht den Kopf.

»Und natürlich ist da die Hochzeit selbst«, fährt Granny fort. »Ich weiß, es ist noch ein bisschen zu früh für Nonie, aber es werden jede Menge potenzielle Kandidaten da sein. Ich nehme an, du bist Brautjungfer?«

Ich zucke die Schultern. Doch jetzt sind Mum und Granny wieder bei ihrem Lieblingsthema. Festsäle, Gästelisten, geliebte Verwandtschaft, verhasste Verwandtschaft, Hüte …

Plötzlich wird Granny bleich.

»Sie ist doch religiös, oder? Ich meine, was das Heiraten angeht? So eine Zweiminutenangelegenheit auf irgendeinem Standesamt würde ich einfach nicht verkraften. Buffy Peaswoods Tochter hat es in einem Betongebäude in Swindon oder so getan, und der Empfang fand in einem Bus statt. Buffy wäre fast gestorben.«

Mum lächelt. »Ich weiß es nicht. Wir können sie ja fragen. Entschuldige bitte.« Mums BlackBerry summt. Sie nimmt es von der Küchentheke und geht raus, um den Anruf anzunehmen. Sofort stürzt Granny sich auf mich.

»Dies ist eine wichtige Sache für deine Mutter, Darling. Du unterstützt sie doch, wenn ich nicht hier bin, nicht wahr? Immerhin ist es ihre erste richtige Hochzeit. In unserer Familie hat es keine Hochzeit gegeben, seit ich deinen Großvater geheiratet habe. Nach allem, was Onkel Jack und alle anderen ...«

Ich schlucke. Dann nicke ich. Mir ist flau im Magen. Aber da ist etwas, das ich schon lange fragen wollte. Genauso gut kann ich es jetzt gleich hinter mich bringen.

»Granny? Wegen Vicente. Mum hat ihn wirklich geliebt, oder? Bevor sie ... mich bekommen hat.«

Granny sieht mich merkwürdig an. Sie denkt einen Moment nach. Dann nickt sie und macht ein wehmütiges Gesicht. »Sie waren ein wunderbares Paar. Was für ein schöner Mann. Und der ganze Grundbesitz, Darling. Er war so großzügig zu deiner Mutter. Immer. Selbst nach ... der Komplikation. Wenn ich bedenke, dass er ihr einfach das Haus hier gekauft hat, damit ihr alle darin wohnen könnt. Aber«, sie holt scharf Luft, ein Seufzer des Bedauerns, »das Leben geht weiter. Es sollte eben nicht sein.«

Ich nicke wieder.

»Sag Mum, ich ... bin in meinem Zimmer. Ich muss einen Aufsatz fertig schreiben. Sie weiß Bescheid.«

»Aber, Darling, ich bin eben erst angekommen!«

Granny sieht mich entrüstet an. Sie ist es nicht gewohnt, in der Küche allein gelassen zu werden, während wir unserem Alltag nachgehen. Aber ich habe nicht die Kraft, sie zu unterhalten. Ich habe überhaupt keine Kraft mehr.

Ich renne in mein Zimmer und mache die Tür hinter mir zu. Dann rutsche ich auf den Boden und versuche an *König Lear* zu denken. Um mich von anderen Tragödien abzulenken, die mit mir zu tun haben.

Es ist eine simple Geschichte. Nicht sehr Shakespeare-haft. Granny hat zwei Kinder, die sie mit fast fanatischem Eifer unter die Haube bringen wollte – am besten an Leute mit einer Yacht in der Verwandtschaft. Doch Mums Bruder Jack hat statt einer Verlobten Drogen gefunden. Alles ist furchtbar schiefgegangen, und jetzt haust er in einem Wohnwagen in East Anglia, arbeitet gelegentlich als Mechaniker und versucht sich mit der Tatsache abzufinden, dass verschiedene Teile seines Körpers nicht mehr richtig funktionieren, weil er in den 1990ern zu viel Mist geschnupft und gespritzt hat. Mum schickt ihm regelmäßig Geld und Granny lässt ihm von Harrods Fresspakete schicken, aber es wird nicht viel über ihn geredet.

Mum dagegen war schon als Teenager ein erfolgreiches Model und bereiste die ganze Welt. Sie lernte Vicente kennen, die beiden liebten sich leidenschaftlich und bald kam Harry zur Welt. Sie wollten heiraten und auf Vicentes Anwesen in Brasilien leben, aber dann haben sie sich aus irgendeinem Grund gestritten, und als meine Mutter mal wieder zum Modeln in Paris war, lernte sie meinen Vater kennen und bekam aus Versehen mich. Danach konnte sie natürlich nicht zu Vicente zurück. Meinen Vater konnte sie auch nicht heiraten. Mum und mein Vater haben immer gewusst, dass es nicht gut gegangen wäre, wenn sie geheiratet hätten. Eigentlich ist das Einzige, was sie gemeinsam haben, die Liebe zur Kunst und zu Paris. Wenn sie sich sehen, schaffen sie es jedes Mal, sich spektakulär zu streiten. Aber, wie Granny sagt, das Leben geht weiter. In Mums Fall ging das Leben als alleinerziehende Mutter mit zwei Kindern weiter. Mit uns im Schlepptau konnte sie natürlich nicht mehr modeln, also sattelte sie um und begann mit Kunst zu handeln. Und dann war sie viel zu beschäftigt mit ihrem neuen Geschäft, um sich ernsthaft für Männer zu interessieren. So ist es seitdem gewesen.

Wie gesagt, es ist eine simple Geschichte, und deswegen sollte ich nicht hier rumsitzen und Trübsal blasen. Aber wenn ich an Mum denke und daran, wie schön sie war (und immer noch ist, nur heute ein bisschen schlaffer und faltiger), scheint es so eine Verschwendung, dass sie nie ein richtiges Happy End mit einer Hochzeit bekommen hat.

Granny hat Recht. Ich muss sie wirklich unterstützen und bei den Vorbereitungen Begeisterung zeigen. Und es darf mir nichts ausmachen, dass Harry auszieht und Mum und mich alleine lässt in diesem großen Haus, das Vicente uns so großzügig überlassen hat. Und vielleicht sollte ich wirklich mal von der Yacht eines Verwandten springen und irgendeinem standesgemäßen Heiratskandidaten meine »hübschen Beine« zeigen und alle glücklich machen. Und dann lasse ich mich mit dem standesgemäßen Heiratskandidaten in seiner vollgestopften Wohnung in irgendeiner standesgemäßen Gegend nieder und arrangiere Blumengestecke. Juhu.

Kapitel 7

Um mich abzulenken, lese ich meine E-Mails und sehe mir Edies Website an.

In Edies Blog steht alles über ihre jüngste Spendenkampagne zur Anschaffung von Computern für die Schulen in Mumbai und in Krähes Dorf in Uganda, die wir unterstützen. Ich sage »wir«, dabei macht Edie die meiste Arbeit, und zwar neben dem Orchester, ihren Glanzleistungen in der Schule, dem Debattierclub und den gelegentlichen Fünfminutenpausen, in denen ihre Mutter sie zum Essen zwingt.

Ich habe eine E-Mail von der kleinen Lakshmi, dem Mädchen in Indien, das ich, so gut es von hier aus geht, unter meine Fittiche genommen habe. Lakshmi will Modeschöpferin werden wie Krähe und arbeitet hart dafür. Die Tatsache, dass sie als Straßenkind in Mumbai Bücher verkaufen muss, um ein Dach über dem Kopf zu haben (sie ist erst neun), hält sie kein bisschen davon ab. Immer wenn sie es schafft, jemanden zu überreden, sie an einen Computer zu lassen und für sie zu tippen, ist sie online, und sie hat natürlich längst ihre eigene Meinung zu den neuesten Mode-Kollektionen.

Die nächste E-Mail ist steif und förmlich und kommt von den Kamelhaarmännern, die mich um Krähes E-Mail-Adresse bitten, weil sie sie »über die gängigen Kanäle« nicht erreichen können. Ich weiß nicht, was die gängigen Kanäle sind, aber ich informiere sie, dass Krähe keine E-Mail-Adresse hat. Im Gegensatz zu Lakshmi hasst Krähe Computer und macht den größtmöglichen Bogen um sie. Dasselbe gilt mehr oder weniger für Telefone. Ich regele die Kommunikation für sie, und daher müssen die Kamelhaarmänner mit mir vorliebnehmen, wenn sie irgendwas von Krähe wollen. Ha! Ich hatte vielleicht einen Cappuccino-Milchbart (oder war es der Kimono?), doch sie kommen nicht um mich herum.

Ich wünschte nur, ich hätte besser zugehört, als sie in Paris mit uns geredet haben. Wahrscheinlich haben sie uns superwichtige Dinge erklärt, aber das einzige Wort, an das ich mich erinnere, ist »Anlageinstrument«, das nach »Rentenanpassung« und »Steuerabzugsfähigkeit« die schnellstmögliche Hirnabschaltung bei mir auslöst. Wollen sie sich mit Krähe anlegen? Wollen sie mit ihr Instrumente entwerfen? Ist ihnen klar, dass Krähe hauptsächlich Minikleider macht? Ich muss wohl auf die nächste E-Mail warten, um mehr herauszufinden.

Ich gehe runter, um nachzusehen, ob Krähe noch arbeitet, damit ich ihr davon erzählen kann. Es ist zwar schon spät und sie sollte längst zu Hause sein, aber bei Krähe weiß man nie. Doch als ich vor ihrem Atelier im Keller stehe, ist das Licht aus. Alles ist still. Sieht aus, als wäre sie ausnahmsweise früh ins Bett gegangen.

Ich mache das Licht an – ich kann nicht anders –, und das Atelier wird in mehrere Lichtflecken getaucht. Ich schaffe es einfach nicht, hier herunterzukommen, ohne einen Blick darauf zu werfen, was Krähe so macht. Bis letzte Woche hat sie an ein paar Rock-Chick-Outfits gearbeitet, in denen die It-Girls, die bei ihr einkaufen, auf die coolsten Partys gehen. Doch jetzt sind die Schneiderpuppen nackt. Erst als ich an ihren Arbeitstisch gehe, finde ich, woran sie seit Paris tüftelt.

Der Tisch ist voller Skizzen desselben Mädchens – goldener Lockenkranz, graugrüne Augen – in verschiedenen Varianten des gleichen Kleids. Der Rock ist ausgestellt und wadenlang. Tatsächlich besteht er aus mehreren Röcken, Spitze oder Tüll, wie es aussieht, und das ganze Kleid ist über und über mit Rosenknospen bestickt. Es sieht aus wie das Kostüm aus einem romantischen Ballett.

Natürlich soll das Mädchen Isabelle sein, aber erst als ich den kleinen Rosenstrauß entdecke, den sie hält, verstehe ich, worum es geht. Es ist ein Brautkleid. DAS Brautkleid. Das Kleid, das den Anfang aller Veränderungen markiert.

Hat Isabelle wirklich Krähe gebeten, ihr Brautkleid zu entwerfen? Es wird garantiert in den Schlagzeilen landen, und alle Modeschöpfer reißen sich darum, von ihr auserwählt zu werden. Ich habe gelesen, dass sogar Sarah Burton sofort Interesse angemeldet hat. Und wenn Isabelle Krähe gefragt hat, wieso hat Krähe mir nichts davon erzählt?

Krähes Entwurf ist schön, aber irgendwas fehlt noch. Ehrlich gesagt ist er bis jetzt fast ein bisschen kitschig. Aber Krähe hat bestimmt ein Ass im Ärmel, mit dem sie das Kleid aufpeppt, wenn sie sich morgen wieder dransetzt. Und bestimmt ist Isabelle am Ende glücklich damit. Mum wird hin und weg sein. Und Granny wird im siebten Himmel schweben.

Und schon bin ich wieder da, wo ich angefangen habe. In Gedanken bei Granny und Hochzeiten und Mum.

Ich knipse das Licht im Atelier aus und schleppe mich nach oben in mein Bett.

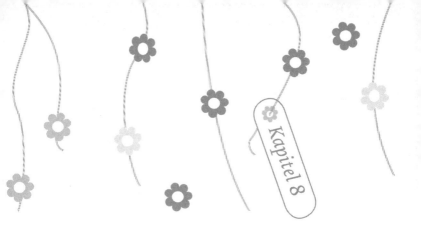

Kapitel 8

»Oh nein, du auch noch?«

In der Schule sieht Edie die dunklen Ringe unter meinen Augen.

»Lear«, sage ich vielsagend. »Und ich meine nicht den Jet.«

Glücklicherweise glaubt Edie mir. Es ist bekannt, dass ich auf Shakespeare tragisch reagiere.

Jenny dagegen ist quietschfidel. Sie will wissen, wo genau in SoHo Isabelles Wohnung ist und welche Filme auf dem Flug nach New York gezeigt werden. Sie summt zwei der neuesten Lieder, die sie für den Workshop lernt. Insgesamt wirkt Jenny wie jemand, der letzte Nacht gut geschlafen und beim Frühstück eine Überdosis Schokopops zu sich genommen hat.

Sie nimmt mich noch mal in den Arm.

»Mum sagt Ja. Wenn Isabelle da ist, lässt sie mich gehen. Nonie, du bist ein Genie.«

Ich lächele bescheiden. Wenn die Beinahe-Verwandtschaft

mit Leuten mit mehrfachen Mega-Wohnungen mich zum Genie macht, bin ich froh, dass ich helfen konnte.

Edie mustert uns. Wahrscheinlich fällt ihr auf, wie wir angezogen sind.

»Oje. Ist heute Ballflachfreitag?«, fragt sie mitfühlend.

Wir nicken. Es gibt keine Schuluniform an unserer Schule, weshalb ich normalerweise irgendein zauberhaftes Strickteil von Krähe anhätte, meine schottengemusterte Strumpfhose und ein Paar silberne Glitzer-Doc-Martens oder ein Paar umgemodelte Gummistiefel wie die von Krähe. Jenny trägt neuerdings gerne Vintage-Abschlussballkleider mit Bolerojäckchen, die ich für sie mit Filzblumen und einer wachsenden Broschen-Kollektion verschönere. Heute hat sie Jeans und einen weiten dunkelblauen Pullover an, und ich trage einen grauen Faltenrock, ein weißes Hemd, schwarze Strumpfhosen und karierte Converse-Schuhe, was ungefähr die konservativste Kombination ist, zu der ich körperlich in der Lage bin.

Im September fing es an, und seitdem ist es kontinuierlich schlimmer geworden.

Jenny und ich haben Französisch als Prüfungsfach. Allerdings hatte unsere Direktorin dieses Jahr die brillante Idee, unseren Kurs mit einem Kurs der örtlichen öffentlichen Schule zusammenzulegen, damit die Wetherby-Schüler in den Genuss unserer alten Lehrerin Madame Stanley kommen, einer Art Legende, und wir die neuen Sprachlabore der Wetherby-Schule benutzen können, die mit modernster Technik ausgestattet sind. Als die brillante Idee verkündet wurde, fanden wir sie eigentlich ganz okay. Eine nette Gelegenheit, neue Leute kennenzulernen, mit denen wir ins Kino gehen, Lernkrisen meistern und anderweitig rumhängen können. Jungen in unserem Alter eingeschlossen. Interessant. Vor allem, wenn man seit seinem elften Lebensjahr auf einer Mädchenschule ist.

Allerdings hatten wir nicht mit den Belles gerechnet.

Annabelle Knechtli tauchte Anfang des Jahres an unserer Schule auf. Zuerst fand sie es super, ein Mädchen in der Klasse zu haben – Jenny –, die in einem Kinofilm und in einem Theaterstück im West End war. Annabelle will nach der Schule zum Fernsehen, und sie wollte sich unbedingt bei Jenny einschleimen, alles über das Geschäft lernen, ihre Neue Beste Freundin sein und sie auf Facebook total in Beschlag nehmen. Doch Jenny hat schon zwei beste Freundinnen – mich und Edie –, und Annabelles Plan ist nicht aufgegangen. Danach hat sie sich mit Maybelle aus dem Französischkurs zusammengetan, die auf die Wetherby geht, und gemeinsam sind sie die Belles. Die Belles haben zwei Ziele im Leben. Erstens, wahnsinnig beliebt zu sein, vor allem bei den Jungs. Und zweitens, Jenny und mich »auf unsere Plätze« zu verweisen.

Ich weiß immer noch nicht genau, wo »unsere Plätze« sind, aber ich weiß, dass wir im Kurs in der letzten Reihe sitzen und versuchen, uns aus allen Unterhaltungen und Verabredungen herauszuhalten, weil wir sonst gemobbt werden. Sprüche wie »Müsstest du nicht gerade bei einer Premiere sein?« oder »Ich dachte, es wäre Fashion Week in Rio, Daaarling« verfehlen ihre Wirkung nicht. Die Belles tun immer ganz höflich, aber während der Stunde passiert ständig etwas. Zeug geht verloren, kippt um, wird vollgekritzelt oder geht kaputt. Häufig verschwinden unsere Taschen. Also versuchen wir uns so unauffällig wie möglich zu verhalten und den Ball flach zu halten, damit die Belles vergessen, dass wir überhaupt da sind.

Ballflachfreitag hat mir gerade noch gefehlt, aber ich habe keine Wahl. Wir schließen uns unseren Mitschülerinnen an und schleppen Bücher und Ordner die Straße runter zum hochmodernen Sprachlabor der Wetherby.

Wie gewöhnlich setzen Jenny und ich uns in die letzte Reihe. Jenny holt sofort ihren neuen New Yorker Stadtplan raus, versteckt ihn im Französischbuch und sucht nach dem Weg zu den drei Sehenswürdigkeiten, die sie am meisten interessieren: das Empire State Building, die 42. Straße und der Times Square. Ich tue das, was ich in Französisch immer tue, nämlich die Hinterköpfe der Jungs betrachten und mir überlegen, mit wem ich gern zusammen wäre, der Reihenfolge nach, wenn ich nur nah genug an sie herankäme, um mit einem von ihnen ein Wort zu wechseln.

Mindestens vier von ihnen sind süß. Ich weiß nicht, was es mit der Wetherby-Schule auf sich hat, aber sie ist voller entzückender Jungs. Entzückender, faszinierender, unerreichbarer Jungs. Von denen in diesem Kurs alle wenigstens ein bisschen Französisch sprechen. Und nichts auf der Welt ist sexyer als ein Londoner Junge, der sich bemüht einen anständigen französischen Akzent hinzukriegen. Es ist wirklich schwer, sich in diesem Kurs zu konzentrieren. Zum Glück ist mein Vater Franzose, sonst würde ich auch dieses Fach nur mit Hängen und Würgen bestehen.

Ich bin gerade dabei, Ashley zu begutachten (blondes Haar, schmutzige Jeans und eine freche Art, französische Vokale auszusprechen) und ihn mit Liam zu vergleichen (schwarze Locken, aquamarinblaue Augen, Hauch eines irischen Akzents, ständiges halb amüsiertes Lächeln), als mir auffällt, dass bei den Belles was im Gange ist. Madame Stanley hat wie immer etwas vergessen und muss telefonieren gehen. In der Zwischenzeit haben die Belles ihre Banknachbarn um sich geschart und sehen sich irgendwas an, das auf dem Tisch liegt – eine Zeitschrift, glaube ich. Die Mädchen kichern und die Jungs lachen. Verstohlene Blicke gehen in unsere Richtung.

»Ignorier sie einfach«, murmelt Jenny leise.

Ich versuche es.

Dann kommt mir ein Gedanke. Ein beängstigender Gedanke. Ich versuche ihn zu verdrängen.

Madame Stanley kommt zurück und sieht gestresst aus.

»Zurück an eure Tische«, sagt sie streng. »Kopfhörer aufsetzen.«

Als alle langsam auf ihre Plätze zurückkehren, erhasche ich einen Blick auf die Zeitschrift. Auf der aufgeschlagenen Seite ist ein Gruppenfoto zu sehen. Ich erkenne die Gruppe, sogar aus der Entfernung. Annabelle sieht meinen Blick und grinst hämisch.

Ich höre nur ein Wort, als sich alle setzen. Fast geht es im allgemeinen Gekicher unter.

»Kimono.«

»Ignorier sie«, sagt Jenny mit Nachdruck.

Aber das kann ich nicht. Ich bin selbst schuld. Schon damals wusste ich, dass es ein Fehler war. Aber ich hatte gerade so ein blumiges japanisches Gefühl. Und jetzt bin ich in einer Wochenzeitschrift abgebildet, kommentiert von den scharfzüngigsten Stil-Kritikerinnen des Landes.

Ein paar Gesichter drehen sich mitleidig zu mir um. Das ist

das Schlimmste. Einer davon ist Liam. Der Junge mit den schwarzen Locken und den blauen, blauen Augen. Doch kein halb amüsiertes Lächeln diesmal. Er sieht richtiggehend schockiert aus. Vermutlich fragt er sich, wie ein Mädchen in aller Öffentlichkeit einen Kimono tragen kann, wenn sie nicht in Tokyo lebt. Genau dasselbe frage ich mich auch.

Ich zucke die Schultern, als sich unsere Blicke treffen, und versuche mir vorzustellen, es wäre stattdessen ein Foto, auf dem ich von einer Yacht springe. Ehrlich gesagt glaube ich, seine Reaktion wäre die gleiche. Anscheinend bin ich dazu verdammt, die Jungs zu schockieren, die ich mag, und dafür die Verschrobenen und Unzuverlässigen anzuziehen wie im letzten Jahr Alexander – Balletttänzer und schlechtester Küsser von ganz London. Gott sei Dank heiratet Harry, denn sonst würde Mum garantiert nie eine Hochzeit organisieren können.

Kapitel 9

Am Samstag kommt Vicente aus Brasilien an, und Mum schmeißt ihm zu Ehren eine Party.

Mum gibt selten Partys. Wenn euer Haus ganz in Weiß gehalten ist, bis auf ein paar hochsensible Kunstwerke an den Wänden, die Geschenke von alten Freunden und unglaublich wertvoll sind, seid ihr nicht besonders scharf darauf, es mit schmutzigen Schuhen und Alkohol-gefüllten Gläsern zu füllen – oder, wie andere sagen würden, mit Gästen.

Um fair zu sein, *wenn* Mum eine Party macht, dann richtig. Sie hat eine Agentur angerufen, die in letzter Minute Deko und Cocktails zauberte, und als ich am Freitag von der Schule komme, sind sie gerade dabei, überall Lampions aufzuhängen und in unserem Wohnzimmer eine Mini-Disco einzurichten. Am Samstagmorgen ist jeder Quadratzentimeter in der Küche mit Kisten voller Gläser und Tabletts voller Kanapees zugestellt, und ich muss meinen Toast auf der Treppe essen.

Es ist praktisch, einen hauseigenen DJ zu haben. Harry ist in seinem Zimmer damit beschäftigt, die Playlist aller Playlists zusammenzustellen. Es ist erst das zweite Mal, dass er vor seinem Vater auflegt. (Das erste Mal war bei der Fashion Week in Rio letztes Jahr, und nein, ich habe den Belles nicht erzählt, dass mein Bruder dort aufgetreten ist.) Man könnte meinen, dass er mit dreiundzwanzig und einem gut laufenden Job langsam Lust bekäme, von zu Hause auszuziehen, aber anscheinend ist er bis jetzt noch nicht mal auf die Idee gekommen. Er ist ständig in der Welt unterwegs, und wenn er sich eine Wohnung nehmen würde, wäre die sowieso immer leer. Außerdem ist er meistens mit irgendeinem Supermodel zusammen, falls er also mal irgendwo Cooles pennen will, kann er es in einer ihrer Wohnungen tun. Und unser Haus ist richtig schön.

Es ist schon schön, wenn nur Mum, Harry, Krähe und ich da sind und jeder leise in seinem Zimmer herumkramt, ohne viel miteinander zu reden. Aber wenn es für eine Party herausgeputzt wird, ist unser Haus ein Traum. Ich spaziere herum, sehe mir die Lampions und die Disco-Kugeln an (es gibt mehrere), die bunten Lampen und die Blumenvasen. Auf einmal ist alles voll mit weißen Rosen. Mum erzählt, dass Vicente ihr hundert geschickt hat – weiße Rosen sind ihre Lieblingsblumen –, als kleines Begrüßungsgeschenk.

Krähe kommt, um an ein paar neuen Kleidern zu arbeiten. Wenn sie gerade keine Aufträge von Privatkundinnen hat, näht sie für einen Stand auf dem Portobello-Markt. Ihre experimentellen Schnitte und schmeichelnden Linien kommen super bei den Leuten an. Wer hört nicht gern: »O mein Gott! Du siehst fantastisch aus! Wo hast du das her?« Und das passiert ständig, wenn man Krähes handgemachte Meisterwerke trägt. Die Verkäuferin vom Portobello-Markt braucht dauernd Nachschub.

Ich nutze die Chance und sehe mir noch mal die Skizzen an, die sie für Isabelle gemacht hat.

»Ist das das Brautkleid?«, frage ich. »Es sieht ... toll aus.«

Krähe stellt sich neben mich. »Ach, das ist nur so hingekritzelt. Ich war mir nicht sicher. Irgendwie passen sie nicht zu Isabelle, oder? Ich wollte was Romantisches, aber ich glaube, ich habe es übertrieben.«

»Aber du entwirfst ihr Kleid?«, hake ich nach. »Isabelle hat dich gefragt?«

Krähe nickt. »Auf dem Rückweg von Paris. Hab ich dir das nicht erzählt? Sie will drei Kleider für die verschiedenen Feierlichkeiten haben, und eins davon soll ich machen.«

»Nein, hast du nicht erzählt. Toll!«

Warum kann ich nicht mehr Begeisterung aufbringen, wenn es um Harrys Hochzeit geht? Was ist mit mir los? Und warum will ich unbedingt das Thema wechseln?

»Diese Männer haben sich übrigens noch mal gemeldet«, sage ich. »Die mit den Kamelhaarmänteln.«

»Ach«, sagt Krähe. »Was wollten sie denn?«

»Deine E-Mail-Adresse.«

Sie grinst. Sie findet es gut, dass sie keine hat. Wenn sie eine hätte, müsste sie über Dinge wie Anlageinstrumente reden. Stattdessen steht sie zwei Minuten später an ihrem Arbeitstisch und feilt an neuen Entwürfen für Isabelle.

Ich lasse sie tüfteln. Ich habe selber ein Kleidungsproblem, an dem ich arbeiten muss. Heute Abend muss ich Mums und Harrys Freunde mit meinem unglaublich smarten Stil beeindrucken. Wahrscheinlich haben das Kimono-Foto mehr Leute gesehen, als mir lieb ist, und ich muss alles geben, um das wiedergutzumachen. Dass auch Isabelles Freunde da sein werden, versuche ich auszublenden, denn davon sind neunzig Prozent Models. Schon in der normalen Welt bin ich ein pfannkuchengesichtiger Zwerg mit dunklem Flokatihaar. Neben den Durchschnittsgästen heute Abend werde ich ernsthaft verwachsen aussehen. Aber, um meine Großmutter zu zitieren, das Leben geht weiter.

Ich verwerfe die Idee, eine Burka zu tragen, und denke über realistischere Optionen nach.

Kapitel 10

»Ist sie nicht bildschön?«

Vicente hat sich auf der Party neben mich gestellt, und zusammen bewundern wir Mum, die sich mit ihren Kunst-Freunden unterhält. Ich nicke zustimmend. Mum trägt ein bodenlanges Halston-Kleid aus den siebziger Jahren, das sie seit ihren Model-Tagen hat, und eine lange Goldkette mit einem großen Topas-Anhänger. Selbst ohne viel Make-up – sie trägt selten mehr als Lipgloss – ist sie immer noch ziemlich umwerfend. Natürlich trägt auch das weiche Licht dazu bei. Ich ziehe Mum gern mit ihrem Alter auf, aber eigentlich hat sie kein Problem damit. Sie sagt, dass sie heute viel mehr Spaß hat als zu ihren Model-Zeiten. Was völlig unmöglich ist. Sie sitzt ja die meiste Zeit herum und arbeitet. Aber wenigstens beschwert sie sich nicht.

Vicente ist auch keine Vogelscheuche. Glänzendes schwarzes Haar. Kantiges Gesicht. Granny hatte Recht, als sie sagte, er sei ein schöner Mann. Außerdem ist er unglaublich charmant. Er raspelt schon den ganzen Abend Süßholz und raspelt weiter, als er mich zur Tanzfläche führt und zu einem alten Rolling-Stones-Hit, den Harry ihm zu Ehren eingebaut hat, eine anständige Tanzeinlage hinlegt.

»Mum hat sich sehr über die Rosen gefreut«, rufe ich ihm zu. Harry ist nicht gerade zurückhaltend, was die Lautstärke angeht. Die Nachbarn waren schon zweimal da, um sich zu beschweren. Ich glaube, ich spüre, dass die Wände wackeln.

»Freut mich«, ruft Vicente zurück. »Apropos ... was dagegen?«

Er tanzt durch die Menge und holt Mum auf die Tanzfläche. Ich habe nichts dagegen. Sie sind wirklich ein schönes Paar.

Krähe und Jenny stehen in einer Ecke. Ich geselle mich zu ihnen, und gemeinsam sehen wir Mum und Vicente beim Tanzen zu.

»Sie sind super, oder?«, ruft mir Jenny zu.

Ich nicke.

»Man könnte meinen, sie wären seit zwanzig Jahren ein Paar.«

Ich nicke wieder und hoffe, dass ich nur deshalb verschwommen sehe, weil ich zu nah am Lautsprecher stehe.

»Warum sind sie eigentlich nicht zusammengeblieben?«, fragt Jenny.

Ich will antworten, aber ich bin noch auf der Suche nach den richtigen Worten, als ein rotgesichtiger Mann auf der Tanzfläche auftaucht, herumschreit und auf höchst unrhythmische Art mit den Armen wedelt.

Erschrocken stellt Harry die Musik ab.

»ICH HABE GESAGT«, brüllt der Mann, der mittlerweile dunkelrot ist, »STELLT DIE VERDAMMTE MUSIK LEISER ODER ICH HOLE DIE POLIZEI!«

Da es inzwischen, bis auf ihn, vollkommen still im Raum ist, überrascht er sich selbst mit seiner Stimmkraft. Fünfzig Augenpaare sind auf ihn gerichtet. Er hüstelt verlegen.

»Tut mir leid«, sagt er. »Was ich sagen wollte ... vielen Dank, dass Sie die Musik leiser gestellt haben. Wenn Sie mich entschuldigen, ich muss zurück zu meiner Dinner-Party.«

»Oh!«, ruft Mum und schlägt sich die Hand vor den Mund. »Sie haben eine Dinner-Party? Das tut mir furchtbar leid. Ich hatte ja keine Ahnung. Was können wir tun?«

»Nichts«, sagt der Mann ausdruckslos. Ich erkenne ihn als unseren neuen Nachbarn, den mürrischen Mann, der letztes Jahr eingezogen ist. »Die sensibelsten meiner Gäste sind gegangen. Die anderen haben Kopfschmerztabletten genommen und sitzen in einem abgedunkelten Raum. Ich sollte wieder rübergehen. Ach, und herzlichen Glückwunsch.« Er sagt es zu Harry. »Ich habe die Neuigkeiten gehört. Kommt man kaum drum herum. Ich schätze, das bedeutet, Sie ziehen aus?«

Harry grinst, schaut unbeholfen und nickt.

Der Mann lächelt grimmig und verschwindet. Dann dreht Harry die Lautstärke wieder zur Hälfte auf.

Glücklicherweise hat Jenny vergessen, wovon wir gesprochen haben, und beschwert sich stattdessen, dass Edie (die nicht da ist, weil sie zum Debattierclub musste) nie dabei ist, wenn es lustig ist, und wie toll die neueste Mode an den vorbeischwebenden Models aussieht.

»Ach übrigens, du siehst auch toll aus«, sagt sie irgendwann zu mir.

Ich weiß, dass sie nur nett sein will. Ich trage ein schwarzes Wollkleid, das ich mir von Mum ausgeliehen habe. Es ist hauteng und von Azzedine Alaïa und über jeden modischen Zweifel erhaben. Aber es ist für jemanden gedacht, der einen Kopf größer ist als ich, und seltsamerweise sehe ich darin aus wie eine modebewusste Nonne. Besser als der Kimono, aber auch keine Glanzleistung.

»Sieht Isabelle nicht unglaublich aus?«, fragt Jenny.

Nicht schwer, ihr zuzustimmen. Meine zukünftige Schwägerin ist in einem übergroßen weißen Baumwollhemd gekommen, das sie als Kleid trägt, kombiniert mit einer Muschelkette und einer Hundeleine als Gürtel. Ach, und dazu trägt sie maßgefertigte Louboutins, um zu zeigen, dass sie sich schick gemacht hat.

Ich, Azzedine Alaïa – Nonne. Isabelle, weißes Baumwollhemd – Sexgöttin.

Ich habe Harry lieb, und Isabelle ist reizend, aber könnte er nicht ausnahmsweise mal mit einem normalen Mädchen zusammen sein?

Kapitel 11

Ich überlege, ob ich das Alaïa-Kleid für Ballflachfreitag ummodeln soll, aber ich entscheide mich dagegen. Zwar würde es mich – mit geringfügigen Änderungen und einer schwarzen Strickjacke – praktisch unsichtbar machen, aber ich glaube nicht, dass Mum erfreut wäre, wenn ich an ihrer erlesenen Vintage-Garderobe die Schere anlege.

Glücklicherweise war Maybelle als Zuschauerin in einer Rateshow, die morgen im Fernsehen ausgestrahlt wird, und so wird in Französisch hauptsächlich darüber geredet. Madame Stanley versucht verzweifelt die Klasse dazu zu bekommen, sich wenigstens auf Französisch zu unterhalten, aber da keiner von uns die Vokabeln für Quizmaster, Studio, Nahaufnahme oder Übertragung kennt, ist es ein schmerzhafter Prozess.

Ich habe den Kopf praktisch zwischen den Knien und sehe heimlich nach, ob ich neue Nachrichten bekommen habe. Ich erwarte minütlich Neuigkeiten von Jenny. Eigentlich dürfen wir im Unterricht keine Telefone dabeihaben. Und AUF KEINEN FALL dürfen wir sie benutzen. Aber ich kenne Leute, die innerhalb einer Unterrichtsstunde ganze Beziehungen per SMS begonnen und wieder beendet haben. Mein Telefon dagegen bleibt die ganze Zeit schwarz und schweigt.

Jenny ist seit fünf Tagen in New York. Sie hat sich seit Dienstag nicht gemeldet, als sie kurz anrief, um zu sagen, dass Isabelles Wohnung super ist und sie gerade auf dem Sofa sitzt, Pommes isst und auf Isabelles Plasmabildschirm *American Idol* guckt. Allerdings war es in London drei Uhr morgens, und zu jeder anderen Tageszeit hätte ich mich über ihren Anruf bestimmt mehr gefreut. Seitdem ist es still.

Jenny hat das Talent, in Schwierigkeiten zu geraten, wenn sie in Sachen Schauspielerei unterwegs ist. Manchmal sind es Jungsprobleme (zum Beispiel am Set von einem treulosen Teenager-Sexgott geküsst zu werden). Manchmal sind es Mädchenprobleme (zum Beispiel von dem Mädchen ausgestochen zu werden – eine Weile zumindest –, mit dem sie der Sexgott betrogen hat). Manchmal sind es Probleme mit Kritikern (einmal wurde sie wegen ihrer hölzernen Darbietung auf der Leinwand mit einem Möbelstück verglichen). Und diesmal ist das erste Mal, dass sie ganz allein in einer fremden Stadt auftritt, nicht mal ihre Mutter ist dabei, um sie zu unterstützen. Ihr Schweigen beunruhigt mich.

Es wird nicht besser, als Maybelle und ihre Freunde Sachen flüstern wie: »Wo ist denn Sandra Bullock junior? Wieder mal bei der Oscar-Verleihung? Ha ha. Vielleicht wollte Miley Cyrus sie als Co-Star.«

»Sie ist krank«, murmele ich. Ich kann mir nicht vorstellen, dass sich Miley Cyrus so was bieten lassen musste. Andererseits glaube ich, ich hätte irgendwo gelesen, dass es genau so war. Sie muss ziemlich oft »krank« gewesen sein, schätze ich.

Beim Mittagessen rede ich mit Edie über die Funkstille. Sie ist genauso besorgt wie ich.

»Hast du von Phil gehört?«, frage ich, wo wir gerade von Leuten reden, die im Moment in Amerika sind.

»Ja.« Sie seufzt. »Er findet, ich arbeite zu viel. Als er noch in der Highschool war, sagt er, war er fast jeden Nachmittag surfen.«

»Im Netz?«

»Nein. Im Pazifik.«

»Oh. Hm. Nett, dass er dir das unter die Nase reibt.«

Edie seufzt wieder. Wahrscheinlich würde sie sich vom süßen Phil lieber andere Dinge unter die Nase reiben lassen.

»Er meint, ich muss ihn unbedingt besuchen, und dann zeigt er mir die Küste und sorgt dafür, dass ich ein bisschen ausspanne.«

Klingt toll, finde ich, aber ich sehe Edie an, dass sie, obwohl die beiden die ganzen Weihnachtsferien mit den Gesichtern aneinandergeklebt haben, den Vorschlag für die dümmste Idee aller Zeiten hält.

»Er hat einfach keine Ahnung«, sagt sie. »Dieses Jahr ist das wichtigste Schuljahr meines Lebens. Abgesehen vom nächsten Jahr. In den Ferien muss ich Klarinette üben. Und für die SATs lernen und Rhetorik pauken. Außerdem muss ich meine Website aktualisieren. Wenn ich nicht ständig neue Sachen poste, verlieren die Leute das Interesse.«

Bei ihr klingt das Ganze richtig lustig. Ich weiß, was ich jetzt sage, ist aus irgendwelchen Gründen falsch, aber ich sage es trotzdem.

»Ist es denn so wichtig, wie viele Leute deine Website besuchen? Ich meine, ich weiß, dass es eine riesige Zahl ist, aber kann sie nicht mal eine Weile runtergehen?«

Edie sieht mich entsetzt an.

»Nein, kann sie nicht! Meine Website ist Teil meiner Harvard-Bewerbung, und dazu gehört auch die Anzahl der wöchentlichen Besucher und dass wir genug Geld für die Computer nächstes Jahr auftreiben. Schon vergessen?« Sie sieht mein Gesicht. »Was ist denn?«

Ich kann ihr nicht sagen, was ich denke. Ich denke, dass Edie nicht in Höchstform ist. Die echte Edie will Computer für Schulen kaufen, weil die Kinder sie brauchen. Nicht um ein paar Harvard-Professoren von sich zu überzeugen. Vielleicht hat der süße Phil Recht. Vielleicht sollte sie sich weniger stressen und dafür mehr surfen.

»Ich mache mir Sorgen um Jenny«, schwindele ich. »Ich hoffe, sie hat nicht ihre Stimme verloren oder so was.«

»Na toll. Vielen Dank für deine Unterstützung«, sagt Edie sarkastisch. Aber ich glaube, die Jenny-Antwort war schonender als: »Du hast dich in einen egozentrischen Prüfungs-Freak verwandelt.«

Trotzdem redet Edie für den Rest des Nachmittags nicht mehr mit mir.

Als Jenny wieder da ist, suche ich besorgt nach Anzeichen einer Katastrophe. Aber anscheinend gibt es keinen Grund zur Sorge.

Am Montagmorgen kommt sie mit einem Lied auf den Lippen in die Schule. Ein lauter, gut gelaunter Song aus *Mamma Mia*. Und mit einem breiten Grinsen. Auf meine Fragen antwortet sie, dass sie ihre Stimme nicht verloren hat und von keinem Betrüger geküsst wurde und sich von keiner Zicke hat ausstechen lassen. Bill war begeistert von ihrer Stimme und hat es auch gesagt. Und selbst Jackson Ward, der Komponist, hat es gesagt, und anscheinend ist er einer der wichtigsten Personen am Broadway.

»Er war richtig niedlich«, seufzt Jenny verträumt, als sie mir die Geschichte zum vierten Mal erzählt. »Er hat gesagt, er mag meine ›spritzige Art‹ und würde mich am liebsten adoptieren. Seine Tochter ist neunzehn, und wir haben viel zusammen gemacht. Sie heißt Charlotte und ist total cool. Sie geht aufs Juilliard College. Du weißt schon ... die Musikhochschule!«

Als sie mir davon erzählt, hat Jenny sogar einen leichten amerikanischen Akzent. Im Geist ist sie immer noch auf der 42. Straße, und offensichtlich bedeutet ihr der Ort so viel wie mir die Oxford Street und das Victoria-&-Albert-Museum. Trotzdem bin ich noch nicht ganz beruhigt. Ich frage sie, ob auch bei Isabelle alles in Ordnung war, ob Jenny von irgendwelchen Perversen angemacht wurde (ich erinnere mich an Mums Horrorgeschichten aus ihrer Model-Zeit), ob sie sich gelangweilt hat oder einsam war und ob sie die ganzen Musical-Legenden, die sie kennengelernt hat, nicht eingeschüchtert haben. Die Antwort bleibt nein.

»Ich hatte gar keine Zeit, Isabelles Freundinnen kennenzulernen. Charlotte Ward und die Leute vom Workshop haben sich rund um die Uhr um mich gekümmert«, sagt sie mit ihrem neuen transatlantischen Tonfall, als würde sie dabei Kaugummi kauen. »Wir sind um die Häuser gezogen und waren in so einem verrückten Karaokeladen. Sie haben mir Storys von den Shows erzählt, die sie gemacht haben, und von den Tourneen ... Und das Singen hat einfach Spaß gemacht. Noch mehr als das Schauspielen. Es war ...« Sie sucht nach dem richtigen Wort. »... es hat sich so natürlich angefühlt, Nonie. Ich meine, es war schwer, die ganzen Songs zu lernen, aber als ich sie konnte, war es, als hätte ich mein Leben lang nichts anderes gemacht. Nur dass ich es vorher noch nie gemacht habe. Jedenfalls nicht auf dem Niveau.« Sie klingt wehmütig.

»Eines Tages gehörst du dazu«, versichere ich ihr. »Du gehst auf die Schauspielschule, und dann hast du deinen Durchbruch und sie flehen dich an, nach Amerika zu kommen. Und ich bin Krähes rechte Hand, und Krähe hat ein unglaubliches Atelier in Paris ...«

Ich warte, dass Jenny mich nach Krähes unglaublichem Atelier in Paris fragt. Ich sehe es schon seit einer Weile vor mir. Krähe mit ihrem eigenen Modehaus, das ich für sie leite (wir sind beide um die dreißig). Ich weiß auch schon, wie wir die Wände streichen – himmelblau – und wie das Logo aussehen könnte.

Stattdessen fragt Jenny: »Wusstest du, dass die Queen erst fünfundzwanzig war, als sie Königin wurde?«

»Ja, ich glaube schon«, sage ich und hoffe, sie ist damit zufrieden und wir können weiter über Paris reden.

»Und dann stand sie da, total verliebt, frisch verheiratet, mit zwei kleinen Kindern. Sie wollte einfach nur ein schönes Familienleben führen und Pferde reiten, doch plötzlich muss sie ein ganzes Land regieren. Nicht einfach ein Land, ein Weltreich.«

»Ach ja.«

»Prinzessin Margaret hatte dafür ein tolles Leben. Tanzen. Cocktails. Freunde. Und sie ist oft ins Ballett gegangen und hing mit Künstlern rum. Und sie hatte die allerschönsten Kleider.«

»Ach ja«, murmele ich mit meiner uninteressiertesten Stimme, aber bei Jenny kommt die Botschaft immer noch nicht an.

»Alanna – das Mädchen, das Margaret gesungen hat – war supertoll. Sie singt in Musicals, seit sie sechs Jahre alt ist. Wenn die Show je auf den Broadway kommt und sie die Rolle kriegt, schaue ich sie mir auf jeden Fall an.«

»Ach ja.«

Endlich wird Jenny stutzig.

»Du hörst mir gar nicht zu, oder?«

»Na ja, ich war eben nicht dabei. Aber ich freue mich für dich, Jenny. Ehrlich.«

Sie seufzt.

»Und, ist irgendwas passiert, als ich weg war?«

»Also, der süße Phil findet, Edie stresst sich zu sehr, und will mit ihr surfen gehen ...«

»Mhmm.«

Jenny findet die Phil-Geschichte auch nicht sehr fesselnd, das höre ich ihr an.

»Oh, und die Leute von der *Vogue* haben sich gemeldet.«

»Mhmm?«, fragt sie. Plötzlich ist ihre Stimme ganz leise. Wir sind beide froh, dass uns die Belles nicht zuhören.

»Der Fotograf ist gebucht, und das Atelier auch«, erkläre ich. »Du musst dir nächste Woche nur noch die Haare schneiden und tönen lassen, aber das organisieren sie auch alles.«

»Mhmm.«

Diesmal ist es kein gelangweiltes »Mhmm«. Diesmal ist es das supernervöse »Mhmm« der alten Jenny.

»Du wirst fantastisch aussehen!«, versichere ich ihr.

»Mhmm?«

Sie sieht mich an, als hätte ich sie als Gladiatorin im Kolosseum angemeldet. Und den Löwen vorgeworfen.

Kapitel 12

Wir reden hier nicht davon, uns die *Vogue* zu kaufen oder vielleicht die Redaktion zu besuchen. Oder davon, dass Isabelle in der *Vogue* ist (was sie natürlich regelmäßig ist). Wir reden davon, dass Jenny in die Juni-Ausgabe kommt. Rein und drauf. Auf die Titelseite. Und in Jennys Augen ist das alles meine Schuld.

Wobei es eigentlich nicht meine Schuld ist, sondern Krähes. Vorletzte Weihnachten hat Krähe ihre erste große Kollektion für Miss Teen präsentiert. Nur ein paar Teile. Hauptsächlich bonbonfarbene Partykleider, Blütenblätterröcke und mit Glitzersteinen bestickte T-Shirts. Endlich konnten Tausende von Mädchen Krähes Sachen tragen statt nur einer glücklichen Handvoll. Die Kollektion war fast über Nacht ausverkauft. Natürlich hat Miss Teen Krähe gebeten, noch eine Kollektion für sie zu entwerfen. Diesmal ist es eine Sommerkollektion – jede Menge weiße Baumwolle, fließende Lagen und clevere Schnitte. Sie soll im Mai in die Läden kommen, aber mit der Publicity geht es jetzt schon los.

Zugegebenermaßen war es meine Idee, Jenny zum Gesicht der neuen Kollektion zu machen. Jenny hat tolle Kurven und ist wunderschön und sieht in Krähes Sachen einfach zum Anbeißen aus. Als sich herumsprach, wie gut Krähes neue Kollektion ist, hat die Redakteurin der britischen *Vogue* beschlossen, aufs Ganze zu gehen und Jenny in einem von Krähes neuen Entwürfen auf die Titelseite zu nehmen, obwohl sie Kleidergröße 40 hat und nicht gerade mega-berühmt ist. Erst war Jenny begeistert, aber je näher das Fotoshooting rückt, desto mehr kommt sie von der Meinung ab, dass ich ein Modegenie bin, und findet mich stattdessen VÖLLIG DURCHGEKNALLT UND GRAUSAM.

Das sind nur die Nerven, sage ich ihr immer wieder. Sie sieht toll aus, auf ihre rothaarige, knackige, quirlige Art. Und selbst wenn sie den Pickelausbruch des Jahrhunderts bekäme, können die Bilder mit Photoshop nachbearbeitet werden. Jenny muss einfach nur lächeln. Schließlich ist sie Schauspielerin. So schwer kann das nicht sein.

Würde man meinen.

Jennys siebzehnter Geburtstag steht vor der Tür und sie hat in den letzten Jahren viel gelernt. Zum Beispiel, dass man einem Hollywood-Teenager-Sexgott nicht weiter trauen darf, als man ihn werfen kann. Oder dass gelbe Hosenanzüge (Tokyo-Premiere des Hollywood-Films vor drei Jahren) gar nicht gehen. Und dass du dich, wenn du nicht wahnsinnig viel Selbstvertrauen hast, was dein Aussehen angeht, auf keinen Fall von deiner besten Freundin für die Titelseite der *Vogue* vorschlagen lässt. Wenn es zu spät für einen Rückzieher ist, mach ihr Vorwürfe und sieh sie bei jeder Gelegenheit wütend an.

Als es so weit ist, sitzt Jenny vor einem wandgroßen Spiegel im Studio, wo der Stylist sich um ihr frisch gefärbtes Haar kümmert, und sieht aus, als müsste sie gleich vor ein Erschießungskommando anstatt vor die Linse von Ted Regent – auch bekannt als »der neue David Bailey« oder »der Mann, bei dem *cool heiß* ist«. Der Blick in ihren Augen wechselt zwischen Panik, wenn sie sich selbst mit ihrem Titelseiten-Make-up sieht, und Rage, wenn ihr Blick im Spiegel auf mich fällt.

Die *Vogue*-Leute haben anscheinend vor, sie als Alien abzulichten. Jenny trägt eine superblasse Grundierung (völlig unnötig, so weiß, wie sie bereits ist), eine dicke Schicht regenbogenfarbenen Lidschatten, fedrige pfauenblaue falsche Wimpern und silbernen Lippenstift. Sie ist fast nicht wiederzuerkennen, versichere ich ihr.

»Aber meinen Busen erkennt jeder«, jammert sie. »Auch unter den ganzen Lagen. Und meine dicken Schultern.«

»Deine Schultern sind nicht dick. Sie sind perfekt gerundet.« Wie oft muss ich ihr das noch sagen?

»Und meine feisten Arme.«

Seufzend gebe ich auf. Glücklicherweise übernimmt der Hairstylist. Er ist es gewohnt, nervösen Models vor dem Shooting gut zuzureden.

»Du hast traumhaft zarte Handgelenke. Das denke ich schon die ganze Zeit. Und dein Haar ist so was von fantastisch, Kleines! Was für eine Farbe! Besser hätte der Kupferton gar nicht rauskommen können. Wenn wir hier fertig sind, will jeder Jennys Kupferrot tragen. ABSOLUT JEDER. Vertrau mir.«

Irgendwann, als Haare und Make-up und Garderobe und Nägel fertig sind und die Moderedakteurin der *Vogue* und Krähe und

Amanda Elat, die Miss Teen leitet, zufrieden sind, schlurft Jenny raus, um für Ted Regent zu posieren. Wir sind in einem Studio in Shoreditch, das früher mal eine Werkstatt oder Lagerhalle war, schätze ich. Weiß gestrichene Backsteinmauern mit einer Discokugel in der Mitte und einem großen weißen Hintergrund, vor dem Jenny posieren muss.

»Hier würde ich gern mal eine Modenschau machen«, sagt Krähe glücklich.

Sie hat Recht. Der Raum wäre perfekt für einen kleinen Laufsteg. Atmosphärisch und aufregend, vor allem, wenn bei voller Lautstärke Lady Gaga läuft wie im Moment. Ich überlege mir sofort, wo ich das Publikum hinsetzen würde und die Fotografen, und wie ich die Reihenfolge der Models organisieren würde, und wie ich die süße kleine Galerie auf halber Höhe nutzen könnte ...

Ted Regent setzt Jenny vor dem weißen Hintergrund auf einen Stuhl. Er sieht selbst aus wie ein Model – Skinny-Jeans und Designer-Stoppeln. Außerdem scheint er die Energie eines hyperaktiven Vierjährigen zu haben. In einem Moment kniet er vor Jenny und rückt ihren Knöchel zurecht. Im nächsten steht er über ihr und verändert den Winkel ihres Kopfs. Dann tanzt er herum, ruft: »Emotion«, und singt zwischendurch bei *Poker Face* mit. Jenny dagegen sieht aus, als würde sie den Song wörtlich nehmen: Ihre Miene ist versteinert, und es ist unmöglich zu erraten, was hinter ihren Augen vorgeht. Ich wette, wenn Isabelle vor der Kamera steht, läuft es irgendwie anders.

Es gibt eine Pause, und alle drängen sich um den Laptop, um zu sehen, was bis jetzt rausgekommen ist. Dann wird an den Kleidern herumgezupft, andere Posen werden ausprobiert, und wieder scharen sich alle um den Computer, und dann wird Jenny in die Garderobe gebracht und in Outfit Nummer zwei gesteckt. In der Zwischenzeit wechseln Krähe und ich einen Blick. Die Kollektion ist fantastisch, und ich freue mich schon riesig, die Sachen zu tragen. Das hier ist der Moment, in dem alles lebendig werden muss. Wir bekommen mehr Publicity, als wir uns hätten träumen lassen. Aber bis jetzt macht unser Model ein Gesicht wie auf einem Fahndungsfoto. Es ist natürlich meine Schuld, auch wenn Krähe zu nett ist, um es auszusprechen. Sie lächelt mich gequält an.

Jenny kommt in einer Tunika und Leggings zurück, zu denen sie einen großen Schal und dicke Klunker trägt. Sie versucht noch ein paar Posen. Immer öfter bittet Ted sie von der Kamera wegzusehen und knipst ihren Hinterkopf. Verständlich. Der Hinterkopf ist das Lebhafteste an ihr.

Es ist schon Abend, als wir fertig sind.

»Gott, bin ich froh, dass es vorbei ist!«, sagt Jenny und lässt sich in Jeans und Daunenjacke neben uns ins Taxi fallen. Nur die fedrigen falschen Wimpern trägt sie noch. Sie will sie Gloria zeigen, bevor sie sie abnimmt. Dann bekommt Stella sie. Stella findet es bestimmt super, sie zu jagen und zu zerfetzen.

Jenny kramt in ihrer Handtasche nach dem Handy, um Gloria Bescheid zu sagen, dass sie heimkommt. Als sie aufs Display sieht, macht sie ein überraschtes Gesicht.

»Oh. Eine SMS. Von Jackson Ward. Ihr wisst schon, der Komponist.« Sie runzelt die Stirn. »Oje, er hat sie schon vor Ewigkeiten geschickt. Mist.«

Sie sieht auf die Uhr. Ich erinnere mich dunkel, dass New York fünf Stunden hinterher ist. Auch wenn in London schon Feierabend ist, ist es in New York noch mitten am Tag. Sie ruft gleich zurück.

»Hi! Jackson? Hier ist Jenny Merritt. Sie haben angerufen?«

Und in diesem Augenblick verwandelt sich ihr Gesicht allmählich. Am Ende des Telefonats leuchtet sie förmlich. Hätte Ted Regent sie nur ein paar Mal so aufs Bild bekommen, wäre er als glücklicher Mann nach Hause gegangen.

»Was ist los?«, fragt Krähe, als Jenny das Handy zurück in ihre Tasche wirft.

»Jackson will mich haben«, sagt sie. »Ein paar der Produzenten, die den ersten Workshop gesehen haben, wollen die Show vielleicht auf die Bühne bringen. Sie wollen vorher noch einen Workshop machen, mit ein paar Änderungen.«

»Mit dir? Ehrlich?«, frage ich, nur um sicherzugehen.

Jenny sieht mich beleidigt an. »Jackson sagt, wenn es nach ihm geht, hat er seine Prinzessin gefunden. Bill ist der gleichen Meinung. Ich muss nur noch die Produzenten überzeugen. ›Du bist meine Elizabeth, Jenny‹, hat Jackson gesagt. Stellt euch das vor!« Ihre Augen glitzern.

Das ist fantastisch. Ich wünschte nur, sie hätte den Anruf vor vier Stunden bekommen, als wir ihr Strahlen gebraucht hätten, aber hey – es war ja nur das Shooting für das Cover der *Vogue*. Wozu der Stress?

Am nächsten Morgen ruft Amanda Elat von Miss Teen an. Den Leuten von der *Vogue* hat das Editorial Shooting für die sechsseitige Strecke in der Zeitschrift gefallen, aber sie haben sich dann doch für Kate Moss auf dem Cover entschieden. Keine echte Überraschung.

Nachdem wir Jenny zu Hause abgesetzt hatten, hat Krähe es endlich zugegeben.

»Ich hab sie wirklich lieb. Ich meine, sie ist toll und super und alles. Aber beim nächsten Mal sollten wir vielleicht lieber ein echtes Model nehmen, oder?«

Und auch wenn Jenny seit der Grundschule meine beste Freundin ist und der Mensch auf der Welt, den ich am allerliebsten in Krähes Kleidern sehe, und auch wenn das Ganze meine Idee war, bin ich vollkommen Krähes Meinung.

Kapitel 13

»Mensch, Mädchen, was für eine Katastrophe. Ich hätte nie auf euch hören dürfen. Wir hätten ein echtes Model nehmen sollen.«

»Wieso Katastrophe«, sage ich aufgebracht. »Jenny war toll!«

Krähe und ich sitzen im Konferenzraum von Miss Teen. Eine Woche ist vergangen, und wir reden über die Pressekampagne zum Start von Krähes Kollektion. Natürlich hätte das *Vogue*-Cover das Kernstück der Kampagne sein sollen. Hoppla. Es ist eine Sache, wenn Krähe und ich über Jennys unvollkommene Modelqualitäten reden, aber eine ganz andere, wenn uralte Erwachsene es tun. Außerdem sieht Andy Elat, Amandas Vater und der Besitzer von Miss Teen, auch nicht gerade aus wie ein Covergirl.

»Ach ja?« Er sieht mich skeptisch an. »Toll? Das musst du mir erklären.«

Hm. Das ist schwierig. Wie soll ich es so hindrehen, dass das Shooting ein Erfolg war? Aber ich habe den Mund aufgemacht, also muss ich da jetzt durch.

»Na ja«, sage ich, indem ich gegen die wachsende Panik ankämpfe, um meine Freundin zu verteidigen. »In der Fotostrecke ist Jenny super. Sechs Seiten. Endlich mal jemand, der anders aussieht als die ganzen langweiligen spindeldürren Supermodels.« Allmählich erinnere ich mich, warum ich Jenny eigentlich haben wollte. »Die Art, wie sie Krähes Kleider trägt – bei ihr können sich die Mädchen vorstellen, auch gut darin auszusehen, weil Jenny eine von ihnen ist. Außerdem hat die *Vogue* sie ja gerade deshalb interessant gefunden, weil sie kein Profimodel ist. Ohne Jenny wäre die Kollektion vielleicht gar nicht in die *Vogue* gekommen.«

Ich lehne mich zurück und versuche meine Atemlosigkeit zu verstecken, indem ich einen Schluck Wasser trinke. Einige der versammelten Gesichter sehen nervös auf den Tisch. Aber manche nicken auch.

»Sie hat Recht«, murmelt jemand.

Andy Elat lächelt kaum merklich und will zum nächsten Punkt übergehen, als mir Krähe den Ellbogen in die Rippen rammt, um mich an die andere Sache zu erinnern, die ich über Jenny sagen soll. Diesmal ist es etwas leichter, weil wir geübt haben. Ich trinke schnell noch einen Schluck Wasser.

»Ach, übrigens«, sage ich so beiläufig wie möglich, »dank Jenny kriegen wir noch mehr Presse. Sie geht nämlich im Mai zum Met Ball, kurz bevor die Kollektion in die Läden kommt, und sie wird ein Ballkleid von Krähe tragen. Sie begleitet Isabelle Carruthers, also sollten wir ziemlich viel Publicity bekommen, schätze ich.«

Die Reaktion im Saal fällt genau so aus, wie wir es uns erhofft haben. Verschütteter Kaffee. Beeindruckte Kraftausdrücke. Ein

Moment verblüffter Stille. Und dann reden alle durcheinander. Krähe und ich geben uns ungezwungen. Das haben wir gestern Abend vor dem Spiegel geübt, und wir wissen, dass wir darin gut sind.

Ab da läuft das Meeting viel besser.

Als wir am Ende gehen, nimmt Andy Elat mich beiseite und grinst.

»Gut gemacht, Nonie«, sagt er. »Manche Leute lassen sich von solchen Meetings einschüchtern, aber du hast ...« Er sucht nach einem Wort, das für meine zarten Teenagerohren angemessen ist. »Du hast Chuzpe. Mir gefällt dein Stil, Kleine. Und du verstehst dein Handwerk.«

Als wir nach unten gehen, hängt Krähe sich bei mir ein. Sie ist mein Anker, sonst wäre ich wahrscheinlich aus dem Fenster und über die Oxford Street davongeschwebt. Ich liebe solche Augenblicke. Dafür lebe ich: für Krähes Vision zu kämpfen, Leute von uns zu überzeugen, Kleinigkeiten ins rechte Licht zu rücken ...

»Es hat funktioniert!«, sagt Krähe. »Was du über Jenny gesagt hast, war echt lieb. Und es klang, als hätten wir das mit dem Met Ball geplant.«

»Ich weiß«, sage ich kichernd. »Erinnerst du dich noch an mein Gesicht, als Isabelle davon angefangen hat?«

Das tut sie.

Am Tag nach dem *Vogue*-Shooting bekam Jenny aus New York die Daten des nächsten Workshops durchgesagt. Krähe war auch dabei, als wir bei Isabelle anriefen, um zu fragen, ob Jenny noch mal bei ihr unterschlüpfen dürfe. Isabelle sagte: »Na klar! In der ersten Maiwoche, hast du gesagt? Oh, in der Woche bin ich zum Met Ball eingeladen. Vielleicht hat Jenny Lust mitzukommen?«

Ich: Ha ha ha ha ha!

Jenny: Was gibt es zu lachen, Nonie? Was hat sie gesagt?

Ich: Sie hat gefragt, ob du mit zum Met Ball willst.

Jenny: Was ist der Met Ball?

Ich: WAS?

Jenny: Sieh mich nicht so an! Ich habe noch nie davon gehört. Was ist das?

Ich (tiefer Seufzer. Und dann zu Isabelle): Kann ich dich zurückrufen? Der Met Ball ... ha ha ha ha ha ha.

Jenny: Hör auf so zu kichern und sag schon.

Also habe ich es ihr erklärt. Krähe hat mir dabei geholfen.

Der Met Ball ist DAS Mode-Highlight des Jahres. Die größte, die schillerndste, die beste Party. Es ist die Gala im Metropolitan Museum in New York, mit der jedes Jahr die Kostümausstellung eingeweiht wird, und jeder, der irgendwas mit Mode zu tun hat, geht hin, wenn er kann. An der Bar steht Tom Ford hinter Marc Jacobs in der Schlange. Na ja, vielleicht stehen sie nicht unbedingt in der Schlange, sondern tun, was sie sonst so auf Partys machen. Anna Wintour schwebt herum und beeindruckt alle mit ihrem großartigen Haarschnitt und der Tatsache, dass sie JEDEN kennt, während Gwen Stefani mit Claudia Schiffer quatscht und Karl Lagerfeld mit seinem Fächer herumstolziert. Filmstars – große Filmstars – BETTELN darum, mitgenommen zu werden. Und jeder Moderedakteur des Universums verzehrt sich danach zu sehen, was getragen wird, und der Welt davon zu berichten.

Das ist der Met Ball. Die Chance, dass ein siebzehnjähriges Schulmädchen, das mal in einem Kinofilm war und Musicalsängerin werden will, auf der Gästeliste landet, ist verschwindend gering. Doch als ich mit meiner Erklärung fertig war, wollte Jenny unbedingt dorthin.

Also rief ich Isabelle zurück und sagte: »Hör mal, ich weiß, dass du es als Witz gemeint hast, aber falls du irgendwie zaubern könntest, wäre das natürlich supertoll.«

Isabelle antwortete: »Jenny hatte doch gerade ein *Vogue*-Shooting, oder? Außerdem habe ich in New York schon ein paar Leute getroffen, die von ihr reden. Anscheinend ist Jackson Ward ein großer Fan von ihr. Keine Sorge, ich krieg sie schon auf die Gästeliste.« Und weil sie Isabelle ist, hat sie es auch geschafft.

Krähe und Jenny waren noch da, als sie zurückrief. Worauf wir wild durchs Zimmer tanzten. Dann blieb Jenny plötzlich stehen und rief: »Oh-Gott-oh-Gott. Was soll ich bloß anziehen?«

Krähe und ich sahen sie schockiert an. Aber dann lachte Jenny und sagte: »Reingelegt!« Da musste auch Krähe grinsen und setzte sich sofort an den Tisch und fing an zu entwerfen. Zufälligerweise auf meinem BWL-Arbeitsbuch, das jetzt mit Skizzen bodenlanger Ballkleider, Abendmäntel und Louboutin-Schuh-Versuchen dekoriert ist.

Anschließend wurde das Ereignis mit heißem Kakao und Popcorn gefeiert. Sogar Edie hat sich gefreut, als wir sie anriefen, um ihr alles zu erzählen. Und danach haben wir angefangen vor dem Spiegel ungezwungene Gesichtsausdrücke für das heutige Meeting zu üben. Wir mussten uns ziemlich anstrengen, um nicht in unkontrolliertes Gekicher auszubrechen. Aber Übung macht den Meister. Alles nur eine Frage der Chuzpe.

Kapitel 14

In den nächsten paar Wochen bin ich rund um die Uhr beschäftigt. Glücklicherweise kommen die Osterferien, denn ich habe Wichtigeres zu tun, als ewig Hausaufgaben zu machen und Ballflachfreitag-Outfits zusammenzustellen. Endlich kann ich mich darauf konzentrieren, Jennys *Vogue*-Interview Korrektur zu lesen, das mit der Bildstrecke erscheint (es ist toll geworden), und mit Miss Teen über Veranstaltungen zum Start der Kollektion zu sprechen. Ehrlich gesagt, wenn ich mein Leben im Moment beschreiben müsste, würde ich sagen, dass es sich glamourös anfühlt. Wie das Leben von jemand anders – nicht dem Mädchen mit derselben Schmetterlingsdecke auf dem Bett, seit sie zehn ist, sondern von jemand, der Leute kennt, die Fotoshootings und Modekollektionen machen. Jemand, den die Belles *richtig* hassen würden, wenn sie es wüssten. Noch ein Grund, warum es gut ist, dass Ferien sind.

In der Zwischenzeit arbeitet Krähe glücklich an dem perfekten

Ballkleid für Jenny und sucht in jeder freien Minute nach dem perfekten weißen Satin, dem perfekten schwarzen Samt und der perfekten Passform. Aus ihren ersten Skizzen ist inzwischen ein Kleid geworden, das schlicht und aufregend zugleich ist: ein Hauch von Audrey Hepburn, ein Hauch von Grace Kelly und – zu Jennys Freude – ein Hauch der jungen Queen Elizabeth, die selbst beinahe wie ein Filmstar aussah, bevor sie zur Hut-und-Mantel-Phase überging.

Es gibt nur ein kleines Problem, das Edie erst auffällt, als wir wieder in der Schule sind. Jenny wird zwei wichtige Prüfungen versäumen, wenn sie in New York ist. Unsere Direktorin hat so eine Art wunden Punkt, was versäumte Prüfungen angeht. Sie findet es nicht gut. Weswegen wir ihr erst im allerletzten Moment davon erzählen. Und sie ist kurz davor, Nein zu sagen. Aber dann, drei Tage bevor Jenny eigentlich fliegen müsste, bestellt die Direktorin sie zu sich. Danach treffen wir uns in der Cafeteria, um zu hören, was dabei herauskam.

»Wie ist es gelaufen?«, fragt Edie. Sie hat am Nachmittag eine Probe-Prüfung für die SATs, weswegen ihre Augen glasig und ihre Wangen eingefallen sind, aber sie gibt sich Mühe zuzuhören.

»Also, ihr ratet nie ...«, beginnt Jenny atemlos.

»Nein«, unterbricht Edie, »wir raten nicht. Erzähl es einfach.«

»Na gut. Jackson Ward hat gestern bei ihr angerufen.« Jenny grinst. »Es war toll. Anscheinend hat er sie angebettelt mich gehen zu lassen, auch wenn er eigentlich keine Zeit hatte, weil er auf einen Rückruf von Shirley Bassey wartete. Sie war hin und weg! Und danach hat sie ihn gegoogelt und gesehen, wie viele Tonys und Oscars Jackson bekommen hat ...«

»*Oscars?*«, frage ich.

»Ja. Zwei. Für Filmmusik. Er ist eine große Nummer. Ich habe es euch doch gesagt. Jedenfalls hat er ihr erklärt, dass der Workshop ohne mich nicht laufen würde. Wie hätte sie da Nein sagen können? Solange ich meine Bücher mitnehme und lerne und so weiter. Da ist nur eins«, sagt sie dann und nestelt an Edies Papierserviette herum, ohne uns in die Augen zu sehen.

»Und das wäre?«

»Könnte eine von euch nach Stella sehen, solange ich weg bin? Sie bekommt bald Junge, und ich fände es schrecklich, wenn niemand da wäre. Sie braucht Hilfe.«

Edie und ich sind ein bisschen verwirrt. Nicht wegen Jennys Katze. Darüber haben wir in letzter Zeit ausführlich gesprochen. Aber wir sind überrascht, dass sie Hilfe braucht.

»Was ist denn mit deiner Mutter?«, frage ich. »Sie bleibt doch da, oder nicht?«

Eine lange Pause entsteht. Jenny zerrt an der Serviette, bis sie in der Mitte durchreißt. Dann glättet sie die Hälften auf dem Tisch.

»Ihr geht es nicht so gut. Ich glaube nicht, dass sie es schafft, sich auch noch um die Kätzchen zu kümmern.«

»Oje, die arme Gloria!« Plötzlich ist Edie wieder voll da. Sie macht ein besorgtes Gesicht und greift nach Jennys Hand. »Was hat sie denn?«

Jenny zuckt die Schultern. »Nur das, was sie schon ewig hat. Es wird schon wieder. Irgendwann. Jedenfalls geht es ihr im Moment nicht so toll. Kannst du vorbeikommen?«

»Natürlich!«, sagt Edie. »Ich wollte schon immer eine Katze…«

Jenny kramt in ihrer Tasche, dann holt sie einen Schlüssel mit einer Minifreiheitsstatue heraus und zögert kurz, bevor sie ihn Edie gibt.

»Hier ist mein Ersatzschlüssel. Damit kommst du rein.«

Edie nickt und nimmt den Schlüssel.

Jenny lächelt und schaudert ganz leicht, als wollte sie diesen Teil des Gesprächs hinter sich bringen. »So«, sagt sie und sieht mich an. »Wann kann ich das Kleid abholen?«

»Wenn du willst, heute Abend.« Das Ballkleid steht ordentlich in einer Schachtel verpackt bei uns im Flur, bereit für den Weg nach Amerika, wo es mit einem Diamantarmband, das Isabelle für Jenny organisiert hat, auf seinen großen Auftritt wartet.

Edie steht auf und lächelt gestresst. »Ich muss los. Bis später.«

Wir sehen ihr nach, als sie in die Bibliothek zurückgeht, während Jenny noch bei Ballkleidern und Diamanten ist. Wir wissen beide, wofür wir uns entscheiden würden.

Kapitel 15

Ich könnte neidisch sein, aber das bin ich nicht. Ich habe aufregendere Dinge vor. Andy Elat gibt eine Preview-Party, um Londons einflussreichsten Modeleuten Krähes neue Miss-Teen-Kollektion zu präsentieren. Wir sind auf dem Weg zur Tate Modern, einem ehemaligen Kraftwerk mit riesigen Industrieräumen, das jetzt ein Museum für moderne Kunst ist. Außer Kunst werden heute Abend Kellner da sein, die Kanapees servieren, und Models in Krähes schlichten weißen fließenden Kleidern, die passend zum Ambiente minimalistisch und skulptural wirken.

An meinem eigenen Outfit feile ich seit Wochen. Ich bin bei Version siebenundzwanzig, die aus einem Kettenhemd über zwei Kleidern und Leggings aus Krähes Kollektion besteht, und dazu ein Paar Plastikplateaus von Vivienne Westwood, die ich mir ausgeliehen habe. Krähe, weil sie Krähe ist, hat erst nachmittags um halb vier angefangen sich Gedanken über ihr Outfit zu machen. Als sie in der Tate Modern auftaucht, trägt sie einen

Patchwork-Overall, goldene Gummistiefel und den Origami-Kopfputz, den Sarah Burton ihr im Januar geschenkt hat und den sie seitdem hütet wie eine heilige Reliquie.

Edie kommt mit ihrer Mutter, und sie tragen beide eine Blazer-Rock-Kombination, in der sie aussehen wie Stewardessen von konkurrierenden Fluglinien. Was ihnen an Glamour fehlt, machen sie durch Freundlichkeit wett. Kommentarlos haben sie Jenny für den Abend unter ihre Fittiche genommen, und Glorias Abwesenheit wird mit keinem Wort erwähnt. Edies Mutter lächelt, als sie mich sieht, und winkt mich zu sich.

»Nonie! Endlich ein bekanntes Gesicht! Ich meine, hier sind so viele Gesichter, die mir bekannt vorkommen, aber du bist die Erste, die ich wirklich kenne. Wie geht es dir?«

Sie sieht mich mit mütterlicher Besorgnis an. Immerhin ist sie die Mutter unseres schuleigenen Genies, und soweit sie weiß, besteht unser Leben nur aus Prüfungen und Klarinettestunden, wenn wir nicht gerade ehrenamtliche Arbeiten erledigen oder andere Extra-Punkte für unseren Lebenslauf sammeln.

Ich will ihr gerade sagen, dass es mir blendend geht, aber dann würde sie vielleicht den Eindruck bekommen, ich wäre ein bisschen zu entspannt.

»Ach, Sie wissen schon. Man tut, was man kann«, antworte ich stattdessen.

»Du Arme. All das hier ...«, sie sieht sich in der Tate Modern um mit all den Models und Moderedakteuren, Stars und Kanapees, »... und die ganzen Prüfungen. Ich weiß wirklich nicht, wie ihr das schafft. Ich sage immer zu Edie, sie soll sich nicht übernehmen, aber sie hört einfach nicht auf mich. Ihr seid heutzutage ja solche Wunderkinder.«

Ich mag Edies Mutter. Besonders wenn sie mich zusammen mit ihrer offen gesagt schrecklich genialen Tochter in eine Wunderkind-Kategorie steckt. Es ist lieb, dass sie Mitleid mit mir hat, weil ich am Freitagabend nach der Schule mit lauter Moderedakteuren rumhängen muss. Ich teile ihre Meinung zwar nicht, aber sie ist einfach von Natur aus ein guter Mensch. Edie ist ganz klar die Tochter ihrer Mutter.

»Na ja, manche Sachen machen auch Spaß«, gebe ich zu, als ich die Redakteurin von *Grazia* entdecke.

»Du bist wirklich tapfer«, erklärt Edies Mutter. »Und wahrscheinlich hast du zu tun. Ich will dich nicht länger aufhalten.«

Inzwischen sind Krähe, Edie und Jenny zur anderen Seite des Saals unterwegs. Edies Mutter schließt sich an, und ich sehe mich um und überlege, mit wem ich zuerst reden soll. Neben mir steht eine schicke grauhaarige Dame etwa in Grannys Alter, die einen Kaschmirpullover und schmale Hosen trägt. Ihre Wangenknochen sind immer noch anbetungswürdig, und ihre Augen glitzern quicklebendig.

Ich bekomme Herzklopfen, als mir klar wird, dass ich in unmittelbarer Nähe einer Modelegende stehe. Die Frau, die Alexander McQueen und John Galliano entdeckt hat. Ich sehe sie an, doch ich weiß nicht, was ich sagen soll. Irgendwie muss ich ihr klarmachen, dass ich sie absolut vergöttere.

»Mrs. Burstein«, röchele ich, »Sie kennen mich nicht, aber ich muss Ihnen sagen, wie sehr ich Browns verehre. Ich finde Sie unglaublich.«

Sie sieht mich an und lächelt. »Danke«, sagt sie. »Du bist Nonie Chatham, oder? Ich kenne dich nämlich. In letzter Zeit beobachte ich eure Fortschritte – jedenfalls die deiner Freundin

Krähe. Sie hat ein außergewöhnliches Auge. Will sie irgendwann ihr eigenes Label machen?«

»Das würde sie bestimmt gerne«, sage ich, nachdem ich die Sprache wiedergefunden habe. Bei den ersten beiden Versuchen war meine Stimme so hoch, dass nur Hunde mich hören konnten. »Im Moment haben wir viel mit Miss Teen zu tun. Und mit der Schule. Und mit den Kleidern für ihre Privatkunden.«

Joan Burstein nickt, als wüsste sie, wovon ich rede. »Meine Tochter sagt, jedes Mal, wenn jemand in einem ihrer Kleider auftritt, kommen die Leute in den Laden und fragen, ob wir Krähe führen. Tun wir natürlich nicht, aber meine Mitarbeiter sagen mir immer wieder, wie gern sie Krähe hätten.«

»Oh«, quieke ich. »Wirklich?« Ich klinge, als hätte ich Helium inhaliert.

Sie lächelt mich mitfühlend an. Wahrscheinlich denkt sie, ich hätte eine schreckliche Stimmbandentzündung. Dann entdeckt sie jemanden, den sie kennt, und taucht in die Menge ab.

Ist das wirklich gerade passiert? Hat die Frau, die Alexander McQueen und John Galliano entdeckt hat, praktisch VORGESCHLAGEN, Krähes Sachen in ihren Laden aufzunehmen?

»Was ist los?«, fragt eine Stimme.

Ich schüttele mich und versuche mich zu konzentrieren. Es ist Krähe. Sie sieht aus, als sorgt sie sich um mich.

»Joan Burstein«, krächze ich. »Browns. Vorschlag. Label. Laden.«

»Wirklich?«, quiekt Krähe auf der gleichen Frequenz wie ich.

Ich nicke. Inzwischen hat meine Stimme völlig schlappgemacht.

Krähe lächelt. »Cool.«

Ich schüttele den Kopf. Das ist nicht cool. Das ist jenseits von cool. Diese Frau hat die coolste Modeboutique der Welt gegründet, und sie hat gerade gesagt, dass sie unsere Klamotten an die coolsten Kunden der Welt verkaufen könnte. Das ist eine ganz andere Liga als Miss Teen. Eine Kaufhauskollektion zu entwerfen war toll, aber für richtige Konfektionsware könnte Krähe viel hochwertigere Materialien verwenden und aufwendigere Nähtechniken. Die Kleider wären teurer, aber dafür wären sie WUNDERSCHÖN und genau so, wie Krähe sie haben will. Es ist, als wenn man gebeten wird, einen Porsche statt einen VW zu designen. Nur mit Pailletten statt Scheinwerfern und Blütentaft statt Chrom. Ihr wisst schon, was ich meine.

Krähes Grinsen wird breiter. »Sie hat dich ziemlich beeindruckt, oder?«

Sie lacht. Im gleichen Moment stellt sich Andy Elat zu uns.

»Ich habe dich plaudern sehen«, sagt er zu mir. »Weißt du, wer das war?«

Ich nicke.

»Nonie steht unter Schock«, erklärt Krähe. »Anscheinend interessiert sich Mrs. B. für meine Kleider.«

Andys Augenbrauen wandern seine Stirn hinauf, und ihm rutscht ein Kraftausdruck raus, den er vor uns nicht sagen dürfte. Stotternd liefere ich eine Zusammenfassung des Gesprächs mit Mrs. Burstein.

»Und, stimmt es?«, fragt Andy Krähe. »Denkst du über dein eigenes Label nach?«

Krähe sieht mich an. »Wir sind noch nicht so weit. Im Moment mache ich nur Sachen für Leute, die mich darum bitten. Wegen der Schule und so. Aber irgendwann…«

Andy sieht von ihr zu mir und wieder zurück. »Was ich jetzt sage, sage ich nicht jedem. Ich bin sogar meistens damit beschäftigt, das Gegenteil zu behaupten, aber ich finde, du solltest darüber nachdenken. Du hast Talent. Du hast ein unglaubliches Händchen für Publicity. Ich habe immer gewusst, dass Miss Teen nur ein Sprungbrett für dich ist.«

Krähe sieht unsicher aus.

»Das meine ich ernst«, sagt er. »Du bist gefragt. Das ist dein großer Moment, Kleine. Denk drüber nach. Ruf mich an.«

Dann entdeckt er jemand Wichtiges, der ihm zuwinkt, und verschwindet in der Menge. Krähe starrt ihm hinterher, die Augen groß wie Suppenteller.

Meine Fantasie schlägt Purzelbäume. Krähe hat schon mal eine Modenschau gemacht, aber damals nur mit zwölf Teilen. Ein Label bedeutet, richtige große Kollektionen zu entwerfen, die von Käufern auf der ganzen Welt bestellt werden. Vielleicht gibt es eines Tages sogar Handtaschen und Schuhe dazu. Und eine eigene Federmäppchen-Linie ... Na gut, vielleicht keine Federmäppchen, aber andere entzückende Accessoires. Und Werbekampagnen und viele Modenschauen. Wir marschieren in die coolsten Boutiquen auf der ganzen Welt, und da liegen Krähes Kleider in entzückenden kleinen Regalen ...

»Nonie? Nonie?«

»Was ist?«

Krähe grinst mich an. »Da ist jemand für dich.«

Es ist die Journalistin, die Jenny für die *Vogue* interviewt hat und kurz Hallo sagen will. Ich freue mich riesig sie zu sehen, aber vor lauter Grinsen kann ich fast nicht sprechen.

Kapitel 16

Am nächsten Tag bin ich noch ganz berauscht von der Party, und meine Laune wird durch die verschiedensten köstlichen Düfte noch verbessert, die aus der Küche kommen. Mum kocht. Familienessen haben bei uns Seltenheitswert. Mum ist normalerweise zu müde zum Kochen, weil sie den ganzen Tag ihren Künstlern versichern muss, wie wahnsinnig talentiert sie sind und dass ihre nächste Ausstellung der große Durchbruch wird. Aber Granny ist wieder in der Stadt, und Isabelle bleibt über Nacht, bevor sie mit Jenny zurück nach New York fliegt, und deshalb legt sich Mum ins Zeug.

Weil Isabelle da ist, wird beim Abendessen natürlich hauptsächlich über Hochzeiten gesprochen.

»Was mich interessiert«, sagt Granny, »habt ihr eigentlich schon über die Trauung nachgedacht? Bist du ein Standesamttyp?«

»Aber nein!«, sagt Isabelle lachend. »Ich plane das Ganze

schon mein Leben lang. Auf Vaters Anwesen gibt es eine kleine Landkapelle. Es passen nur ungefähr sechzig Leute rein, aber es ist wahnsinnig romantisch. Ich stelle mir Kerzenlicht vor, und Rosenblätter, die über den Gang gestreut sind ...«

Granny sucht Mums Blick und strahlt zufrieden. In der Zwischenzeit versucht Isabelle mich ins Gespräch miteinzubeziehen.

»Wie war es gestern Abend, Nonie? Ich habe gehört, die Kollektion wird ein Riesending.«

»Ja«, sage ich. »Und das Beste ist, wir wissen jetzt, was wir als Nächstes machen wollen. Krähe gründet ihr eigenes Label. Und Browns will unsere Sachen führen und andere coole Läden ...«

»Und wenn sie nicht gestorben sind, dann leben sie noch heute«, unterbricht mich Mum lächelnd. »So was kann man nicht einfach neben der Schule betreiben, Nonie. Aber zurück zu dir, Isabelle – nach der Hochzeit – was habt ihr für Pläne?«

Isabelle sieht mich entschuldigend an und zuckt die Schultern. Ich zucke ebenfalls die Schultern. Schließlich ist es nur meine Karriere, über die wir hier reden. Nur all meine Träume und Hoffnungen.

»Also«, antwortet Isabelle, die höflich zu Mum sein will, »die Hochzeit findet ja erst in einem Jahr statt. Vor nächstem Sommer schaffen wir das nicht. Und dann muss ich zum Arbeiten nach New York, weswegen wir drüben eine größere Wohnung suchen müssen. Ich habe noch keinem davon erzählt, aber im East Village gibt es ein traumhaftes kleines Apartmenthaus. Früher waren es Künstlerateliers, aber sie machen gerade Loftwohnungen daraus, mit riesigen Räumen und unglaublicher Aussicht ... Ich würde es mir gern mit Harry ansehen, wenn wir das nächste Mal dort sind.«

Sie sieht ihn mit einem unsicheren Lächeln an, und Harry lächelt zurück, aber auch er wirkt irgendwie unsicher. Vielleicht weiß er nicht, ob er wirklich nach New York will. Vielleicht gefällt ihm das East Village nicht. Vielleicht wirkt er deswegen so unentschieden.

»Oh, wie göttlich«, flötet Granny, ohne die Zwischentöne mitzukriegen. »Nicht zu weit vom Central Park, hoffe ich. Ich freue mich schon so, im Plaza abzusteigen und mit meinen Urenkeln im Park spazieren zu gehen. Natürlich werde ich die schickste Urgroßmutter der Welt sein.«

»Mummy!«, sagt Mum. Granny hat es schon wieder getan. Wir sehen nervös zu Isabelle, aber sie strahlt. Anscheinend hat sie nichts gegen die Kinder/Central Park/Urgroßmutter-Vorstellung einzuwenden.

»Tja, mein Schatz, das wäre geklärt«, zieht Mum Harry auf. Er grinst zurück, erst recht verlegen. Ich habe das Gefühl, dass er nicht besonders scharf darauf ist, seine zukünftige Wohnung und seine zukünftigen Kinder mit dem Familienrat zu besprechen.

»Krähe hat erwähnt, dass du dir drei Brautkleider von drei verschiedenen Designern machen lässt. Stimmt das?«, frage ich. Ich will Harry aus der Central-Park-Geschichte retten, aber ich muss beim Thema Hochzeit bleiben, sonst habe ich keine Chance.

Also beschreibt Isabelle ihr Kleid für die Trauung (weiß und romantisch – Krähe) und das Kleid für den Empfang (weiß, aber ein bisschen kantiger – McQueen) und das Kleid für die abendliche Tanzparty (alles ist möglich – Designer noch nicht entschieden). In einem modebewussten Haushalt wie unserem kann das Gespräch mit einem Supermodel über die wichtigsten Kleider ihres Lebens einen ganzen Abend füllen. Als ich ins Bett gehe, reden Isabelle und Mum immer noch über die Vorzüge von Vintage Lacroix gegenüber Vera Wang und Valentino.

Beim Zähneputzen fällt mein Blick auf eine verblasste Kugelschreiberbotschaft auf meinem Handrücken. Ich versuche mich zu erinnern, woran sie mich erinnern sollte. Ach ja. Die *Canterbury Tales*. Inzwischen überfällig. Meine Englischlehrerin wird nicht glücklich darüber sein. Aber es ist zu spät, um etwas zu unternehmen. Außerdem muss man kein Chaucer-Experte sein, wenn man ein internationales Mode-Label managt.

Ich beschließe morgen früh vor der Schule ein paar Stichworte zusammenzuschreiben. Fünf Minuten später bin ich eingeschlafen.

Kapitel 17

Diesmal herrscht keine Funkstille mit New York. Im Gegenteil, Jenny ruft dauernd an, um zu erzählen, wie die Proben für den neuen Workshop laufen – nämlich gut – und wie sich die Besetzung geändert hat. Ihre Freundin Alanna wurde nicht noch mal eingeladen, um Prinzessin Margaret zu spielen. Stattdessen haben sie jetzt einen noch größeren Broadway-Star namens Carmen Candy, die, wie Jenny atemlos sagt, die »talentierteste und supertollste Künstlerin ist«, mit der sie je gearbeitet hat. Wenn ich jedes Mal, wenn sie das Wort »talentiert« oder »supertoll« benutzt, ein Pfund von ihr verlangen würde, wäre ich am Ende Millionärin.

In der Zwischenzeit drohen die Prüfungen und ich habe mir genug Notizen gemacht, um das ganze Haus damit zu tapezieren. Trotzdem schaffe ich es irgendwie, mir am Donnerstagabend eine Lebensmittelvergiftung einzufangen oder jedenfalls sage ich das zu Mum, so dass ich traurigerweise am letzten Ballflachfreitag vor den Prüfungen nicht zur Schule gehen kann. Ich Arme. Letzte Woche ist Jennys *Vogue* in den Zeitschriftenregalen gelandet – und auf jedem Tisch im Französischunterricht, ergänzt durch Bart und andere Verschönerungen, die die Belles vorgenommen haben. Ich glaube wirklich nicht, dass ich im Moment noch mehr Bosheiten verkrafte.

Leider hat Mum die Sache mit Ballflachfreitag mitbekommen, und sie nimmt mir die Lebensmittelvergiftung nicht ab.

»Du hast Französisch, oder?«, fragt sie.

Ich nicke Mitleid heischend.

»Das einzige Fach, in dem du reelle Chancen hast, eine gute Note zu bekommen, oder? Menschenskind, setz das nicht auch noch in den Sand. Raus mit dir.«

Wie gut, dass meine Mutter Vertrauen zu mir hat und außerdem Verständnis für meine gesellschaftlichen Probleme.

Ich sitze hinten an meinem gewohnten Platz und warte, dass sie mich ins Visier nehmen. Wie immer kichern die Belles herum und zeigen mit dem Finger, aber ein paar der Jungs (und zwar die süßen – Ashley und Liam) sagen ihnen, sie sollen mich in Ruhe lassen.

»Wir haben Prüfungen, falls euch das noch nicht aufgefallen ist«, sagt Ashley. »Und ihr habt einen Kratzer in der Schallplatte, Leute.«

Die Belles machen verblüffte Gesichter. So verblüfft, dass sie für den Rest der Stunde still sind. Als es vorbei ist, grinse ich Ashley und Liam an, womit ich sagen will: »Vielen Dank, dass ihr echte Gentlemen seid. Ich weiß das zu schätzen«, und nicht: »Mein Gott, ich stehe total auf euch.« Sie lächeln zurück, womit sie sagen wollen: »Kein Problem«, woraus ich schließe, dass bei ihnen die »Danke«-Botschaft und nicht die »Ich steh auf euch«-Botschaft angekommen ist, und ich bin erleichtert.

Auf dem Heimweg sehe ich Jenny auf einem Werbeplakat und falle fast um. Das hatte ich total vergessen. Gut, dass Jenny nicht da ist. Miss Teen startet werbetechnisch durch, weil die Einführung von Krähes Kollektion kurz bevorsteht. Sie machen eine massive Werbekampagne mit einem Foto, das letzte Weihnachten in Indien entstanden ist. Und Jenny gefällt das Foto sogar, weil außer ihr noch ein Elefant, die handgemalte Kulisse des Taj Mahal und mehrere Bollywood-Tänzer zu sehen sind.

»In der Menge wirke ich richtig mager«, hat sie gesagt, als wir es zum ersten Mal gesehen haben. »Perfekt.«

Ihre Komplexe wegen ihrer Figur auf Fotos machen mir Sorgen. Denn für Krähe und mich ist es echt wichtig, dass sie auf der Treppe zum Metropolitan Museum posiert, wenn sie mit Isabelle zum Met Ball geht. Ich habe Angst, dass sie einfach an den Fotografen vorbeiläuft und sich möglichst schnell verdünnisieren will. Oder schlimmer noch, dass sie sich hinter jemandem versteckt. Das funktioniert sowieso nie. Wir haben Andy Elat Publicity versprochen, und ich hoffe, dass meine Chuzpe sich auszahlt.

Am Tag nach dem Met Ball suche ich im Internet nach Fotos. Es ist nicht schwer. Über den Met Ball wird in jedem Mode-Blog, in jeder Online-Zeitschrift und Netzeitung berichtet. Das meiste ist das übliche begeisterte Blabla, der Ball sei der beste seit Jahren gewesen. Es gibt jede Menge Fotos von Isabelle in ihrem blassgoldenen McQueen-Abendkleid mit dem Schwalbenschwanz, in dem sie aussieht wie eine Prinzessin aus dem Mittelalter. Und alle sind sich einig, dass dieses Jahr auf dem Met Ball Retro-Vintage angesagt war. Wer dieses Gefühl am besten rüberbrachte, war die Newcomerin mit dem kurzen kupferroten Haar. Die zusammen mit Isabelle kam, in einem wunderschönen Ballkleid aus schwarzem Samt mit rückenfreiem weißem Satinoberteil. Jenny Merritt, die Schauspielerin, die kürzlich in der *Vogue* war. Und deren Kleid im Vintage-Stil von der »Oscar-Designerin« Krähe Lamogi stammt, deren neue Kollektion in Kürze in England in die Läden kommt ...

Ich bin so dankbar, dass ich weinen könnte.

Das Timing ist perfekt. Der offizielle Start findet zwei Tage später statt, und wieder stehen die Mädchen rund um den Häuserblock Schlange, weil sie unbedingt Krähes Entwürfe in die Finger kriegen wollen. Glücklicherweise werden die Sachen diesmal nicht so schnell ausverkauft sein, aber das auch nur, weil Miss Teen genug produziert hat, um praktisch jedes Mädchen in England einzukleiden.

Das ist der Teil, der mir am meisten Spaß macht. Krähe und ich treffen uns nach der Schule und schlendern durch Kensington und spielen, wer als Erstes Teile der neuen Kollektion an echten Leuten entdeckt. Allmählich tauchen sie überall auf: auf der Straße, im Park, im Bus, samstagmorgens im Fernsehen an Moderatorinnen. Es ist spannend zu sehen, wie Krähes Entwürfe mit Sachen von Topshop, New Look und anderen Läden kombiniert werden. Die echten Trendsetter machen Dinge damit, die wir nie für möglich gehalten hätten. Leggings als Schals. Tuniken als Minikleider mit bunten Strumpfhosen. Lange Kleider als

Unterröcke unter femininen Rüschenröcken von H&M. Lakshmi e-mailt mir aus Indien, dass in den Läden in Mumbai bereits Imitate auftauchen, was schmeichelhaft ist.

Außerdem besprechen wir, was wir als Nächstes vorhaben. Krähe hat so viele Ideen, dass sie sich kaum entscheiden kann. Sie will mehr Entwürfe im Stil der fünfziger Jahre machen, mit Glockenröcken und Wespentaillen. Ich finde, sie sollte mit modernen Materialien und Techniken experimentieren, Neopren und Laserschnitt zum Beispiel. Edie schlägt eine One-World-Linie vor, mit fair gehandelter Baumwolle aus Uganda. Krähe ist sofort begeistert. Jetzt muss sie sich nur noch für die beste Idee entscheiden und Andy Elat anrufen und sich von ihm erklären lassen, was wir tun müssen, um unser eigenes Label zu gründen.

Das ist keine gute Zeit für Prüfungen. Es ist fast unmöglich, sich zu konzentrieren, aber ich tue, was ich kann. Mum hat mir einen neuen Laptop versprochen, wenn ich in diesem Jahr gut abschneide. Und den brauche ich dringend, denn über meinen habe ich einen Smoothie gekippt, und seitdem ist er nicht mehr der Alte.

Kapitel 18

Eigentlich soll ich für BWL lernen, aber Jenny verkündet, dass sie aus New York zurück ist, und fragt, ob wir uns treffen wollen. Natürlich wollen wir. Wir verabreden uns zum Pizzaessen. Edie und Krähe sind auch mit dabei.

Wir reden Ewigkeiten darüber, wie toll Jenny in dem Ballkleid und den Diamanten aussah. Selbst jetzt hat sie noch dieses Strahlen an sich, wenn auch etwas Jetlag-getrübt.

»Und?«, ziehe ich sie auf. »Wer ist der Glückliche?«

»Welcher Glückliche?«

»Die Blogger sind sich sicher, dass du verliebt bist, weil du so glücklich aussiehst.«

»Ach das«, sagt sie. Sie zuckt die Schultern. »Da ist kein Glücklicher. Ich habe mich nur prächtig amüsiert.«

»Weil du mit Tom Ford geredet hast?«

Sie sieht mich entschuldigend an. »Hab ihn nicht mal gesehen. Tut mir leid.«

»Weil du Diamanten tragen durftest?«, fragt Edie. »Ich hoffe übrigens, es waren welche mit ethisch korrektem Herkunftsnachweis.«

Jenny seufzt. »Ich wusste, dass du nachfragen würdest, und ja, das waren sie. Aber ich glaube nicht, dass es an den Diamanten lag. Ich hatte eher Angst, sie zu verlieren.«

»Was war es dann?«

»Das Singen?«, fragt Krähe.

Jenny grinst sie an. »Ja! Ja, genau das war es. Kurz vor dem Ball haben wir im Workshop ein paar Songs richtig gut hingekriegt. Es hat unglaublich Spaß gemacht. Woher hast du das gewusst?«

Krähe lächelt. »Ich kenne das Gefühl, wenn man etwas geschafft hat, das einem viel bedeutet ... so richtig gut. Genau so, wie man es sich vorgestellt hat.«

Jenny nickt. »Übrigens habe ich mich noch gar nicht bedankt, dass du dich um Stella gekümmert hast, Edie. Die Kätzchen sind so niedlich!«

Sofort habe ich vom Met Ball zu Jennys jungen Katzen umgeschaltet. Nur Edie wirkt irgendwie unbehaglich und starrt auf ihren Teller.

»Du hast dich doch um sie gekümmert, oder?«, fragt Jenny erschrocken.

»Natürlich!«, antwortet Edie spitz. »Ich war sogar zweimal da. Stella ging es gut. Da waren die Jungen noch nicht da, aber sie hatte im Schrank ein Lager für sie gebaut.« Dann zögert sie. »Jenny, du hast doch gesagt, dass es deiner Mutter nicht gut geht, oder? Muss sie das Bett hüten oder so was?«

Jennys Gesicht verdunkelt sich. »Nein. Aber an manchen Tagen steht sie einfach nicht auf. Ich meine, es ist nicht so, dass sie nicht laufen kann oder so was.«

»Aber es war so unordentlich bei euch, Jenny. Nicht nur unordentlich, sondern *schmutzig*. Ich habe Gloria nicht gesehen, aber irgendwie hatte ich das Gefühl, dass sie mir hinterhergeschlichen ist. Es war richtig unheimlich.«

Jetzt zittert Jennys Lippe. »Vielen Dank«, sagt sie verletzt. »Gut zu wissen, dass du meine Mutter unheimlich findest.«

Edie ist verlegen. »Tut mir leid. Ich habe mir nur Sorgen um sie gemacht.«

»Jetzt bin ich ja wieder da«, sagt Jenny. »Also vergiss es einfach.«

Krähe und ich sehen einander an. Wir wissen nicht genau, was los ist. Erst reden wir über Diamanten und junge Kätzchen, und im nächsten Moment streiten Jenny und Edie. Ich schiebe es auf den Prüfungsdruck und den Jetlag. Das Einzige, was da hilft, ist ein Eisbecher zum Nachtisch. Ein großer Eisbecher. Ich bestelle für uns alle. Eigentlich müssten wir längst aus dem Alter raus sein. Aber es gibt Zeiten, wo ein Tässchen Erwachsenenkaffee und ein trockener Keks einfach nicht genug sind.

Zu Hause ist wieder Normalität eingekehrt. Granny ist abgereist. Isabelle ist noch in New York, und Harry besucht sie. Mum und ich sind allein, und statt Sonntagsbraten gibt es belegte Brote zum Abendessen, wenn wir überhaupt daran denken.

Zum BWL-Lernen brauche ich Unmengen von Popcorn, und nachdem ich beim Popcorn-Machen zwei teure Pfannen kaputt gemacht habe, hat Mum freundlicherweise angeboten, das für mich zu übernehmen. Wir sitzen in der Küche und warten auf das erste Ploppen aus Pfanne Nummer drei.

Mum sieht aus, als hätte sie etwas zu sagen, aber ich komme ihr zuvor.

»Du kennst doch Gloria Merritt ...«

»Ja«, sagt sie mit einem wachsamen Ausdruck.

»Du kennst sie schon lange, oder? Weißt du vielleicht, was mit ihr los ist? Sie scheint in letzter Zeit irgendwie komisch zu sein.«

»Wie, komisch?«

»Na ja, in der Wohnung sieht es schrecklich aus. Und sie hat Jenny nicht nach New York begleitet.«

»Oje. Gloria«, sagt Mum. »Sie war immer unzuverlässig. Als ihr noch klein wart, hat sie ständig angerufen und mich gebeten, Jenny mit von der Schule abzuholen, weil sie es nicht pünktlich geschafft hat. Ich wusste nicht, was mit ihr ist, aber ich wollte sie nicht fragen. Ich dachte, in den letzten Jahren wäre es besser geworden. Weißt du noch, wie viel sie bei Jennys Premiere letzten Sommer getrunken hat?«

»Oh!«

Ach du liebe Güte. Hat Gloria heimlich Wodka-Flaschen im ganzen Haus versteckt? Schläft sie ihren Rausch aus, während Jenny den Boden schrubbt? Das wäre ja grauenhaft. Und ich mache mir wegen Mums Weißwein-Konsum Sorgen. Das hier ist eine ganz andere Liga.

»Was sollen wir tun?«, frage ich.

»Was *können* wir tun?«, seufzt Mum. »Sei nett zu Jenny, würde ich sagen. Sieh zu, dass es ihr gut geht. Im Moment geht es ihr doch gut, oder?«

»Ja, meistens wirkt sie richtig glücklich.«

»Na siehst du.«

»Edie war bei ihr, um nach den jungen Kätzchen zu sehen«, sage ich.

»Nett von ihr.« Mum lächelt. Edie ist für Mum der perfekte Teenager. Kluger Kopf, knielange Röcke, größtmögliche Hilfsbereitschaft und immer nur Einsen.

Das Popcorn fängt zu ploppen an. Als die volle Schüssel vor mir steht, setzt Mum sich zu mir an den Tisch, mit einem merkwürdigen Blick in den Augen.

»Nonie, ich habe nachgedacht«, sagt sie.

Das klingt nicht gut. Ich sage nichts. Auf einmal ist mein Mund ganz trocken. Nicht ideal, wenn man eine Schüssel Popcorn vor sich hat.

»Über unser Haus. Es ist ein bisschen groß, meinst du nicht?«

»Findest du?« Wenn man mich fragt, würde ich sagen, es hat genau die richtige Größe.

»Wenn Harry geht, sind wir beide hier ein bisschen verloren, oder?«

»Meinst du?«

Mum ändert ihre Taktik. »Könntest du dir nicht vorstellen, in eine Wohnung in einer trendigeren Gegend zu ziehen, wenn du mit der Schule fertig bist? Dann gehst du irgendwo aufs College, und ich bin praktisch allein. Was hältst du vom East End, wo viel kreative Energie fließt? Als ich mir die Wohnung in New York vorgestellt habe, die Isabelle beschrieben hat – sie klang so perfekt. Ich wollte eigentlich schon immer in einem alten Industrieloft wohnen.«

Wie bitte? Das ist mir neu. Ich wollte noch nie in einem Industrieloft wohnen. Oder im East End. Ich hänge an unserem Häuschen in Kensington. Und am Bus Nummer 14 und dem Victoria-&-Albert-Museum. Und an den zehn Minuten bis zur Oxford Street. Und an meinem perfekten Zimmer, das ich gegen nichts in der Welt eintauschen wollte.

»Wirklich?«, sage ich. Mehr bringe ich nicht raus.

»Mhm«, macht Mum. »Ich dachte, ich lasse mal einen Makler kommen, der das Haus schätzt. Es wäre doch interessant zu wissen, wie viel es wert ist. Wir müssten Vicente natürlich sein Geld zurückgeben, aber wahrscheinlich wäre noch genug übrig, um eine nette Wohnung für uns beide zu finden. Alles in Ordnung mit dir?«

Ich nicke. Nichts ist in Ordnung. Ich nicke trotzdem.

»Was ist mit meinem Zimmer?«, frage ich mit dünner Stimme.

»Das nimmst du mit. Mit allem Drum und Dran, wenn du willst. Mit all deinen Postern und Möbeln. Aber mal ehrlich, Liebes, du hast nicht mehr umgeräumt, seit du neun warst. Vielleicht wäre eine kleine Modernisierung drin. Wir könnten dir was Neues kaufen. Einen Spiegelschrank, wie du ihn schon immer wolltest. Ein Himmelbett ...«

Ich nicke wieder, aber mir ist schlecht. Es stimmt, ich habe Mum seit Monaten – Jahren, wahrscheinlich – in den Ohren gelegen, dass wir meinen alten Schrank gegen einen coolen neuen Schrank mit Spiegeltüren und jeder Menge Platz eintauschen. Und ein Himmelbett habe ich auch schon immer gewollt, aber Mum hat immer Nein gesagt. Für mich war es eins der tollsten Dinge, die man überhaupt haben könnte, aber jetzt, wo sie es mir praktisch anbietet, ist es mir plötzlich nicht mehr so wichtig.

Mums BlackBerry piept. Sie sieht mich entschuldigend an,

aber sie muss rangehen. Ich bin froh, dass das Gespräch unterbrochen wird. Ich nehme das Popcorn mit in mein Zimmer und setze mich an den Schreibtisch vor meinen alten Laptop mit der klebrigen Tastatur. Ich bin fest entschlossen, nicht zu verzweifeln. Dazu habe ich keine Zeit. Ich muss meine Karriere planen und pauken, pauken, pauken. Leute ziehen ständig um. Ich muss mich nur daran gewöhnen.

Außerdem ist da eine E-Mail von den Kamelhaarmännern, die mich an unser Treffen in Paris erinnern und mir sagen wollen, wie beeindruckt sie von der »ausführlichen Berichterstattung über unsere Schauspielerfreundin auf dem Met Ball« und dem »marketingstrategischen Impuls« für die neue Miss-Teen-Kollektion sind.

»Wir sind an neuen Wegen interessiert, im Hinblick auf die eventuelle Etablierung einer Teen-Marke mit aufstrebenden Talenten zusammenzuarbeiten«, heißt es weiter. »Bitte kontaktieren Sie uns, um diesbezügliche potenzielle Perspektiven und kreative Möglichkeiten zu diskutieren.«

Ich habe die Nachricht vier Mal gelesen, aber ich weiß immer noch nicht genau, was gemeint ist. Ich wünschte, sie hätten mehr Punkte und Kommas benutzt. Oder normale Wörter, die ich verstehe. Insgesamt vermute ich, sie wollen sagen, dass ihnen Krähes Entwürfe gefallen und sie ihr ein Jobangebot machen möchten. Einen Job als richtige Designerin bei einem großen neuen Modehaus namens Alphia. Mit einem festen Gehalt und einem Büro und Ateliers voller Mitarbeiter. Wissen sie, dass Krähe im Januar erst sechzehn wird? Irgendwie klingt das Ganze ein bisschen bombastisch für eine Sechzehnjährige, aber sie haben Krähe schließlich kennengelernt, und anscheinend halten sie sie für qualifiziert. Was würden sie mit mir machen? Ich werde in der E-Mail nicht erwähnt. Ich müsste ihnen erklären, dass ich die mit der Chuzpe bin. Aber es hört sich sowieso alles wie ein Traum an. Etwas Verrücktes, das ich Krähe erzähle und dabei zusehen kann, wie sie große Augen kriegt.

Mum streckt den Kopf durch die Tür. Sie bringt mir einen heißen Kakao und sieht mich mit einem »Tut mir leid, dass ich das Haus verkaufe«-Ausdruck an. Sie fragt, was ich mache, und ich sage ihr, Französisch.

»Braves Mädchen«, sagt sie und streicht mir übers Haar. »Ich habe mir gedacht, dass der neue Laptop vielleicht ein netter Anreiz ist.«

»O ja«, stimme ich zu.

Ein schöner neuer Laptop für mein schönes neues Zimmer in unserem schönen neuen Loft in East London, weit weg von meinen Freundinnen und auch ohne Platz für Krähes Atelier, wenn ich es recht bedenke. Aber das braucht sie ja nicht mehr, weil sie dann ihr eigenes Atelier hat oder vielleicht sogar in New York für ein Mega-Label arbeitet. Kein Problem. Überhaupt kein Problem.

Aus heiterem Himmel platscht eine Träne auf meine Tastatur. Aber vielleicht ist das ganz gut. Vielleicht werden davon wenigstens die Tasten sauber.

Kapitel 19

»Ich kann mir gar nicht vorstellen, wie es wäre, wenn meine Mutter unsere Wohnung verkauft«, seufzt Jenny mit vollstem Mitgefühl.

Wir sitzen bei ihr in der Küche, wo ein Sammelsurium von Stühlen um den runden Holztisch steht, die zwar irgendwie zusammenpassen, aber so aussehen, als hätte jeder ein anderes Leben hinter sich. Gloria Merritt nennt es »Shabby Chic«. Mum nennt es »Sperrmüll«. Jedenfalls sorgt es für eine gemütliche Atmosphäre.

Ich sage nichts. Natürlich freue ich mich über Jennys Mitgefühl, aber sie reitet nun schon seit einem Monat darauf herum, und es wäre mir lieber, wenn wir nicht mehr darüber sprechen würden. Ich versuche das mit unserem Haus zu vergessen. Viel lieber rede ich von Stellas drei jungen Kätzchen, die ZUM ANBEISSEN SÜSS sind und mit ihrer Mutter in einem Körbchen in der Ecke liegen.

Ich hatte gehofft, dass ich ihnen wieder Namen geben darf wie bei Stella, und ich habe Jean, Paul und Gaultier vorgeschlagen, aber Jenny hat den Kopf geschüttelt. Natürlich hat sie nur Musicals im Kopf. Also habe ich es mit Andrew, Lloyd und Webber versucht, doch sie sagte, ich soll nicht kindisch sein. (Dass eins der Kätzchen ein Weibchen ist, spricht auch nicht gerade dafür.) Edie hat Macavity, Gus und Jemima vorgeschlagen, die Namen aus *Cats* (Musical), die aber ursprünglich von T. S. Eliot stammen (Dichter und deswegen offiziell befähigt, sich gute Namen auszudenken). Wieder hat Jenny den Kopf geschüttelt: die Kätzchen nach *Cats* zu benennen sei zu naheliegend. Dann hat sie ein Dutzend Namen aus Musicals aus den fünfziger Jahren vorgeschlagen, von denen wir noch nie was gehört haben. Im Moment stecken wir in einer Sackgasse.

Krähe hat sich aus der Namensgebung rausgehalten, was sehr weise von ihr ist. Sie beschränkt sich darauf, für die Kätzchen Bommeln zu machen. Glücklich sitzt sie neben ihnen auf dem Boden und wickelt Wolle um ein Stück Pappe, wie ich es früher im Kindergarten gemacht habe. Wahrscheinlich hat sie ganz vergessen, dass sie eine richtige Modeschöpferin ist. Und wir haben auch nicht mehr von richtiger Mode gesprochen, seit ich ihr von der Kamelhaar-E-Mail erzählt habe und ihre Augen so groß wie Suppenteller wurden. Seitdem haben wir hauptsächlich mit Prüfungen und Panikattacken zu tun. Im Moment ist Krähe ein ganz normales Mädchen, die eine Freundin mit jungen Kätzchen hat und mit Wolle spielt. Krähe hat sich schon eine Halskette aus Bommeln gemacht, und wahrscheinlich muss ich sie bitten, mir auch eine zu machen.

»Ich muss sagen, hier sieht es viel besser aus«, sagt Edie. Anscheinend hat sie gemerkt, dass ich nicht mehr über zu Hause reden will. Nicht immer sagt Edie das Richtige zur richtigen Zeit, aber sie gibt sich Mühe.

»Danke«, murmelt Jenny. »War nicht schwer.«

Es stimmt. Die Wohnung ist keine Müllkippe mehr. Es ist sauber und hell und wirkt wie der ideale Ort, um junge Kätzchen großzuziehen. Entweder geht es Gloria besser, oder Jenny hat sich zwischen den Prüfungen auch noch um den Haushalt gekümmert. Gott sei Dank haben wir die Prüfungen jetzt hinter uns, so dass wir Zeit haben, in Küchen herumzusitzen und zu überlegen, was wir anfangen sollen.

Gloria geht uns nach wie vor aus dem Weg. Unwillkürlich betrachte ich die Schränke und frage mich, ob sie dort Wodkaflaschen versteckt. Weiß Jenny Bescheid? Sucht sie danach?

Eine Weile sitzen wir schweigend da, jede in ihren eigenen Gedanken.

»Gibt es was Neues von Jackson Ward?«, frage ich, um das Schweigen zu brechen.

Jenny grinst und wird rot.

»Ja, gibt es«, sagt sie. Offensichtlich ist es etwas Aufregendes, auch wenn sie versucht es zu überspielen. »Ich habe es gestern erfahren. Die Produzenten haben ein Theater in Chicago gefunden. Im November ist Premiere. Die Show wird sechs Wochen laufen. Mit diesem megasupertollen neuen Regisseur. Und einer *unglaublichen* Besetzung.«

»Und du bist dabei?«, frage ich vorsichtshalber nach.

»Ich bin dabei!«

Edie und Krähe blicken ruckartig auf. Selbst eins der Kätzchen öffnet ein schläfriges Auge.

Glücklich fährt Jenny fort. »Der Workshop war ein Erfolg. Als Star haben sie Carmen Candy, also können sie sich eine Primitive leisten. Nein. Eine Massive? Eine Naive. Das war's. Einen Neuling. Und immerhin war ich mal in einem großen Film, so dass ich nicht ganz unbekannt bin.«

»Wow!«, rufen Krähe und ich gleichzeitig.

Edie bleibt ein bisschen länger sprachlos, aber irgendwann sagt sie: »SECHS WOCHEN?«

Jenny nickt aufgeregt.

Edie ist schockiert. »SECHS WOCHEN? Im November? Was ist mit der Schule?«

Jenny zuckt die Schultern. »Ich bekomme Nachhilfe. Aber ich muss die Schule ein Jahr aufschieben. Anders geht es nicht.«

Edie steht immer noch unter Schock. »Im Ernst?«

»Du meinst wohl herzlichen Glückwunsch«, sage ich zu ihr.

»Bestimmt nicht«, gibt Edie zurück. »Wie willst du überhaupt eine Arbeitserlaubnis bekommen?«

»Ich bin in Amerika geboren«, sagt Jenny. »Vergessen? Mein Vater war gerade auf Tournee, als ich zur Welt kam, deswegen habe ich einen amerikanischen Pass. Endlich etwas, wofür ich ihm dankbar bin.«

»O Gott«, fährt Edie fort. »Und was ist mit Stella und den Kätzchen? Schafft es deine Mutter, sich sechs Wochen lang um sie zu kümmern?«

Jenny druckst herum. »Na ja, es sind ein bisschen mehr als sechs Wochen. Die Saison dauert sechs Wochen. Aber wir müssen ja auch proben. Und Jackson will, dass ich zuerst nach New York komme und mit einem Gesangstrainer arbeite, den er kennt, damit ich so viele Aufführungen überhaupt durchhalte.

Und ich muss noch die Tanzschritte lernen, dafür brauche ich immer doppelt so lange wie alle andern.«

Mir wird schwindelig. Es klingt, als wäre alles schon eingetütet, und ich muss es mal sacken lassen.

»Wann geht es los?«

»Wann ich will«, sagt Jenny. »Jackson sagt, je mehr Zeit wir zusammen haben, desto besser. Ich kann bei ihm wohnen. Und keine Angst, er ist kein perverser alter Mann. Er ist mit einer supertollen Bildhauerin verheiratet, die auch berühmt ist, und seine Tochter Charlotte ist auch noch da – erinnert ihr euch? Sie sagt, sie freut sich schon, mir mehr von New York zu zeigen. Er hat beschlossen mich unter seine Fittiche zu nehmen.«

Jetzt bin ich genauso geschockt wie Edie. Krähe hat den Kopf eingezogen und hält sich raus. Recht hat sie. »Wann genau?«, frage ich.

Jenny wirft ihre roten Locken zurück. »In ein paar Wochen. Er hat ein unglaubliches Haus. Wenn ihr wollt, könnt ihr mich bestimmt dort besuchen.«

Edie redet leise, aber sie klingt absolut unbeeindruckt. »Ich kann nicht. Ich muss noch meine Harvard-Bewerbung schreiben. Und die anderen Aufsätze, schon vergessen? Und die SATs. Und ich habe einen Job im Sommer. Und jetzt sieht es so aus, als müsste ich auch hier vorbeikommen, um nach deinen Kätzchen zu sehen.«

»Oh!«, ruft Jenny. »Das würdest du tun?«

Ich weiß nicht, ob sie den Vorwurf in Edies Stimme absichtlich ignoriert oder ob sie ihn tatsächlich nicht bemerkt hat. Jedenfalls scheint sie froh zu sein, dass sich jemand um die Katzen kümmert.

Edie sagt nichts mehr. Die Luft ist so dick, dass man eine Decke daraus stricken könnte. Ich werfe Krähe einen Blick zu und lache heiter. Jedenfalls soll es heiter klingen.

»Tja, sieht so aus, als hätte ich im Sommer eine Freundin in Amerika und die andere in der Bibliothek. Gott sei Dank habe ich noch dich, oder?«

Vorsichtig legt Krähe die Bommel hin und den Kopf schief. Ihr Blick ist nicht sehr vielversprechend.

»Mein Vater hat mir letzte Woche geschrieben. Er macht sich Sorgen um meine schulischen Leistungen. Und die Familie vermisst mich. Sie wollen, dass ich den Sommer bei ihnen in Uganda verbringe.«

Jetzt bin ich sprachlos. Krähe weiß es seit einer Woche, und sie hat mir bis jetzt nichts davon erzählt. Bei wichtigen Nachrichten ist sie eine echte Katastrophe. Ich wünschte, sie würde ab und zu mal den Mund aufmachen. Manchmal weiß ich ihre Schweigsamkeit wirklich zu schätzen, aber nicht *immer*.

In diesem Moment wachen die Kätzchen auf und fangen an leise maunzend herumzuturnen.

Jenny, Edie und ich nehmen es als Vorwand, sich jede eins zu nehmen und zu streicheln. Wir reden nicht miteinander. Wir sehen einander nicht an.

Mein wunderschöner prüfungsfreier, freundinnenreicher, Mode-planerischer Sommer hat sich soeben in einen Albtraum verwandelt. Und dann piept mein Telefon. Eine SMS von Mum.

»Habe eben dein Zeugnis erhalten. Komm sofort nach Hause. Wir müssen reden.«

Der Albtraum hat gerade erst angefangen.

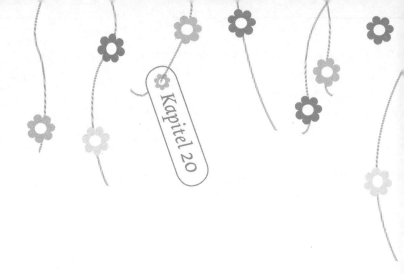

Kapitel 20

Mum sitzt am Küchentisch (weißer Marmor, passende Stühle, absolut Flecken-feindlich) mit meinem aufgeschlagenen Zeugnis vor der Nase und einer Tasse sehr starkem Kaffee. Doch das Schlimmste ist, sie sieht nicht mal wütend aus. Sie wirkt einfach nur hilflos und traurig.

»Was soll ich tun, Nonie?«, fragt sie.

Fangfrage. Ich beiße mir auf die Lippe.

»Ich schicke dich auf eine teure Privatschule. Ich helfe dir stundenlang dabei, deine Wahlfächer auszusuchen. Ich versuche immer und immer wieder dir zu erklären, wie wichtig die Prüfungen sind und wie wichtig das College ist und wie wichtig es ist, dich auf die Zukunft vorzubereiten. Was soll ich denn noch machen, damit irgendwas davon bei dir ankommt?«

»Meine Noten sind also nicht so gut?«, frage ich. Am besten, wir bringen es hinter uns.

Sie seufzt. »Nein. Sie sind nicht so gut.«

Sie schiebt mir das Zeugnis hin. Es rutscht über den Marmor. Ich habe kein großes Bedürfnis, es zu lesen.

»Aber es ist doch das erste Jahr der A-Levels, oder? Das nächste Jahr zählt erst so richtig«, versuche ich es optimistisch.

»Wenn du so weitermachst, schaffst du es nicht ins nächste Jahr«, sagt Mum. »Sie sind nicht nur von dir enttäuscht, Nonie. Sie machen sich Sorgen.«

»Oh.« Vielleicht haben die ganzen Stichpunkt-Aufsätze nicht die Wirkung erzielt, die ich angepeilt hatte. Trotzdem bin ich fest entschlossen, mich aufs Positive zu konzentrieren. »Aber, Mum, so viele gute Noten brauche ich gar nicht. Ich weiß, du hättest gern, dass ich aufs College gehe und so, aber wenn Krähe ihr eigenes Label hat, dann leite ich es für sie, und selbst wenn sie kein eigenes Label aufmacht, hat gerade ein großes Modehaus angefragt, die uns anheuern wollen. Meine Karriere hat schon längst angefangen.«

Ich versuche nicht selbstgefällig zu klingen oder so was, aber ehrlich gesagt bin ich ganz zufrieden mit mir. Ich habe Krähe geholfen, drei Kollektionen auf die Beine zu stellen, und falls Andy Elat Recht hat – und er hat immer Recht –, ist sie gerade dabei, durch die Stratosphäre zu schießen. Ich habe eine Karriere! Juhu! Und dafür brauchte ich nicht mal einen Schulabschluss.

»Oh, Nonie.« Mum seufzt wieder. »Du bist so naiv, mein Schatz. Du hast keine Ahnung, oder?«

Na gut, jetzt bin ich nicht mehr selbstgefällig, jetzt bin ich sauer. Keine Ahnung? KEINE AHNUNG? Habe ich nicht immerhin eine Modenschau für die Londoner Fashion Week organisiert? Habe ich nicht gerade eine Kaufhauskollektion in die Läden gebracht und mit Joan Burstein geplaudert? Wie viel Ahnung brauche ich noch?

»Jetzt setz dich und hör zu«, sagt Mum.

Ich bin so überdreht, dass mir gar nicht aufgefallen ist, dass ich noch stehe. Ich setze mich und rutsche zur Stuhlkante vor. Mum versucht nach meiner Hand zu greifen, aber dem Mädchen, das »keine Ahnung« hat, ist momentan nicht nach Händchenhalten.

»Überleg mal, Schätzchen. Krähe ist die Designerin. Sie ist der Name. Sie ist die, von der die Leute etwas wollen. Was würdest du denn machen?«

»Das, was ich immer gemacht habe«, sage ich. »Ihr helfen.«

»Und wie?«

»Ich weiß nicht ...« Ich stammele und überlege. Darüber habe ich noch nicht genauer nachgedacht, weil es so offensichtlich ist. »Na, Entscheidungen treffen, du weißt schon – mit Leuten reden. Ihre Entwürfe umsetzen.«

Mum seufzt. »Ein Label zu managen ist eine ernste Sache.«

»Das weiß ich.«

»Es geht um eine Menge Geld.«

»Ja, aber ...«

»Geld, das von jemandem verwaltet werden muss, der sich auskennt. Jemand, der sich mit Cashflow und Marktforschung und Verkaufserwartungen auskennt. Interessieren dich solche Sachen überhaupt, Nonie?«

»Natürlich«, sage ich.

Ich meine, ich habe natürlich nicht vor, Expertin für Cashflow zu werden. Oder für Verkaufserwartungen oder so was. Haben wir so was eigentlich in BWL durchgenommen? Wahrscheinlich war ich an dem Tag gerade mit einem Partykleid beschäftigt.

»Na ja, ich würde nicht das ganze Label managen«, rudere ich zurück. »Aber ich würde ... mich nützlich machen.«

»Wie denn?«

Eine Pause entsteht.

»Außerdem«, fährt Mum fort, »wie willst du dich nützlich machen, wenn du die ›schlechteste Leistung einer vielversprechenden Schülerin‹ ablieferst, die dein BWL-Lehrer in den letzten zehn Jahren gesehen hat?« Das macht sie extra. Was hat sie eigentlich? Andy Elat hat gesagt, jetzt ist Krähes großer Moment. Und ich will dabei sein.

»Wenn es sein muss, gehe ich eben aufs College ... wenn du unbedingt willst«, sage ich, um Mum bei Laune zu halten. Wenigstens bin ich vielversprechend, oder?

»Das geht aber nicht!« Mum heult fast. »Du bist nicht gut genug. Du hast nicht genug gelernt. Du schaffst es nicht aufs College, Nonie. Du wirfst dein Leben weg. Wie kann ich dir das bloß klarmachen?«

Im Moment ist mir gar nichts klar. Ich sehe alles verschwommen. Und reden bringt auch nichts. Ich bringe kein Wort heraus. Wir sitzen Ewigkeiten da, ohne etwas zu sagen. Insgeheim denke ich: »Warum kann ich nicht Joan Bursteins Tochter sein?« Aber ich schätze, Mum wäre beleidigt, wenn ich es laut sagen würde. Wer weiß, was sie denkt. Wahrscheinlich an meine A-Level-Prognose, und die sieht nicht gerade rosig aus.

Ich sitze in meinem Zimmer mitten auf dem Fußboden, ohne irgendwas zu berühren, ohne mich zu rühren, und sehe zu, wie das Licht des Tages verblasst und der Abend anbricht. Ich warte, dass Mum an die Tür klopft und mich zum Essen ruft, aber sie tut es nicht. Harry ist nicht da, also ist es auch in seinem Zimmer still.

Irgendwann, als es schon richtig dunkel ist, höre ich die Haustür, und ich schleiche mich nach unten, um nachzusehen, ob es Krähe ist. Ist es. Sie sieht mich erschrocken an.

»Was ist denn mit dir los?«

Ich fahre mir durchs Haar. Wahrscheinlich sehe ich etwas abgekämpft aus.

»Zeugnis«, sage ich. »Bei dir alles okay?«

Krähe nickt und streckt mir die Hand hin.

Zusammen gehen wir runter in ihr Atelier. Es ist voll mit Papierblumen. Ihre neueste Idee für Isabelles Kleid ist ein Rock, der über und über mit Seidenblumen bedeckt ist, und sie übt mit Papier, um zu sehen, wie es wirkt.

Es ist wunderschön. Ein Meer aus Blumen auf dem Teppich. So unerwartet, und so typisch Krähe. Wie soll ich ohne diesen Raum weiterleben, ohne sie?

Ich fange wieder an zu weinen. Krähe nimmt mich in den Arm und fragt nicht warum. Es ist ein gutes Schweigen. Aber irgendwann breche ich es.

»Du fliegst also nach Uganda?«

»Ja.«

»Victoria freut sich bestimmt riesig dich zu sehen.«

Victoria ist Krähes kleine Schwester. Seit Krähe mit acht Jahren nach England kam, um eine gute Schule zu besuchen, haben sie sich nur zweimal gesehen. In Uganda ist seitdem vieles besser geworden, und Victoria kann zu Hause eine gute

Schule besuchen, die Schule, für deren Bau Edie Geld gesammelt hat. Victoria bewundert alles, was Krähe macht, und ich kann mir vorstellen, wie glücklich sie ist, dass ihre große Schwester nach Hause kommt, auch wenn es nur für ein paar Wochen ist.

Krähe grinst, und ihre Augen strahlen. In diesem Moment wird mir klar, dass sie sich genauso freut. Ich war irgendwie davon ausgegangen, dass sie nur fliegt, um ihrer Familie einen Gefallen zu tun, aber natürlich freut auch sie sich riesig auf ihre Familie. Sie redet nicht viel darüber, aber sie muss sie schrecklich vermissen.

»Was ist mit Henry? Kommt er mit?«

»Ja«, sagt sie grinsend. »Er will Lehrer werden, wie mein Vater. Er macht ein Praktikum dort an der Schule. Und ich helfe auch. Mein Vater sagt, ich muss mich mehr auf die Schule konzentrieren.«

Krähes Vater und meine Mutter sollten sich zusammentun. Sie würden sich prächtig verstehen.

»Aber die Schule läuft gut bei dir, oder?«, frage ich.

»Na ja«, sagt sie und grinst betroffen. »Manchmal lasse ich mich zu sehr von den Kleidern ablenken. Sie sagen, ich bleibe vielleicht sitzen.«

»Ich weiß, wie sich das anfühlt«, versichere ich ihr.

Dann wird mir klar, dass wir überhaupt keine Zeit für all die Modegespräche haben werden, die wir führen müssten.

»Was ist mit dem Label?«, frage ich. »Möchtest du es immer noch machen?«

Krähe zuckt die Schultern. »Darüber denke ich nach, wenn ich aus Uganda zurückkomme.«

»Mum meint, ich wäre keine gute Managerin, weil ich nichts von Cashflow verstehe.«

Ich erwarte, dass sie ein empörtes Gesicht macht und mich verteidigt. Aber das tut sie nicht. Sie antwortet nicht mal. In Gedanken ist sie wieder bei ihrer Familie.

»Na ja. Gut. Wir reden, wenn du wiederkommst.«

Sie lächelt zerstreut. »Klar.«

»Toll.«

Vorsichtig stakse ich durch das Meer aus Papierblüten und versuche, nicht wieder in Tränen auszubrechen, aber es fällt mir schwer. Ich beschließe, dass ich einen Plan brauche. Ich muss eine sinnvolle Beschäftigung für den Sommer finden, die mich von Mum, dem Haus und der Sehnsucht nach meinen Freundinnen ablenkt. Ich bin siebzehn, verflixt noch mal, und ich lebe in London und war an Ostern fünf Minuten lang fast berühmt. Eigentlich sollte ich glücklich sein.

Kapitel 21

Krähe und Henry sind die Ersten, die abreisen, mit dem Flugzeug nach Kampala. Ein paar Tage später bringen Edie und ich Jenny zum Flughafen, die nach New York fliegt. Als sich Jenny in Heathrow in die Schlange zur Sicherheitsschleuse stellt, wirft Edie ihr zum Abschied den vorwurfsvollsten Blick zu, den ich je gesehen habe. Aber Jenny scheint nichts davon mitzukriegen.

»Habt einen schönen Sommer ohne mich, Leute«, ruft sie fröhlich. »Wir sehen uns an Weihnachten.«

»Man könnte meinen, sie freut sich, dass sie geht«, murmelt Edie.

»Natürlich!«, erkläre ich.

»Das wird sie bereuen«, sagt Edie. »Sie wird London vermissen. Die Museen. Die Läden. Zu Hause. Uns.«

»Denk dran, dass du nächstes Jahr selbst nach Amerika willst«, entgegne ich. »Harvard ist auch nicht gerade um die Ecke.«

»Hmm.« Edie sieht mich an, als wäre ihr das noch gar nicht aufgefallen. Also wirklich! Harvard ist in Boston, nur ein paar Stunden nördlich von New York. Edie ist doch nicht dumm. Sie hat sich doch sicher eine Million Mal vorgestellt, wie es dort ist.

»Warum fährst du eigentlich nicht nach Kalifornien? Oder kommt der süße Phil hierher?«, frage ich.

Sie zuckt die Schultern. »Ich glaube, er will nett sein. Er hat gesagt, ich kann gern kommen und ihn besuchen und mich in die Sonne legen und so weiter. Aber er kommt bestimmt nicht nach London, um mir den ganzen Sommer beim Lernen zuzusehen. Er sagt, ich müsste dringend mal abschalten.«

»Er hat Recht.«

Sie seufzt. »Ich weiß. Aber ich arbeite im Sommer in der Bibliothek. Und ich muss so viel lesen. Es ist besser, wenn ich zu Hause bleibe und alles noch mal durcharbeite. Außerdem gehen meine Eltern eine Woche mit uns zelten. Das wird sicher gut.«

Klingt ja berauschend.

»Und du?«, fragt sie. »Hat deine Mutter dir wirklich das Taschengeld gestrichen?«

»Ja«, gebe ich zu. Die verzweifelte letzte Eltern-Maßnahme, nachdem »Ich weiß einfach nicht, was ich tun soll«, die Hände in die Luft werfen und dich ansehen wie ein unlösbares Sudoku nichts gebracht hat.

»Wahrscheinlich kann ich dir was leihen«, sagt Edie zögernd. Das ist wirklich fürsorglich von ihr, aber ich weiß, dass sie selbst nicht viel Geld hat. Außerdem brauche ich es gar nicht.

»Danke, aber nein danke«, sage ich. »Ich habe einen Plan.«

»Oho!«, ruft Edie und wird fröhlicher. »Ich liebe es, wenn du einen Plan hast. Was für einen denn?«

»Er ist brillant. Ich bin letzte Woche darauf gekommen. So schlage ich mehrere Fliegen mit einer Klappe. Ich verdiene Geld. Ich tue das, was mir Spaß macht. Ich zeige Mum, dass ich in der Lage bin, meine Karriereplanung selbst in die Hand zu nehmen. Und ich finde raus, was ich mit Mode machen will.«

»Und?«, fragt Edie.

»Und was?«

»Was ist der Plan?«

»Ach so. Ich mache ein Praktikum bei Miss Teen! Ich habe gebettelt und gefleht. Natürlich sind die normalen Praktikumsplätze schon seit Ewigkeiten vergeben, aber sie konnten mich irgendwie noch reinquetschen. Schließlich kenne ich genügend Leute dort und weiß, was sie tun, und sie müssen mich nicht erst einweisen. Außerdem bin ich fleißig. Das wissen sie.« Ich hole Luft.

»Und sie bezahlen dich sogar?«, fragt Edie überrascht. Praktikanten werden üblicherweise nicht mit Geld überhäuft, das wissen wir von Freunden, die praktisch dafür bezahlen mussten, dass sie arbeiten durften.

»Ein bisschen. Nicht viel. Mehr oder weniger das Fahrt- und Essensgeld, aber besser als nichts. Und ich freue mich wirklich drauf. Ich wünschte nur ...«

»Was?«

»Ich wünschte, Jenny und Krähe wären da, damit wir uns abends treffen könnten und ich euch erzählen könnte, wie toll es ist.«

Edie lächelt. »Ich bin ja die meiste Zeit da. Mir kannst du es erzählen.«

Ich lächele zurück. Ich spreche es nicht aus, aber so lieb ich

Edie habe, einem Mädchen in TWINSETS und BEIGEN HOSENRÖCKEN von meinem Praktikum bei Miss Teen zu erzählen wäre irgendwie zwecklos. Ich sehe sie an. Sie hat eine Bundfaltenhose an. Wirklich wahr. Und dazu eine braune Jacke, die anscheinend der Maßgabe folgt, auf keinen Fall in Kontakt mit ihrem Körper zu kommen. Edie und Mode kennen sich nur von Weitem. Trotzdem ist es süß von ihr, dass sie Interesse heuchelt.

Eigentlich hatte ich befürchtet, dass Mum sauer wird, wenn ich ihr von dem Praktikum erzähle. Schließlich habe ich es mir immer noch nicht aus dem Kopf geschlagen, den Einstieg in die Modewelt zu schaffen. Man könnte sagen, ich versuche es mit der Brechstangenmethode.

Aber stattdessen war sie begeistert.

»Gut gemacht, Schätzchen. Dann bist du beschäftigt, und ich bin mir sicher, dass du jede Menge lernst.«

Ich nicke weise. Das habe ich auch vor. Zum Beispiel wie ich eines Tages Krähes Label manage. Nächstes Jahr, nach den Prüfungen. Aber das behalte ich für mich. Auch wenn ich jetzt einen offiziellen Job habe, muss ich Mum unbedingt überzeugen, dass sie sich das mit dem Taschengeld noch mal überlegt. Ich will mich im Sommer ja noch irgendwie amüsieren.

Zurzeit behalte ich ziemlich viel für mich. Mum und ich haben uns nicht allzu viel zu sagen. Mit »Du bist nicht gut genug«, »Ich weiß nicht, was ich noch machen soll« und »Ich streiche dir das Taschengeld« hat sie wahrscheinlich schon alles gesagt.

Kapitel 22

Ich habe mich oft gefragt, was Praktikanten so machen. Jetzt weiß ich es. Sie machen literweise Tee. Und Kaffee. Eimerweise Kaffee. Sie sind Experten darin, Kleidermuster ein- und auszupacken, den Kopierer in Gang zu setzen und Leute zu fragen, ob sie Hilfe brauchen, die gewöhnlich keine brauchen. Es passiert jedenfalls NIE, dass jemand aus der Design-Abteilung auf einen zukommt und sagt: »Unser Chefdesigner ist krank geworden – kannst du schnell eine Kollektion entwerfen und heute Nachmittag vorstellen?« Auch wenn Praktikanten viel Zeit damit verbringen, davon zu träumen. Gewöhnlich während sie warten, dass der Kaffee durch die Maschine läuft.

Aber es macht Spaß. Mein ursprünglicher Traum war sowieso, für große Designer Tee zu kochen. Und auch wenn meine Träume inzwischen größer geworden sind, serviere ich wichtigen Modeeinzelhändlern immer noch gerne Heißgetränke, solange ich was dabei lernen kann.

Es ist herrlich, wieder in der Zentrale von Miss Teen zu sein, die ihren Sitz in einer Nebenstraße der Oxford Street hat und damit buchstäblich am Puls der Mode. Bis jetzt war ich immer nur mit Krähe hier, um bei irgendwelchen Meetings über ihre Entwürfe zu sprechen. Es war aufregend, aber auch anstrengend, vor allem die Meetings, in denen der Konferenzsaal und ein wütender Andy Elat vorkamen. Jetzt sehe ich den Leuten zu, die die Mode in die Läden bringen, und das einzig Stressige ist, mir zu merken, wer welches Sandwich zum Mittagessen bekommt.

Das und die Frage, was ich morgens anziehe. Miss-Teen-Leute sind Trendsetter. Sie tragen nicht das, was im Moment in ist, sondern das, was in ein paar Wochen in ist, oder in ein paar Monaten. Selbst ihre Frisuren sind ihrer Zeit voraus. Ich würde gern mitmachen, aber in der nächsten Saison scheint es ein Mega-Goth-Revival zu geben, und mitten im Sommer bringe ich es einfach nicht über mich, in schwarzem Samt und Spitzenhandschuhen herumzulaufen.

Stattdessen trage ich Sachen, die mich aufheitern. Sachen, die Mum bestimmt nicht gefallen würden. Bunte, witzige Sachen aus dem ganzen Haus, die wahrscheinlich schnell kaputt gehen und manchmal nicht ganz sauber sind, aber mir gute Laune machen, wenn ich sie anziehe. Und Sachen, die Krähe mir über die Jahre genäht hat, aus denen ich zwar zum Teil rausgewachsen bin, die aber immer noch als ironischer Babydoll-Look funktionieren. Hoffe ich.

So was habe ich an, als eine der wichtigen Einkäuferinnen in den Kopierraum kommt, wo ich leise mit dem Kopierer streite.

»Tut mir leid, dich so herumzuschicken«, sagt sie. (Sie ist eine sehr nette und höfliche wichtige Einkäuferin, was eine seltene

Spezies ist.) »Aber ich habe eine Deadline und ich brauche unbedingt Koffein. Einen dreifachen Starbucks-Latte. Das ist das Einzige, was funktioniert. Hier sind fünf Pfund.«

Sie hält mir den Geldschein hin und sieht mich entschuldigend an. Gut gelaunt nehme ich ihn. Ich bin Anne Hathaway in *Der Teufel trägt Prada*. Ich hole Kaffee für eine wichtige Modetante, und es tut nichts zur Sache, dass ich dabei kein winziges Minikleid von Marc Jacobs und schwindelerregende Stöckelschuhe anhabe.

»Kein Problem«, sage ich. »Zucker?«

Sie sieht mich an, als würde ich eine fremde Sprache sprechen. Dann fällt es mir ein. Bei wichtigen Modeleuten gibt es keinen Zucker.

»Ich meinte, fettarme Milch?«, berichtige ich mich.

Sie nickt dankbar, und ich laufe mit meiner Mission über die Straße.

Und lande direkt im Ballflachfreitag.

Denn als ich das Ende der Schlange erreiche, blicke ich in ein vertrautes Paar aquamarinblaue Augen, die vor Überraschung rund werden, als sie mich sehen. Es ist Liam. Mein zweitliebster unerreichbarer Junge aus Französisch. Einer (von vielen), der das Foto von mir im Kimono kennt und sich wahrscheinlich gefragt hat, was in mich gefahren ist. Den es andererseits nicht gestört hat, als ich ihn in Französisch angelächelt habe.

»Hallo«, sagt er. Er sieht mich fragend an. Ich bin total baff. Es dauert einen Moment, bis mir einfällt, dass ich bei Starbucks bin und er hinter der Theke steht und ich den Auftrag habe, einen Kaffee zu bestellen. Irgendeinen bestimmten. Ich weiß nur nicht mehr welchen.

»Cappuccino«, platze ich heraus. »Zum Mitnehmen.«

Er schreibt etwas auf einen Becher und reicht ihn weiter.

»Sonst noch was?«

Er lächelt mich auf seine halb amüsierte Art an. Aus der Nähe betrachtet – und im Starbucks, nicht im Französischkurs – fällt mir auf, was für ein entzückendes Lächeln er hat. Ich glaube, er ist gerade an die Spitze meiner Liste von unerreichbaren Jungen aufgerückt. Er sieht mich immer noch an. Mir fällt auf, dass ich seine nächste Frage nicht beantwortet habe. Und dann fällt mir auch ein, was ich eigentlich bestellen sollte.

»Ich meine, warte – tut mir leid. Ich sollte einen dreifachen Latte holen. Mit fettarmer Milch. Autsch!«

Aus dem halb amüsierten Lächeln wird ein ganz amüsiertes Lächeln. Liam sieht die Theke hinunter, wo der Cappuccino-Becher von einem seiner Kollegen pflichtbewusst gefüllt wird.

»Schon gut, ich regle das schon«, sagt er. Dann: »Dreifacher Latte? Ist das nicht ein bisschen stark?«

»Nicht für mich«, versichere ich ihm. Nach einem dreifachen Latte würde ich auf der Theke tanzen. Und drei Tage nicht schlafen können. Mich im Bett hin und her wälzen ...

Oh. Wie bin ich so schnell in meinem Bett gelandet? Ganz schön peinlich. Er starrt mich seltsam an. Weniger mein Gesicht (zum Glück, denn es glüht) als mein Outfit.

Oje.

Ich gebe ihm das Geld für den Latte und begebe mich wortlos zur Abholtheke.

Bis auf den Kimono-Ausfall kennt er mich bis jetzt nur als das brave Mädchen im weißen Hemd von Ballflachfreitag. Heute trage ich eine bestickte Fransentischdecke als Rock, ein altes

Batik-T-Shirt von Krähe, eine Tasche, die ich aus Harrys alten CDs gemacht habe, und als Gürtel Harrys alte Fahrradkette.

Fast höre ich die Belles im Hintergrund kichern. Wenn Liam noch einen Beweis gebraucht hat, dass ich eine stilistisch minderbemittelte Irre bin, jetzt hat er ihn. Kein Wunder, dass er mich so merkwürdig angestarrt hat. Ich stelle mir vor, wie er den anderen Jungs davon erzählt. Wenigstens bin ich für eine witzige Geschichte gut.

Für Notfälle habe ich mir ein Armband aus Lakritz und Pfefferminzbonbons gemacht. Das hier ist ein Notfall, und kaum bin ich zur Tür hinaus, mache ich mir ein Bonbon ab. Es hilft, aber nicht sehr.

»Alles in Ordnung?«, fragt die wichtige Einkäuferin, als ich ihr den Latte bringe.

»Ja, ja«, lüge ich.

Ich glaube nicht, dass sie mir glaubt, aber sie hat zu viel zu tun, um nachzuhaken, und das ist gut.

Am nächsten Tag stellt Starbucks seinen neuen fettarmen Schokoladenbananenmilchshake vor, der bei Miss Teen sofort zum Verkaufsschlager wird. Mehrmals am Tag werden Praktikanten geschickt, um Nachschub zu holen. Mindestens einmal am Tag bin ich an der Reihe.

Meistens ist Liam da. Er lächelt mir immer mit dem halb amüsierten Lächeln zu und mustert mein Outfit. Ich wünschte wirklich, ich wäre ein normaler sexy Teenager im Minirock mit mehrlagigen Westentops und strotzend vor Selbstbewusstsein. Aber das bin ich nicht. Und es ist zu anstrengend, mich jeden Tag zu verstellen.

Mit jedem Mal, das ich ihn sehe und weiß, dass er mich für einen Freak hält, und sein weiches Haar bemerke und die grünen Sprengsel in seinen blauen Augen und die Art, wie sich sein Mund kräuselt, wenn er lächelt, wird mir klarer, wie gern ich ihn habe. Inzwischen ist er die einsame Spitze meiner unerreichbaren Lieblingsjungs.

Ich versuche mich von ihm abzulenken, indem ich über Krähes Ideen für das neue Label nachdenke. Funktioniert nicht. Nur Edie schafft es, mich auf andere Gedanken zu bringen. Leider, indem sie mich mit ihrer ernsthaften Sorge um Jennys Mutter ansteckt.

Kapitel 23

»Es ist die Art, wie sie sich vor jedem Menschen versteckt.«

»Weißt du, dass sie trinkt?«, frage ich.

Edie sieht mich entsetzt an. »Wirklich?«

»Das vermutet jedenfalls meine Mum.«

»Gloria hat nicht betrunken gewirkt. Aber ...« Edie spielt mit ihrem Strohhalm. Wir sind im Café vom Victoria-&-Albert-Museum, wo ich praktisch meinen zweiten Wohnsitz habe. Außerdem muss Edie ab und zu aus ihrer Bibliothek heraus.

»Wie hat sie denn gewirkt?«

Edie nimmt sich Zeit zum Nachdenken. »Als würde sie schlafwandeln. Als wäre sie eigentlich gar nicht da.«

»Und was hat sie gemacht?«

»Sie war im Schlafzimmer, bei geschlossenen Vorhängen. Ich habe sie gefragt, ob es ihr gut ging, und sie sagte: ›Ja, danke‹, aber ihre Stimme klang irgendwie gebrochen, als würde sie sie nie benutzen.«

»Denkst du, sie hatte einen Kater?«

Edie zuckt die Schultern und macht wieder ihr entsetztes Gesicht. »Ich weiß nicht, was ich denken soll.«

Wir können nur eins tun. Wir müssen Jenny fragen. Wir bleiben abends lange auf, damit wir sie anrufen können, weil sie mit Charlotte irgendeinen Ausflug nach Brooklyn macht.

»Warum skypen wir nicht einfach?«, zwitschert sie. »Jackson hat Skype. Wir sehen uns gleich.«

Nach fünf Minuten Gefummel mit der Kamera an Mums Computer (mein alter Laptop hat keine) schaffen wir es, ein lahmes, grobkörniges Bild von Jenny in irgendeinem Zimmer mit einem Flügel im Hintergrund auf unseren Bildschirm zu zaubern, und sie sieht uns mit zusammengesteckten, besorgten Gesichtern.

»Es geht um Gloria«, sagt Edie.

»Ist sie immer noch *unheimlich*?«

So kommen wir nicht weiter.

»Hat sie gesundheitliche Probleme?«, frage ich. Wie fragt man jemanden, ob seine Mutter Alkoholikerin ist? »Können wir jemand anrufen?«

Eine Pause entsteht, und Jennys Gesicht flackert, während wir auf eine Antwort warten.

»Ihr könnt ihren Arzt anrufen, wenn ihr wollt. Er steht bei uns im Telefonbuch. Aber er wird euch nur sagen, dass sie ihre Medikamente nehmen soll, was sie nicht tut. Das hatten wir alles schon.«

»Medikamente wofür?«

Jenny schweigt einen Moment. »Depressionen.«

»Oh!«, sagen Edie und ich gleichzeitig. Irgendwie klingen Depressionen nicht so schlimm. Jedenfalls nicht so schlimm wie Trinken.

»Ist sie manisch-depressiv?«, fragt Edie sofort ganz sachlich. »Bipolar?«

»Nein!«, sagt Jenny. Vielleicht liegt es an der grobkörnigen Übertragung, aber sie sieht fast so aus, als wünschte sie, es wäre so. »Nicht manisch. Nur depressiv. Chronisch depressiv. Aber sie kommt schon wieder auf die Beine. Das war immer so. Ich muss jetzt los. Bitte, erinnert Mum daran, dass sie die Kätzchen füttert, ja? Tschüs.«

Und das war's. Sie greift nach der Kamera und stellt sie ab. Das Bild wird grau. Sie ist weg.

Edie steht auf. »Ich gehe rüber«, sagt sie.

»Was? Nach New York?«

»Nein, du Blödi. Zu Jenny nach Hause. Ich habe den Schlüssel. Wenn ich heute Abend die Nummer ihres Arztes finde, kann ich ihn morgen früh anrufen und Glorias Medikamente besorgen. Hoffentlich kriegen wir sie wieder hin, bevor Jenny zurückkommt.«

Das sieht ihr ähnlich. Edie würde liebend gern zu Jenny sagen können, dass sie in Jennys Abwesenheit ihre Mutter kuriert hat. Als wäre sie eine kaputte Uhr oder so was.

»Ehrlich gesagt finde ich, du solltest dich nicht ...« Doch ich spreche den Satz nicht zu Ende. Edie zu sagen, sie soll sich raushalten, wenn sie auf Weltrettungsmission ist, wäre, als würde ich zu Stellas Jungen sagen, sie sollen nicht so süß sein. Sie kann einfach nicht anders.

»Halt mich auf dem Laufenden«, seufze ich.

»Na klar«, sagt sie mit einem optimistischen Lächeln.

Es läuft nicht gut.

Edie wartet auf mich, als ich am nächsten Tag von Miss Teen komme.

»Es war ein Albtraum!«, sagt sie.

»Erzähl«, murmele ich. Ich denke an unerreichbare Jungs und unerreichbare Mütter, aber ich weiß, dass Edie andere Dinge im Kopf hat.

»Ich war bei ihrem Arzt, aber er hat gesagt, dass er mir nichts sagen kann, ohne dass Gloria dabei ist, und in ihrem Zustand geht sie nicht mit. Das war schon schlimm, aber dann hatte ich eine Idee. Ich bin noch mal in die Wohnung gegangen und habe im Bad nachgesehen, ob sie vielleicht schon Medikamente dahat – Prozac oder so was –, die sie nehmen sollte.«

»Und?«

»Als ich den Badezimmerschrank aufgemacht habe, fiel mir das Zeug praktisch entgegen. Es waren genug Tabletten da, um halb London glücklich zu machen. Also bin ich damit zu Gloria gegangen und habe gefragt, welche sie nehmen soll. Aber sie weigert sich.«

»Warum?«

»Sie sagt, dass die Medikamente ihr Gehirn aufweichen und dass sie nie, nie wieder welche nimmt, und wenn ich versuche, sie zu zwingen, ruft sie die Polizei.«

»Na wunderbar. Ist ja prima gelaufen.«

»Mach dich nicht darüber lustig, Nonie. Es war schrecklich.«

Ich entschuldige mich. Eigentlich finde ich es auch gut, dass Edie es versucht hat. Nur leider ohne Erfolg.

»Was können wir tun?«, frage ich. Außer um Gloria mache ich mir auch um die Kätzchen Sorgen. Wenn sie nicht gefüttert werden, haben wir einen Wurf toter Kätzchen mit Musical-Namen, und das darf ich mir gar nicht ausmalen.

Edie lächelt ein bisschen. »Lieb, dass du helfen willst, aber du hast genug mit Miss Teen zu tun. Ich schaffe das schon. Gloria wird bestimmt nicht die Polizei rufen. Ich gehe einfach weiter bei ihr vorbei, bis mir was einfällt.«

»Aber das ist nicht deine Aufgabe«, erkläre ich. Ich denke an Mum. Mum mischt sich nicht gern in das Leben anderer Leute ein, solange es sich vermeiden lässt. Gewöhnlich handelt man sich damit nur Ärger ein, sagt sie. Außerdem wirkt Edie noch gestresster als je zuvor. Es tut ihr einfach nicht gut.

»Ich weiß«, sagt Edie. »Aber wer soll ihr sonst helfen?«

»Ich habe eine Idee«, sage ich. »Du kümmerst dich um Gloria, und ich kümmere mich um dich.«

Sie grinst. »Abgemacht.«

Trotzdem, als sie geht, wirkt sie, als würde das Gewicht der ganzen Welt auf ihr lasten. Einerseits würde ich sie gern überreden nach Kalifornien zu fahren, sich mit dem süßen Phil zu amüsieren und eine Weile die Füße hochzulegen. Andererseits bewundere ich sie dafür, wie sie sich der Probleme anderer Leute annimmt und nicht locker lässt, bis sie gelöst sind. Sie ist zwar im Moment nicht der witzigste Kumpel, aber sie ist trotzdem ein toller Kerl.

Ich überlege, was Krähe tun würde. Sie würde Edie eine Bommel-Kette machen oder so was, um ihr zu zeigen, dass sie an sie denkt. Ich habe keine Zeit für Bommeln, also mache ich noch eine Tasche aus Harrys alten CDs (nur aus denen, die er offiziell aussortiert hat, sonst würde er mich einen Kopf kürzer machen). Es ist zwar nicht ganz Edies Stil, aber sie hatte immer eine Schwäche für Harry und vielleicht freut sie sich. Das hoffe ich zumindest.

Kapitel 24

Edie hat das Projekt Gloria. Ich habe in der Zwischenzeit das Brechstangen-Projekt. Ich will meinen Platz in der Modebranche finden ... und meiner Mutter beweisen, dass sie ein völlig falsches Bild von mir hat.

Jedes Mal, wenn ich bei Miss Teen jemandem begegne, der irgendwie wichtig und beschäftigt aussieht, frage ich ihn aus, was er so macht. Meistens sind die Leute erst ein bisschen genervt, aber dann reden sie doch. Ich bin nämlich die Einzige, die sich mit der Kaffeemaschine auskennt, und es zahlt sich aus, nett zu mir zu sein.

Anscheinend gibt es keine zwei Leute, die das Gleiche tun. Es gibt Markenmanager, Marketing-Leute, Produktionsplaner und Einkäufer. Und davon hat noch keiner mit der eigentlichen Kleiderherstellung zu tun. Es gibt Zuschneider, Musterhersteller, Textilingenieure und Produktionsmanager. Und Abteilungen für PR, Personal, Buchhaltung und noch einen Haufen andere, von denen mir ganz schwindelig wird. Offensichtlich kann ich nicht *alles* lernen, deshalb will ich dahinterkommen, wen ich am meisten um seinen Job beneide. Das Schlimme ist, Mum hat Recht. Sie haben alle tolle Jobs, aber bis jetzt möchte ich mit keinem von ihnen tauschen. Es ist frustrierend: Ich will Teil dieser Welt sein, aber ich kann meine Nische nicht finden. Irgendwo muss sie doch sein! Ich habe wohl noch nicht gründlich genug hingesehen.

Eines Tages spricht mich Andy Elat auf dem Flur an.

»Du machst dir einen Namen, Kleine«, sagt er.

»Einen guten?«, frage ich nervös.

»Einen hartnäckigen. Wozu die ganzen Fragen?«

Ich erkläre ihm, dass ich auf der Suche nach dem richtigen Job für mich bin. Er nickt weise.

»Ich habe noch nie einen Teenager gesehen, der sich so mit dieser Welt identifiziert wie du, Nonie. Nicht nur, was du alles tust, sondern auch, was du alles *weißt*. Und wie du dich kleidest.« An dieser Stelle lacht er. Nicht sehr höflich. Aber wenigstens schickt er mich nicht nach Hause und verlangt, dass ich mich umziehe.

»Und?«, frage ich.

»Du findest deinen Job, oder er findet dich.«

Ha! Ich wünschte, Mum wäre hier und hätte das gehört.

»Kann ich ein Label leiten?«, frage ich.

Er kneift die Augen zusammen. »Ich versuche es mir vorzustellen. Du im Hosenanzug? Na schön, vielleicht, aber ... Bist du gut in Tabellenkalkulation?«

Ich nicke. Ich hasse Tabellenkalkulation. Funktioniert bei mir nie. Tabellen kommen mir vor wie Fallen, die nur darauf lauern, dass ich reintrete, und am Schluss kommen lauter falsche Zahlen raus. Aber wenn es sein muss, damit ich einen Job in der Modebranche finde ... Okay.

Andy runzelt die Stirn. Er sieht nicht überzeugt aus.

Ich merke, dass ich ebenfalls die Stirn runzele. War Vivienne Westwood gut in Tabellenkalkulation? Und Sarah Burton? Ich wette, nicht. Aber dafür waren sie gut darin, Kleider zu entwerfen und Stoff in Kunst zu verwandeln. Ich kann keins von beiden. Irgendwas muss es doch für mich geben. Ich wünschte, Andy hätte gesagt: »Hast du nicht neulich eine Modenschau organisiert? Mit deiner Chuzpe – das wird schon.« Hat er aber nicht. Und ich bin keinen Schritt vorangekommen.

Neulich in der Tate Modern habe ich mir eingebildet, dass meine Zukunft unter Dach und Fach ist. Offensichtlich habe ich mich getäuscht. Was nicht weiter schlimm wäre – ich bin ja erst siebzehn und muss mich jetzt noch nicht entscheiden –, nur dass ich schon immer in die Modebranche wollte, und daran hat sich nichts geändert. Im Gegenteil. Seit ich Krähe kenne, will ich es noch mehr. Ich will, aber ich kann nichts. Keine gute Kombination.

Andy geht weiter und wünscht mir über die Schulter viel Glück. Ich glaube nicht, dass Glück bei mir reicht. Ich glaube, ich brauche ein anderes Leben, ein anderes Gehirn, eine ganz neue Persönlichkeit. Das Brechstangen-Projekt hat seinen Namen verdient. Vielleicht sollte ich mir einen Job als Projekt-Benennerin suchen. Dafür bin ich superqualifiziert.

Als ich nach Hause komme, habe ich zu meiner großen Verwunderung eine E-Mail von Krähe auf meinem Computer.

Hi Nonie!
Ist das nicht toll? Ich weiß! Ich kann e-mailen! Hier giebt es einen super Computerkurs, den wir alle am Wochenende besuchen. Der Lerer ist Joseph, er ist cool. Wie get's in London? Victoria hat angefangen Schultaschen zu verkaufen Und ich helfe den Mädchen beim Nähen. Sie ist echt gut. Ich schenk dir eine wenn ich heimkome. Oder du kaufst eine.
Tschüs! Krähe xxx

Was? Victoria? *Victoria!* Die ungefähr sieben ist, allerhöchstens acht. VICTORIA ist jetzt schon Unternehmerin und verkauft Schultaschen, während ich nicht mal einen ganz normalen Job bei Miss Teen finden kann. Das tröstet mich überhaupt nicht. Auch wenn ich mich natürlich für sie freue. Aber ich frage mich, warum Krähe mir sagt, ich soll mir eine Tasche *kaufen*. Normalerweise schenkt sie mir immer alles. Sind wir, seit sie wieder zu Hause bei ihrer Familie ist, etwa nicht mehr so eng befreundet? Hat sie neue Freundinnen gefunden?

Ich will nicht darüber nachdenken. Ich will ihr auch nicht erzählen, was Andy Elat gesagt hat. Stattdessen schreibe ich ihr ein paar Geschichten über Jennys Kätzchen. Und darüber, dass der Junge aus Französisch im Starbucks arbeitet, und ob das kein komischer Zufall ist.

Dann werde ich unterbrochen, weil jemand an die Tür klopft. Ein sehr großer Mann mit einem Notizblock streckt den Kopf herein und fragt, ob er sich mal umsehen darf. Das ist sehr seltsam, aber ich lasse ihn rein. Ich nehme an, Mum hat ihn auch reingelassen. Hoffe ich zumindest.

Er sieht sich meine Möbel an, späht aus dem Fenster und

bewundert meine Aussicht, dann holt er ein Maßband aus der Tasche und misst hastig herum.

»Stattliches Anwesen«, sagt er und steckt das Maßband wieder ein.

»Ja«, stimme ich zu.

Das ist also der Mann, den Mum gerufen hat, um das Haus für sie zu verkaufen, weswegen sie mich neulich eine Stunde lang beim Aufräumen überwacht hat. Juhu.

Es wird einiges anders, hat Krähe gesagt. So also fühlt sich anders an. Kein schönes Gefühl.

Kapitel 25

»Wie würdest du mich beschreiben?«, fragt Edie.

»Hmmm?«

»Für die Harvard-Bewerbung muss ich mich selbst beschreiben. Wie bin ich so?«

»Schlecht gelaunt? Gestresst? Unnatürlich intelligent?«

Ich liege bei ihr im Zimmer auf dem Boden und streichele das kleinste der Kätzchen, das endlich den Namen Starlight bekommen hat, nach *Starlight Express*. Edie wirft ein Papierknäuel nach mir und verfehlt mich. Ich rolle es Starlight hin.

»Schlecht in Ballsportarten?«

»Hör auf, Nonie! Das hier ist wichtig.«

»Mangelnder Sinn für Humor? Was ist? Was hast du denn?«

Ich weiche dem nächsten Papiergeschoss aus. Wie sie überhaupt in die Netball-Mannschaft gekommen ist, ist mir ein Rätsel. Ausdauer und Körpergröße, nehme ich an.

»Groß?«

Sie funkelt mich an und seufzt.

»Na gut, ich gebe auf. Ich kümmre mich später drum. Worüber wolltest du mit mir reden?«

Ich setze mich auf. Das gefällt mir schon besser. Ich erzähle ihr alles über das Brechstangen-Projekt und meine erschütternden Erkenntnisse. Nicht dass ich Mitgefühl von ihr erwarte. Edie ist Miss Ich-wusste-immer-genau-was-der-perfekte-Job-für-mich-ist. Aber sie ist die Einzige, mit der ich reden kann. Die nicht Mum oder in New York oder in Uganda ist.

»Oje, du Arme«, sagt Edie überraschenderweise. »Du bist doch ein wandelndes Mode-Lexikon, Nonie. Es muss den richtigen Job für dich geben.«

»Einen ohne Tabellenkalkulation?«, frage ich hoffnungsvoll.

»Millionen Leute können keine Tabellenkalkulation.« Als jemand, der anderen regelmäßig Nachhilfe darin gibt, kennt sie sich aus. »Ich habe immer gedacht, dass du Stylistin wirst oder so was.«

Hm. Cooler Job. Ich könnte mir ausdenken, was die Models bei den Fotoshootings anhaben oder was Stars auf dem roten Teppich tragen. Darin wäre ich gut. Ich könnte anfangen, sobald ich mein Diplom in Mode-Marketing oder so was in der Tasche habe – was nie passieren wird, wie Mum mir freundlicherweise erklärt hat. Solche Jobs sind so hart umkämpft wie Lieblingsteile im Sonderverkauf, also braucht man gute College-Noten, um an einen ranzukommen. Eins der vielen Dinge, die ich über die Modeindustrie weiß. Nur weiß ich leider nicht, wo ich hinpasse.

Immerhin ist es ein Job, den ich mir vorstellen könnte. Und an den ich bisher nicht gedacht habe.

»Hilfsbereit«, sage ich zu Edie. »Einfühlsam.«

»Wie bitte?«

»So bist du. Wenn du nicht gerade schlecht gelaunt oder gestresst bist.«

»Oh. Danke.«

Sie dreht sich wieder zu ihrem Schreibtisch und tut so, als würde sie vor sich hin kritzeln, aber ich glaube, sie notiert sich »einfühlsam«, bevor sie es vergisst.

Ich höre ein Scharren vor meiner Nase, und im nächsten Moment stürzt sich Starlight wie ein Tiger auf eins der armen ahnungslosen Papierbällchen. In tödlicher Umarmung packt er zu und beißt ein Stück heraus, bevor er es in meine Richtung schießt. Ich schieße zurück. Starlight ist so süß, und ich verstehe, warum Edie Jenny gefragt hat, ob sie ihn adoptieren kann. Jenny war begeistert. Jetzt, wo klar ist, dass sie ein paar Monate weg sein wird, ist sie froh, wenn ihre Kätzchen ein Zuhause finden. Was wahrscheinlich einfacher wäre, wenn sie den anderen nicht Namen wie Sondheim und Fosse gegeben hätte. *Fosse?* Es wird »Foss-ie« ausgesprochen. Erst habe ich Flossie verstanden, aber nein. Bob Fosse war anscheinend ein wichtiger Choreograf oder so was. Beyoncé benutzt einige seiner Choreografien in ihren Videos. Selbst Bob wäre ein besserer Name gewesen.

Edies Mutter, die eine Katzenallergie hat, ist sehr verständnisvoll und pumpt sich mit Antiallergika voll.

»Wie geht's eigentlich Gloria?«, frage ich, wo ich gerade an Mütter und Medikamente denke.

»Schwer zu sagen«, antwortet Edie. »Im Moment macht sie sich Sorgen um den Klimawandel. Sie hat Angst, dass London überflutet wird und die Teppiche in ihrer Wohnung kaputt gehen.«

»Aber sie wohnt im vierten Stock!«

»Ich weiß.«

»Na ja, wenigstens redet sie mit dir.«

Edie nickt. »Gutes Zeichen, oder? Das findet meine Mutter auch. Sie möchte, dass ich nicht mehr so oft zu ihr gehe, weil ich so viele andere Dinge zu tun habe. Aber Gloria lässt niemand außer mir rein. Ich *muss* es tun.«

Sie zuckt die Schultern und wendet sich wieder ihrer Bewerbung zu.

»Wie läuft es mit dem Aufsatz?«, frage ich.

»Das hier? Grrr«, knurrt sie.

»So schlimm? Wie viel fehlt denn noch?«

Sie verzieht das Gesicht. »Vielleicht eine Seite. Aber es muss aus der Menge herausstechen. Es bewerben sich so viele. Und alle schreiben, wie toll sie sind. Bei der Aufnahmekommission müssen sie Millionen Bewerbungen lesen.«

»Millionen?«

»Na ja, Tausende. Aus der ganzen Welt. Und was ist schon Besonderes an einem englischen Mädchen, das Klarinette spielt? Ich meine, was habe ich schon mit meinem Leben angefangen?«

Sie hebt die Hände und zuckt die Schultern. Man könnte meinen, sie hätte die letzten sieben Jahre vor dem Fernseher oder im Winterschlaf verbracht. Ich versuche ihr Mut zu machen, aber sie lässt sich nicht so einfach aufbauen.

Selbst wenn du ein Superhirn bist und genau weißt, was du willst, ist es nicht einfach. Und ich? Ich habe überhaupt keine Chance.

Kapitel 26

Trotzdem, die Hoffnung stirbt zuletzt. Während sich das Praktikum dem Ende zuneigt, habe ich angefangen ein neues Mode-Mekka zu besuchen. Jeden Tag um halb sechs, wenn die Miss-Teen-Fashionistas ihre tägliche Dosis Tee, Kaffee und Milchshakes intus haben, pilgere ich die Oxford Street hinauf. Dort in einer Sackgasse um die Ecke gibt es ein unscheinbares Betongebäude. Ich stehe auf der anderen Straßenseite, blicke hinauf zu dem Schild »London College of Fashion« und stelle mir das Leben der Studenten da oben hinter den Fenstern vor.

In meiner Fantasie bin ich der erfolgreiche Edie-Typ mit tollen Noten und mit Dozenten, die mir an den Lippen hängen. Ich studiere Mode-PR oder so was (auf jeden Fall etwas Tabellenkalkulation-Freies) und lasse mich für meinen Megajob ausbilden ... ich weiß nur noch nicht genau als was. Ich bin die Beste in der Klasse, und abends gehe ich mit meinem hinreißenden College-Freund aus und wir treffen uns mit schillernden Mode-Kommilitonen und bewundern gegenseitig unsere Outfits und besuchen coole Partys, bei denen DJs wie Harry bis zum Morgengrauen auflegen.

Irgendwann stehe ich dort wie jeden Tag und träume vor mich hin, und ich bin gerade an der Stelle mit dem hinreißenden College-Freund, als ich merke, dass jemand neben mir steht. Er steht ganz nah, und ich habe das Gefühl, er ist da schon eine Weile, aber ich war so versunken, dass ich es nicht mitbekommen habe. Als ich mich umdrehe, falle ich fast in Ohnmacht.

Es ist Liam. Nicht in seiner Starbucks-Uniform, sondern in schlichten Jeans und einem T-Shirt. Ein ziemlich gut geschnittenes T-Shirt, das seine gut geschnittenen Schultern betont ...

»Hi, Nonie«, sagt er. Er lächelt mich an. Ich schmelze. »Kommst du oft hierher?«

Ich sehe die windige Sackgasse hinauf und dann zu dem schlichten Betonblock hinüber.

»In letzter Zeit schon«, gebe ich zu. Was ist schon dabei.

»Ich auch«, antwortet er.

»WIE BITTE?«

Er grinst. »Ich auch. Auch Jungs können sich für Mode interessieren, oder nicht?«

»Natürlich«, stottere ich. »War nicht so gemeint. Ich meinte nur ...«

Ich meinte nur, dass sich die Jungs, *auf die ich stehe*, normalerweise nicht für Mode interessieren. Aber das kann ich nicht laut sagen. Also starre ich auf den Bürgersteig und komme mir dumm vor.

»Hast du vor dich zu bewerben?«, fragt er.

»Schön wär's.«

»Was meinst du damit, schön wär's?«

Ich seufze. »Weil meine Noten nicht gut genug sind.«

»Aber du bist doch ziemlich gut in Französisch.«

Das war's. Ziemlich gut. Französisch ist mein bestes Fach. Mein Vater ist Franzose. Wenn das alles ist, was ich zustande bringe, ist alle Hoffnung verloren.

»Ja«, sage ich laut.

Er lächelt wieder. »Du bist wohl nicht sehr gesprächig, oder?«

Darüber muss ich lächeln. Ich bin total gesprächig. Ich kann ganz England in Grund und Boden reden. Ich kriege ständig Ärger, weil ich zu viel rede. Ich habe mich in die übelsten Situationen hinein- und wieder herausgeredet. Doch Liam ist der einzige Mensch, den ich kenne, dem ich zufälligerweise immer nur dann begegne, wenn ich mir alle Mühe gebe, den Ball flach zu halten – in Französisch – oder wenn mir gerade nichts einfällt wie jetzt. Das ist typisch. Er sieht mich irgendwie interessiert an, fällt mir gerade auf. Bestimmt steht er auf Frauen, die nicht viel reden. Wenn er mich richtig kennenlernen würde, wäre er total entsetzt.

»Bin ich normalerweise schon«, sage ich. »Gesprächig, meine ich.« Dann bin ich wieder still.

»Na ja«, sagt er, um das Schweigen zu brechen. »Ich würde hier gern Modejournalismus studieren. Dann suche ich mir einen Job als Redakteur einer großen Zeitschrift und werde Stilpapst. Und alle lesen meine Artikel, um zu erfahren, was nächste Saison in ist.«

Ich mustere seine Jeans und das T-Shirt. Er mustert mein Rüschenkleid, das ich als Oberteil trage, mit Harrys Fahrradkettengürtel über neonrosa Fahrradhosen und Clogs.

Wir wissen, was er von meiner freakigen stilfreien Zone hält. Aber als ich näher hinsehe, fällt mir auf, dass er nicht nur ein schönes T-Shirt trägt, sondern auch echt interessante Turnschuhe. Interessant deswegen, weil sie, obwohl sie alt und abgewetzt sind – oder vielleicht *deswegen* –, absolut perfekt sind. Sie sind genau so, wie ein Turnschuh sein sollte. Nichts Auffälliges, einfach nur ... natürlich. Wie sein T-Shirt. Wie seine Jeans. Er sieht aus, als würde er kein bisschen über seine Klamotten nachdenken, und ist trotzdem perfekt angezogen, aber um das zu erreichen, muss man entweder ziemlich gut nachdenken oder man ist einfach ein Naturtalent in Styling.

»Ich wusste gar nicht, dass du dich für Mode interessierst«, sage ich.

»Ach. Danke.« Anscheinend hat er es nicht als Kompliment aufgefasst.

»Ich meine ... Super. Gut. Tut mir leid. Ich meine ... coole Turnschuhe.«

Liams Lippen kräuseln sich, und er lacht auf ziemlich sexy Art. »Cooler Gürtel«, sagt er.

»Danke.«

»Und das Kleid als Oberteil.«

Jetzt werde ich rot. »Ach. Vielen Dank.«

»Und die Radlerhose.«

Meine Wangen werden heiß. Natürlich zieht er mich auf. Und davon werde ich ganz kribbelig. Und ich habe gerade gesagt, ich finde seine Turnschuhe cool. Ich meine, von allen dummen, kindischen Sachen, die ich sagen könnte.

»Interessante Farbe ... die Hose, meine ich.« Die gleiche Farbe hat inzwischen mein Gesicht.

»Okay, ich geh dann mal. Wir sehen uns am Ballflach- ... Ich meine, wir sehen uns in Französisch.«

»Ballflach was?« Liam ist neugierig geworden. Er ist so ein Junge, der auf alles Mögliche neugierig ist. Vielleicht ein bisschen so wie ich. Auf ihn. Oder auch nicht. Bei mir ist neugierig nicht das richtige Wort. Verkrampft trifft es besser.

Einen Moment lang bin ich versucht, ihm alles über Ballflachfreitag zu erzählen. Einen Moment lang will ich mich wirklich, wirklich mit ihm unterhalten und ihm erzählen, was mir im Kopf herumgeht, und rausfinden, was in seinem herumgeht. Aber das wäre ja verrückt. Es würde die Runde machen, und dann hätten die Belles noch mehr in der Hand, womit sie uns aufziehen können. Außerdem bin ich das Mädchen, das »nicht sehr gesprächig« ist.

»Nicht so wichtig«, sage ich.

Er sieht mich wieder verwirrt an. Ja – das bin ich. Immer dafür gut, die Jungs, auf die ich stehe, zu verwirren. Wir reden noch ein paar Minuten über nichts Besonderes und dann geht er nach Hause.

Ich bleibe noch ein bisschen stehen. Auf einmal hat der entzückende College-Freund aus meinem Traum schwarzes Haar, tiefblaue Augen, in denen man sich verlieren kann, und ein halb amüsiertes Lächeln. Verzweifelt versuche ich ihn blond und ernst zu machen. Oder lockig und picklig. Aber das Bild will sich nicht verändern. Und es tut weh. Ich habe ein Stechen im Herzen.

Und an den Hüften. Harrys Fahrradkette ist viel schwerer, als sie aussieht. Ich gehe schnell nach Hause, um mich umzuziehen und wenigstens *einen* Schmerz loszuwerden.

Kapitel 27

Ausnahmsweise ist Harry zu Hause. Er sitzt mit einer Männerzeitschrift (die Sorte, bei der Liam später Redakteur werden will) und einer Cola in der Küche.

»Geht's dir gut, Schwesterchen?«, fragt er, als er mich sieht.

Ich erkläre ihm, dass die Fahrradkette wehtut.

Er grinst. »Ich habe mich schon gefragt, wo die abgeblieben ist.«

Ich habe ein schlechtes Gewissen. »Ich dachte, du benutzt dein Fahrrad nicht mehr.«

»Tue ich auch nicht. Aber ich muss es verkaufen. Es nimmt zu viel Platz weg, sagt Mum. Sie will, dass es ordentlich hier aussieht. Damit ...«

Er spricht es nicht aus. Damit sie das Haus Interessenten zeigen kann, die es vielleicht kaufen, und Mum und ich in irgendein Industrieloft in irgendeiner angesagten Gegend ziehen können. Juhu.

»Wie läuft's eigentlich mit eurer Wohnungssuche?«, frage ich. Irgendwie will ich es gar nicht wissen, und irgendwie doch.

Er zuckt die Schultern. »Isabelle kümmert sich um alles. Ich gehe dahin, wo sie mich hinbestellt.«

Ich sehe ihn scharf an. Eigentlich ist Harry seine Umgebung extrem wichtig. Wenn ich in seinem Zimmer irgendwas anfasse – die kleinste Kleinigkeit –, hält er es mir wochenlang vor. Und zwar nicht auf die nette Art. Ich bin überrascht, dass er so unbeteiligt klingt.

»Keine Sorge!«, sagt er, als er meinen Blick auffängt. »Es wird super. Isabelle will die perfekte Wohnung finden. Sie träumt schon seit Jahren davon. Und du musst ganz oft kommen und uns besuchen. Oft. Versprochen?«

Ich verspreche es. Aber irgendwas ist komisch an dieser Unterhaltung, und jetzt ist Harry wieder in seine Zeitschrift vertieft und es ist zu spät, der Sache auf den Grund zu gehen. Außerdem stelle ich mir vor, wie Liam an einem Leitartikel über die neuesten Trends in der Männermode arbeitet und überlegt, welche Fotos reinsollen ...

Harrys Fahrrad steht im Keller, im Flur vor Krähes Atelier. Ich gehe nach unten und lege die Kette auf den Boden, damit Harry sie wieder anbringen kann, bevor er das Rad verkauft. Danach stehe ich eine Ewigkeit im Atelier herum. Es ist so leer und dunkel ohne Krähe.

Im Moment näht sie wahrscheinlich gerade Schultaschen mit Victoria. Ich wette, das macht Spaß. Vielleicht macht es ihr so viel Spaß, dass sie gar nicht mehr nach Hause kommen will. Als ich Krähe kennenlernte, konnte ich nicht verstehen, warum sie in London leben wollte, wo ihre Familie doch in Uganda war. Ich wusste nicht, wie gefährlich das Leben dort damals war. Inzwischen ist es viel sicherer geworden. Der Krieg mit all den Toten und Entführungen ist so gut wie vorbei. Krähes Eltern sind in ihr Dorf zurückgekehrt. Es gibt jetzt eine tolle Schule und bald wird Henry dort unterrichten, zusammen mit Krähes Vater. Ich könnte es ihr nicht verübeln, wenn sie sich zum Bleiben entschließt.

Plötzlich fühle ich mich einsam und verlassen. Ich gehe raus in den Garten, um ein bisschen Wärme und Sonne zu tanken. Es ist nicht gut, zitternd im Keller zu stehen. Ich brauche Luft.

Draußen unterhält sich Mum mit einem Mann, den ich nicht kenne, über Gartengrößen und Grundstückspreise bei uns in der Straße. Als sie sich umdreht und mich sieht, wirkt sie erschrocken.

»Oh. Schätzchen. Hallo.« Sie scheint über meinen Anblick nicht besonders erfreut zu sein. »Das ist Peter Anderson. Von nebenan.«

Der Mann kommt einen Schritt auf mich zu, und dann erkenne ich ihn wieder. Er sieht aus wie eine dünnere, größere Version von Colin Firth. Beim letzten Mal, als ich ihn gesehen habe, stand er bei uns im Wohnzimmer und wollte die Polizei holen. Er lächelt mich an und ich lächele zurück, obwohl mir überhaupt nicht nach Lächeln zumute ist.

»Tolles Haus«, sagt er. »Hat mir immer gefallen.«

Er tut fast so, als gehörte es ihm. Mum sieht mich ziemlich schuldbewusst an. Und dann fällt bei mir der Groschen. Mr Anderson muss ein potenzieller Käufer sein. Vielleicht legt er beide Häuser zusammen und macht ein Mega-Haus daraus. Die Straße runter hat das jemand gemacht und einen Swimmingpool *unter den Garten* gebaut. »Mehr Geld als Grips«, hat Mum damals gesagt, aber ich fand, es klang ganz schön cool.

»Mir hat es hier auch immer gefallen«, flüstere ich. Mum lächelt halb, aber sie sagt nichts. Seit meine Prüfungsergebnisse letzte Woche eingetrudelt sind, ist unser Verhältnis noch schwieriger geworden. Anscheinend waren meine Lehrer noch zu optimistisch. Meine Chancen, aufs College zu gehen, liegen praktisch bei null. Wenn ich so weitermache, bräuchte ich sogar Riesenglück, um einen Job bei Starbucks zu kriegen. Ich gehe wieder ins Haus. Mum ruft etwas hinter mir her, aber ich höre nicht, was sie sagt. Ich glaube, ich will es gar nicht wissen.

Kapitel 28

Ich begegne Mr Anderson während der Ferien noch öfter. Er hat zwar noch nicht den Zollstock und Tapetenmuster dabei, aber man kann sehen, dass er im Kopf schon bei uns umräumt. Ich bin froh, dass ich ein paar Tage zu meinem Vater nach Paris fahre, bevor die Schule wieder anfängt.

Ich erzähle Papa von Krähe, und er tröstet mich. Er sagt, London ist jetzt ihr Zuhause, und er ist überzeugt, dass sie wiederkommt, egal wie schön ihre Ferien sind. Ich erzähle ihm auch von unserem geplanten Umzug, und er versucht verständnisvoll zu sein, aber es ist klar, dass er nicht schlecht über Mum reden will. Das ist das Komische an meinen Eltern. Sie sind eine Katastrophe, wenn sie zusammen sind, aber sobald sie getrennt sind, sind sie immer ziemlich nett zueinander.

Mit Krähe hat Papa Recht. Als ich wieder in London bin, erwartet mich eine E-Mail von ihr, in der sie schreibt, mit welchem Flug sie ankommt und dass sie sich riesig freut, uns alle wiederzusehen. Ich bin so erleichtert, dass ich mich wie ein Korken fühle, der vom Meeresgrund nach oben saust. Den Abend verbringe ich damit, ein riesiges glitzerndes Willkommensschild zu basteln, das ich mit zum Flughafen nehme, wenn ich sie abhole.

Die afrikanische Sonne muss es in sich haben: Krähe ist ungefähr zehn Zentimeter gewachsen. Auch ihre Haltung ist aufrechter und ihr Selbstbewusstsein größer. Sie trägt ein mit Ethno-Mustern bedrucktes Maxikleid mit farbig abgesetztem Turban und Perlensandalen. Als sie mich sieht, rennt sie auf mich zu und schiebt alle Passagiere und Gepäckwagen beiseite, die ihr dabei im Weg sind. Wir umarmen uns, so fest wir können. Ich muss für viele Wochen Umarmungen nachholen.

»Wie war's? Wie war dein Vater? Hat er dich den ganzen Sommer pauken lassen? Wie geht's Victoria? Was habt ihr gemacht? Tolles Kleid! Geht's deiner Mum auch gut?«

»Hey, stopp!«, ruft sie. Sie lacht. Endlich bin ich wieder mein normales Ich, fällt mir auf. Mein gesprächiges Ich. Mein *zu* gesprächiges Ich. Aber es tut so gut, Krähe zurückzuhaben.

»Es war schön«, sagt sie. »Henry! Hier drüben!«

Der arme Henry versucht den überladenen Gepäckwagen zu steuern. Er sieht erleichtert aus, als er Krähe entdeckt. Wir schleppen die schweren Taschen zur U-Bahn, und auf dem ganzen Heimweg quatschen Krähe und ich ohne Punkt und Komma. Wenn mich Liam jetzt nur sehen könnte.

Wenn ich ihn jetzt nur sehen könnte ...

Aber Krähe ist voller Geschichten von ihrer Familie, ihrem Dorf, der Schule und all den neuen Einrichtungen, die dank der

Unterstützung von Leuten wie Edie gebaut werden konnten, und von dem Textil-Projekt.

»Was ist das?«, frage ich.

»Nach der Schule treffen sich alle Mädchen und ein paar der Frauen«, erklärt Krähe. »Sie entwerfen Stoffe, und eine Fabrik bedruckt sie, und dann nähen sie Sachen daraus, die sie verkaufen. Kleider, Tücher, Decken ... Victoria hatte die Idee mit den Schultaschen. Schau mal! Das ist meine.«

Statt ihrem üblichen kleinen Rucksack hat sie eine rechteckige Baumwolltasche dabei, die gefüttert und dadurch robuster ist und groß genug, dass ein paar Schulbücher und Hefte hineinpassen. Wie immer trägt sie ihre Skizzenbücher und Stifte mit sich herum.

»Mit jeder Tasche, die sie verkaufen, nehmen sie einen Dollar für die Schule ein. Ich habe ein paar mitgebracht, um sie in London zu verkaufen. Meinst du, sie gefallen irgendwem?«

»Mir auf jeden Fall.« Jetzt verstehe ich, warum sie wollte, dass ich eine kaufe. Ich wusste ja nicht, dass sie mit den Verkäufen Geld für die Schule sammeln. Donnerwetter. Victoria ist nicht nur eine Unternehmerin, sie sammelt auch Spenden.

»Deine kleine Schwester ist wirklich toll«, erkläre ich.

Krähe grinst froh und nimmt meinen Arm.

»Ja, oder? Es war so schön, sie zu sehen. Ich will mehr Zeit mit ihr verbringen. Ich wusste nicht, dass sie mich so vermisst. Und ich vermisse sie auch.«

Als sie die Tasche wieder einpackt, kann ich ihr Gesicht nicht sehen. Und es ist gut, dass sie auch meins nicht sieht. Ich frage mich, wie bald sie wieder nach Uganda will. Und ob sie beim nächsten Mal zurückkommt.

Henry sitzt uns gegenüber, und als er mein Gesicht sieht, lächelt er mich aufmunternd an.

»Wie war dein Sommer, Nonie?«, fragt er. Er ist wirklich lieb.

»Super«, lüge ich. »Ich hatte viel zu tun. Du weißt schon ... arbeiten ... und so.«

Er lächelt wieder, höflich, aber leicht verwirrt. Anscheinend klingt es nicht besonders.

»Bereit für das letzte Schuljahr?«

Wie sein Vater kann Henry sich nichts Schöneres vorstellen, als ein ganzes Jahr Unterricht vor sich zu haben.

Ich nicke und grinse. Wenn Lügen ein Prüfungsfach wäre, bekäme ich eine Eins.

Kapitel 29

Ich bin überhaupt nicht bereit für das letzte Schuljahr. Ich habe tierisches Muffensausen. Früher dachte ich immer, das letzte Jahr an der Schule wäre herrlich. Wir wären die Ältesten und Größten und Coolsten, und alle würden zu uns aufsehen. Seit der siebten Klasse habe ich mich darauf gefreut. Allerdings hatte ich nicht bedacht, was außerdem dazugehört: nur gefühlte fünf Minuten bis zu den Abschlussprüfungen, und dann beginnt der Ernst des Lebens. In meinem Fall die lebenslange Karriere als Heißgetränkeherstellerin und Jungsverwirrerin.

Ich lasse Krähe ungefähr eine Woche Zeit, sich in London wieder einzuleben, bevor ich sie im Atelier abpasse und ihr von meinen traurigen Erkenntnissen erzähle.

»Das mit dem Label?«, fange ich an.

»Welches Label?«

»Deins. Also, ich fürchte, ich kann nicht mitmachen. Du brauchst Leute mit Erfahrung. Leute mit Qualifikation. Und dafür fehlen mir noch Jahre, selbst wenn ich könnte. Und ich kann nicht, weil meine Noten so grottenschlecht sind. Außerdem weiß ich sowieso nicht, was genau ich machen würde.«

»Nonie!« Sie sieht mich entsetzt an. Und vorwurfsvoll. »Sei nicht albern.«

»Ich bin nicht albern. Ich bin realistisch.«

Sie zuckt die Schultern. »Darüber reden wir später.«

»Es gibt kein Später«, widerspreche ich. »Das ist dein großer Moment. Das hat auch Andy Elat gesagt. Du musst es allein durchziehen.«

Sie sieht mich verletzt an. Dabei ist es zu ihrem Besten. Ich bin für sie doch nur ein Klotz am Bein.

»In diesem *Moment*«, äfft sie mich nach, was sie noch nie getan hat, »muss ich erst mal an die Schule denken. Ein Label wäre viel zu viel Arbeit.«

»Hat das dein Vater gesagt?«

»Ja«, gibt sie zu. »Aber ich bin ganz seiner Meinung.«

»Na gut, dann eben kein Label«, seufze ich. Doch ich habe noch nicht aufgegeben. Wenn ich Krähe schon nicht selbst helfen kann, kann ich ihr wenigstens einen Schubs in die richtige Richtung geben. Im Frühling stand sie kurz vor dem Durchbruch. Nur weil *ich* es nicht kann, heißt das nicht, dass sie es nicht kann. Ich sage nichts mehr, weil ich weiß, dass sie das Thema wechseln möchte, aber in meinem Gehirn arbeitet es weiter. Das Projekt Brechstange ist noch nicht gestorben.

In der Zwischenzeit fällt mir in der Schule zum ersten Mal auf, wie meine Lehrer seufzen, als sie mir die ersten Hausaufgabenthemen stellen. Als wüssten sie, dass sie die Antwort in Stichpunkten zurückbekommen, so als hätte ich nicht mehr als zehn Minuten hineingesteckt, was wahrscheinlich auch stimmt. Zum ersten Mal macht es mich traurig. Zum ersten Mal wird mir klar, dass mir die Schule nicht egal ist.

Ich versuche Edie um Rat zu bitten, aber sie sagt nur, ich solle »das Arbeitspensum in vernünftige wöchentliche Portionen« aufteilen. Das bringt mich kein bisschen weiter. Und auch sonst ist Edies Verhalten wenig hilfreich, weil sie sich so tief in Büchern und Aufsätzen vergräbt, dass ich sie kaum noch zu sehen bekomme, nicht mal in der Pause.

Ich würde mit Jenny darüber reden – sogar über Skype, wenn es sein muss –, aber sie hat ihre A-Levels verschoben und ist so in ihr Musical abgetaucht, dass sie wahrscheinlich nicht mal mehr weiß, was A-Levels überhaupt sind.

Doch von allen Kursen habe ich die meisten schlaflosen Nächte wegen Französisch. Dieses Jahr wurde Ballflachfreitag auf Ballflachmittwoch verlegt. Es gelten die gleichen Regeln. Das einzig Neue ist, dass Jenny in *Elizabeth und Margaret* auftritt, und wenn noch jemand den Klingelton seines Telefons auf »There's no business like showbusiness« umstellt, gebe ich ihm eins auf die Nase.

Ich bin fest entschlossen, mich endlich auf den Unterricht zu konzentrieren und den Ball noch flacher zu halten als sonst, aber es nutzt nichts. Liam sitzt vier Reihen vor mir. Seine Haare sind seit dem Sommer ein Stück gewachsen, und sie locken sich über seinen Kragen. Er war in Irland und ist braun gebrannt. Wenn er den Arm nach rechts bewegt, sehe ich die Härchen auf seiner Haut ...

Immer wenn ich mittwochs in die Klasse komme, halte ich die

Luft an und hoffe, dass er mir eins seiner halb amüsierten Lächeln schenkt, wenn ich zu meinem Platz gehe. Doch irgendwie wirkt er nach der ersten Woche enttäuscht, und bis zur dritten Woche lächelt er kaum noch. Was habe ich falsch gemacht? Eigentlich soll ich auf Französisch über die Filmindustrie während der *Nouvelle Vague* nachdenken, aber ich kann nur an sein Lächeln denken, und dass es verschwunden ist.

Nach der Hälfte der Stunde vibriert meine Schultasche. Mein Handy. Vorsichtig schmuggele ich es unter den Tisch. Eine SMS von einer unbekannten Nummer.

»Wo ist der Gürtel?«

Ich verstehe nicht. Ist das eine Art Mobbing durch totale Verwirrung? Ich ignoriere die Nachricht und denke wieder an Liams Lächeln.

Das Handy vibriert wieder.

»Warum bist du angezogen wie ein Lineal?«

Das ist unfair. Ich sehe an mir runter. Ich trage ein für Ballflachmittwoch vollkommen akzeptables Outfit. Sandfarbener Pullover. Langer Kamelhaarrock. Desert Boots. Zugegeben, das Ganze ist irgendwie zu beige. Es stimmt, wenn man die Ecken rechtwinklig machen würde, sähe ich vielleicht ein bisschen wie ein Holzlineal aus. Aber sonst gibt es nichts zu beanstanden.

Wieder vibriert es.

»?????????«

Jemand hat etwas zu beanstanden.

Ich sehe mich um. Unwillkürlich schaue ich zuerst in Liams Richtung und zufällig sehe ich gerade noch, wie seine Locken fliegen. Als hätte er mich gerade angesehen. Ich beschließe etwas auszuprobieren und schreibe zurück:

»Welcher Gürtel?«

»Fahrradkette.«

Aha! Liam. Er ist der Einzige, der mich mit der Fahrradkette kennt. Plötzlich klopft mein Herz wie ein Presslufthammer. Ich denke kein bisschen mehr an die französische Filmindustrie.

Hastig tippe ich. »War zu schwer. Und mein Bruder brauchte sie zurück.«

Wieder vibriert es. Er ist ein superschneller Tipper. »Und der Lineal-Look?«

Ich bin mitten in einer langen komplizierten Antwort, die ich sowieso wieder löschen will, als jemand gegen meinen Stuhl tritt – kein seltenes Ereignis – und mein Telefon auf dem Boden landet. Madame Stanley sieht mit einem Seufzer auf und verlangt, dass ich es zu der Sammlung konfiszierter Telefone auf ihrem Pult lege. Als ich an meinen Platz zurückgehe, macht Liam ein schuldbewusstes Gesicht. Nach der Stunde wartet er vor dem Klassenzimmer auf mich.

»Tut mir leid«, sagt er.

»Kein Problem.«

»Ich wollte nur ...« Er bricht ab. Er sieht verlegen aus. Ich sehe verlegen aus. Wir sehen zusammen verlegen aus.

»Was?«

»Ich fand dich im Sommer gut. Ich fand, du sahst cool aus.«

»*Wirklich?*«

»Ja. Super. Oder als du den Kimono anhattest.«

»Du fandst den *Kimono* gut?«

»Na ja, nicht richtig gut. Aber interessant.«

»Interessant ist nicht immer gut, das kannst du mir glauben.«

Ich werfe einen Blick zu den Belles, die ein paar Meter weiter stehen und mit den süßen Jungs plaudern, während sie sich die Miniröcke über ihren langen glatten Beinen zurechtzupfen.

»Finde ich schon«, sagt Liam.

Dann werde ich gerufen, laut und wiederholt, weil meine Klassenkameradinnen zu unserer Schule zurückwollen.

»Ich muss los«, sage ich.

Er lächelt. Seine Mundwinkel kräuseln sich nach oben, und ich würde sie wahnsinnig gern küssen.

»Klar«, sagt er. »Du hast ja meine Nummer.«

Er verschwindet mit seinen Kumpeln, und ich schließe mich meinen Schulkameradinnen an. Ich bin total verwirrt. Ja, jetzt habe ich seine Nummer, ABER WAS SOLL ICH DAMIT MACHEN? Anscheinend bin ich das Mädchen, das er »im Sommer gut fand«. Jetzt ist Herbst. Ich bin also eindeutig das Mädchen, das er nicht mehr gut findet. Die Sache ist hoffnungslos, und irgendwie typisch.

Ich versuche den Teil meines Gehirns auszublenden, der an einem interessanten Outfit für nächsten Mittwoch feilt. Aber ich kann nicht anders. Das Einzige, was ich in meiner totalen Verwirrung weiß, ist, wenn ich mich entscheiden muss, ob ich für Liam interessant oder für die Belles unsichtbar sein will, gewinnt jedes Mal die Fahrradkette.

Kapitel 30

Als ich heimkomme, sehe ich Licht im Kellerfenster. Das heißt, dass Krähe wieder im Atelier ist. Seit unserem Gespräch über das Label war sie nicht oft hier. Und wenn ich sie sehe, redet sie von Joseph und seinem tollen Internetkurs im Sommer, oder von Prüfungen und anderen Dingen, die mit der Schule zu tun haben. Ihr Vater hat offensichtlich seinen Einfluss geltend gemacht. Sie näht keine Kleider für den Stand auf dem Portobello-Markt mehr, und sie hat Andy Elat gesagt, dass sie in nächster Zukunft auch keine Kollektion für Miss Teen entwirft. Soweit ich weiß, ist das Einzige, woran sie arbeitet, ein neuer Entwurf für Isabelles Brautkleid.

Ich besuche sie im Atelier und Krähe lächelt, als sie mich sieht. Ich kuschele mich in den Samtsessel, während sie an dem Kleid an der Schneiderpuppe fummelt.

»Erinnert dich mein Outfit an irgendwas?«, frage ich sie.

»Steh auf«, verlangt sie.

Ich tue es.

»Hm.« Sie denkt eine Weile nach. »Ein Hochhaus in Kampala. Ein beiges.«

»Jemand in der Schule hat gesagt, ich sehe aus wie ein Lineal.«

Sie zieht die Braue hoch und nickt zustimmend. »Er hat Recht. Du solltest lieber deine normalen Sachen anziehen.«

»Wer hat gesagt, dass es ein Junge war?«

Sie sieht mich an und lacht. »Ich kenne dich lang genug, Nonie. Es ist der Typ aus dem Café, oder? Von dem du mir erzählt hast. Jedenfalls hat er Recht. Wie findest du das hier?«

Unzufrieden zupft sie am Saum des jüngsten Brautkleids herum. »Ich weiß nicht, was los ist«, sagt sie. »Sonst habe ich immer von Anfang an eine genaue Vorstellung und muss sie nur noch umsetzen. Aber bei diesem Kleid ... es wird dauernd falsch.«

Ich schiebe die Gedanken an Liam weg und sehe mir das Kleid an. Diesmal soll es aus weißem Chiffon sein, mit einem leichten Anklang an die Zwanzigerjahre. Die Spaghettiärmel sind aus Satin, und es reicht Isabelle bis an die Knöchel. Doch im Moment arbeitet Krähe an der Baumwollversion, weil sie den Schnitt ausprobiert. Das endgültige Kleid soll mit Tausenden winziger Perlmuttperlen und silbernen Pailletten bestickt werden, womit ein Atelier in Indien beauftragt wird. Isabelle ist ganz aufgeregt und scheint Krähe täglich E-Mails zu schreiben.

»Es ist schön«, sage ich. »Außerdem hast du noch Ewigkeiten Zeit. Und ich habe nachgedacht. Erinnerst du dich an die Kamelhaarmänner?« Sie sieht mich verwirrt an. »Die Männer in den Kamelhaarmänteln, die ein neues Modehaus aufmachen wollen? Sie suchen immer noch nach einem Designer. Wenn du kein eigenes Label machen willst, könntest du für sie arbeiten. Ich finde, du solltest dich bei ihnen melden und von deinen kreativen Plänen erzählen.«

»Aber ich habe gar keine. Mein Plan ist die Schule. Ich habe Prüfungen vor mir. Genau wie du. Wir müssen lernen.«

»Ich weiß ... Aber so lange können sie vielleicht nicht warten.«

Krähe zuckt die Schultern. Ich dachte, ich hätte mich an ihr Schulterzucken gewöhnt und es würde mich nicht mehr nerven, aber im Moment nervt es mich gewaltig. Ich muss Krähe aus ihrem Dornröschenschlaf aufwecken.

»Sie klangen wirklich begeistert von dir. Und sie haben so viel Geld, dass sie jede Idee von dir umsetzen können. Du musst ihnen nur sagen, was du machen willst.«

WIEDER zuckt Krähe die Schultern und sagt nichts.

»Christopher Kane designt für Versace«, sage ich.

Keine Antwort. Obwohl Christopher Kane einer ihrer Lieblingsdesigner ist.

»Stella McCartney war bei Chloé. Alexander McQueen bei Givenchy. So sind die meisten Großen berühmt geworden. Das ist deine Chance. Du musst wenigstens mit ihnen reden. Ihnen ein paar Ideen zeigen.«

Ich sehe sie flehentlich an. Doch ihr schöner großer Mund formt eine dünne Linie, und zwar nicht, weil er voller Stecknadeln ist. Sie wirkt unbeeindruckt, dabei sollte sie beeindruckt sein. Nicht nur von ihrer großen Chance, sondern auch von meinem Edelmut, dass ich sie ihr sozusagen auf dem Silbertablett reiche. Obwohl wir beide wissen, dass ich nicht mitmachen könnte.

»Ich habe meinem Vater versprochen, mich dieses Jahr ganz

auf die Schule zu konzentrieren.« Sie sieht mich an. »Zu Hause« – und ich begreife, dass sie mit »zu Hause« Uganda meint, nicht London, und die Erkenntnis tut weh – »müssen viele Mädchen die Schule abbrechen, um ihren Familien zu helfen. Sie dürfen keinen Abschluss machen oder Ausbildungen anfangen. Hier in London nehmen die Leute die Schule für viel zu selbstverständlich.«

Sie sieht mich nicht an, als sie das sagt. Sie weicht meinem Blick bewusst aus. Ich habe das dumpfe Gefühl, dass sie mit »die Leute« »du, Nonie« meint. Und auf eine beste Freundin, die wie die ugandische Version meiner Mutter klingt, kann ich im Moment verzichten.

Am Ende sitzen wir eine halbe Stunde schweigend da, während sie den Saum des Kleids wieder auftrennt und an anderer Stelle festheftet. Sie ist ganz vorsichtig dabei, und zuerst wirkt die Änderung so minimal, dass ich nicht weiß, warum sie sich überhaupt die Mühe macht. Aber dann fällt das ganze Kleid plötzlich ganz anders und scheint an der Schneiderpuppe zum Leben zu erwachen. Sie ist so gut in solchen Dinge! Es will mir nicht in den Kopf, dass sie diese super Chance nicht mit beiden Händen packt.

Frustriert stampfe ich die Treppe hoch und murmele etwas von »Hausaufgaben«. Sie sagt nicht mal tschüs.

Kapitel 31

Ich bin mitten in den Hausaufgaben, als Mum den Kopf zur Tür reinstreckt. Als sie sieht, dass ich arbeite, lächelt sie. Sie hat sich schick gemacht. Kleines Schwarzes, Jimmy Choos und frisch gewelltes Haar.

»Ich gehe zu einer Vernissage. Es wird nicht spät. Was machst du heute Abend?«

»*Der große Gatsby.*«

»Läuft es gut?«

Ich nicke. Krähe ist nämlich nicht der einzige Mensch, der beschlossen hat, ein neues Kapitel aufzuschlagen. Ich habe keine Lust mehr, mich vor jedem Aufsatz, den ich zurückbekomme, zu fürchten. Wenn ich nicht gerade mit meinen Freundinnen rumhänge, strenge ich mich heimlich an, und es scheint zu funktionieren. Meine Englischlehrerin fasst meine Aufsätze nicht mehr mit spitzen Fingern an wie bisher – als wären sie giftig. Diesmal hoffe ich auf eine Zwei.

Mum kommt herein und gibt mir einen Kuss auf den Scheitel. Ich rieche die vertraute Mischung von Rive Gauche, Jo-Malone-Shampoo und Elnett-Haarspray. Sie nimmt mein Gesicht in beide Hände und strahlt.

»Diesmal gibst du dir wirklich Mühe, oder, Schätzchen?«

Ihre Augen leuchten und ihr Haar glänzt. Das ist mir in letzter Zeit schon öfter aufgefallen. Genau wie die einzelne weiße Rose ohne Absender, die sie jeden Montagmorgen geschickt bekommt und die sofort in einer Kristallvase auf ihrem Schreibtisch unter dem Dach landet. Und wie sie immer zusammenzuckt, wenn ihr BlackBerry piept. Und das heimliche Strahlen in ihrem Gesicht, wenn es die Nachricht ist, auf die sie gewartet hat. Inzwischen kenne ich das Gefühl: Ich hatte es, als mir Liam die Nachricht mit der Fahrradkette geschickt hat. Es ist Liebe oder so was in der Richtung. Zumindest eine Sympathieattacke.

Und es kommt mir zugute, weil es sie dauerhaft in gute Laune versetzt, und das heißt, dass sie fast ohne zu zögern Ja sagt, als ich sie frage, ob ich vielleicht, vielleicht als Teil meines Geschenks zum achtzehnten Geburtstag in den Ferien nach Chicago fahren darf, um Jenny in der Show zu sehen. Sie versucht nett zu mir zu sein und hat seit dem Sommer nichts mehr von Brechstangen gesagt. Sie redet zwar nicht mit mir darüber, aber mir ist vollkommen klar, wer dahintersteckt. Die weißen Rosen haben ihn verraten.

Vicente.

Es hat wieder gefunkt zwischen den beiden, als er im Februar da war. Man konnte es sehen, als sie zusammen tanzten. Ich schätze, es war nur eine Frage der Zeit. Es wäre schön, wenn Mum mich endlich ins Vertrauen ziehen würde, aber sie tut es nicht. Es ist ihr peinlich. Vielleicht merkt sie, dass es ein schlechtes Licht auf mich wirft – wenn sie sich wieder in den Mann verliebt, mit dem sie zusammen war, bevor ich dazwischenkam und alles kaputt gemacht habe. Und ich funke ihnen immer noch dazwischen, denn es liegt an mir und dem »wichtigen Schuljahr«, dass sie nicht einfach nach Brasilien fliegt und zu ihm zieht.

»Meinst du wirklich?«, fragt Jenny. »Brasilien? Im Ernst?«

Ich skype mit ihr, um ihr zu erzählen, dass ich sie in Chicago besuchen werde. Aber wir werden von Männern abgelenkt. Wie üblich.

»Warum nicht?«, sage ich.

»Klingt wie im Märchen«, seufzt Jenny.

»Wie meinst du das?«

»Na ja, sich so lange nach jemandem zu sehnen, und am Ende kommt man zusammen. Ich meine – achtzehn Jahre. Das ist ein ganzes Leben.«

Ich habe das Gefühl, sie stellt sich Mum als Musicalstar vor, und im Moment denkt sie an die Szene, wo Mum Vicente in die Arme fällt und er sie über die Bühne schleudert und singt: »Endlich!« Oder so ähnlich.

»Na ja«, sage ich, weil ich gerne das Thema wechseln möchte. »Wie läuft es bei dir? Du hast doch sicher lauter bildschöne Männer um dich.«

»Ja, das stimmt.« Sie kichert. »Wahnsinnig schön und entzückend. Und so was von *talentiert*. Aber die, die mir gefallen, sind entweder ein Paar oder mit einem Mädchen aus dem Chor zusammen. Zurzeit probe ich hauptsächlich mit Gary Lee, der Prinz Philip spielt, und er ist mit einem meiner Kammerfräulein zusammen. Du müsstest mal ihren Spagat sehen. Sie ist *supertoll*.«

»Und du? Bist du bereit? Fangt ihr nicht in drei Wochen mit den Vorpremieren an?« Die Vorpremieren sind eine Reihe von Aufführungen, die vor der eigentlichen Premiere stattfinden, um den Kritikern die Möglichkeit zu geben, bis zum offiziellen Start ihre Kritiken zu schreiben.

»Ja, ich *weiß*! Wir haben bald die erste Kostümprobe mit Orchester. Das wird supercool. Die Kulissen sind irre. Der Ballsaal des Buckingham Palace. Die königliche Yacht *Britannia*. Ein Riesenzelt in Afrika. Warte nur, bis du alles siehst!«

Ich hoffe, sie versucht nicht, mir irgendwas Schreckliches zu verschweigen. Normalerweise müsste sie zu diesem Zeitpunkt unglaublich nervös wegen ihrer Stimme und ihrer schauspielerischen Fähigkeiten sein.

»Okay«, sage ich, »aber was ist mit *dir*? Geht's dir gut?«

»Bestens«, versichert sie mir. »Ich bin nur erschöpft von den ganzen Tanzstunden. Ich muss doch Extrastunden nehmen, weil ich nicht tanzen kann. Irgendwie ist es komisch, die Hauptrolle zu spielen. Bei der Premiere muss ich für jeden ein Geschenk haben. Keine Ahnung, was ich ihnen besorgen soll.«

Ich will ihr ein paar Tipps geben, aber sie redet einfach weiter.

»Zum Glück geht Carmen mit mir einkaufen. Das wird lustig. Carmen muss ständig überall Autogramme geben, aber sie sagt, man gewöhnt sich dran. Es ist so skurril, aber man muss sich einfach ganz natürlich verhalten …«

Dann erzählt sie mir fünf Minuten lang von den Schwierigkeiten, die es mit sich bringt, wenn man ein MUSICALSTAR ist, und ich merke, dass ich sie sogar vermisse, wenn sie stundenlang nur von sich selbst redet. Als Freundin ist sie nicht immer leicht zu ertragen. Ihr Leben ist immer *Drama, Drama, Drama,* aber das bin ich gewohnt. Oder war es. Sieht aus, als müsste ich es mir eine Weile abgewöhnen, bis die Spielzeit vorbei ist. Wenigstens kann ich sie besuchen. Ich weiß nur nicht, wie ich die Kleider für drei Tage in ein normales Gepäckstück hineinbekommen soll.

Kurz vor den Ferien, als ich gerade versuche meine Unterwäsche in einer der winzigen Seitentaschen meines Koffers zu verstauen, kommt Krähe mit einem Paket vorbei, das ich mitnehmen soll.

Ich sehe sie an. Seit der Diskussion über »Leute«, die die Schule nicht ernst genug nehmen, haben wir nicht mehr miteinander gesprochen. Ich sehe das Paket an. Es hat ungefähr die Größe eines zusammengelegten Kleids. Eines zusammengelegten Jenny-Kleids mit einem üppigen Rock und einer schmalen Taille. Was Krähe eben so macht, wenn Jenny einen großen Moment vor sich hat.

»Für die Premierenfeier?«, frage ich.

Krähe nickt.

»Das hast du neben deinen ganzen Hausaufgaben gemacht?«

Sie nickt wieder, schuldbewusst.

»Du hast nicht vielleicht geschafft...«

Sie schüttelt den Kopf. Dann wirft sie einen Blick auf meinen Koffer. Er ist voll. Bis zum Anschlag. Dabei habe ich nur drei Pullover und mehrere Leggings eingepackt. Als Mädchen braucht man eine gewisse Auswahl. Der Koffer platzt aus allen Nähten. Jetzt guckt sie noch schuldbewusster. Wir fragen uns beide, wo das Paket hinsoll.

Ich seufze. »Irgendwie kriege ich es rein.«

Sie grinst. Und dann ist mir klar, dass sie Recht hat. Es wäre einfach nicht dasselbe, wenn Jenny bei einer wichtigen Sache kein Kleid von Krähe anhätte.

»Ich verspreche dir, dass ich drauf aufpasse.«

Jetzt grinst sie noch breiter. Bis jetzt hat sie kein Wort gesagt. Im Gegensatz zu mir ist sie wirklich nicht sehr gesprächig.

»Ich muss los«, murmelt sie und geht.

Ich sehe das Paket an. Es sagt alles darüber, wie lieb Krähe Jenny hat und wie sehr auch sie sie vermisst und ihr wünscht, dass alles gut geht. Dann mache ich mich daran, den Koffer wieder auszupacken und zu überlegen, wie ich das Kleid noch reinbekomme.

Kapitel 32

»Oh-Gott-oh-Gott, es ist supertoll!«, jubelt Jenny, als sie das Paket öffnet.

Sie hält sich das Kleid an und dreht sich vor dem großen Spiegel in meinem Hotelzimmer in Chicago.

»Krähe hat mich per E-Mail nach meinen Maßen gefragt. Ich habe mich schon gefragt wofür. Ich habe gehofft, dass sie ein Kleid oder so was macht, aber doch nicht SO WAS!«

Ich lächele sie ermutigend an. Krähe kann inzwischen allein e-mailen und braucht mich nicht mehr. Juhu.

»Zum Glück! Ich war ja vorher viel dicker«, plappert Jenny weiter. »Aber das ganze Tanztraining hat sich ausgezahlt. Guck mal. Fühl mal.«

Sie hält mir ihren Arm ins Gesicht. Zögernd betaste ich ihre Schulter. Sie ist steinhart vor lauter Muskeln. Dann hält sie mir das Bein hin. Dasselbe. Sie hat abgenommen, doch glücklicherweise nicht zu viel. Sie sieht zwar dünner aus, aber immer noch kerngesund. Und sie hüpft durchs Zimmer, als hätte sie Energiepillen geschluckt.

Ich denke an die Powerdusche, aus der sie mich gezerrt hat, damit sie das Paket öffnen konnte. Ich hätte noch stundenlang darunter stehen können, so herrlich war es. Aber ich darf nicht. Stattdessen schleppt sie mich ins Starbucks an der Ecke zum Frühstücken und dann zum Schaufensterbummel, damit wir über all die Beziehungen reden können, die wir nicht haben, während wir nach Stilettos suchen (für Jenny) und nach ungewöhnlichen Sachen, die Liam in Französisch beeindrucken könnten (für mich).

Nach gefühlten zwanzig Minuten sieht Jenny auf die Uhr und schnappt nach Luft. Es ist schon Mittag, und um halb drei muss sie bei einer Matinée sein. Wir haben gerade noch Zeit für ein schnelles – aber riesiges – Sandwich, bevor wir zum Theater aufbrechen.

Hinter der Bühne herrscht Geschrei und Gerumpel und Gequietsche und Geklimper und Gesinge, während sich alle Beteiligten vorbereiten. Ich darf neben Jenny sitzen, als sie sich das versteckte Mikrofon anlegt, die dunkle Perücke aufsetzt und sich schminkt und sich von einem modernen rothaarigen Teenager in eine zurückhaltende Königstochter aus den 1940er Jahren verwandelt. Es ist faszinierend zuzusehen, wie ihr Gesicht sich verändert. Sie zeigt mir Fotos von Prinzessin Elizabeth aus jener Zeit, und ich kann zusehen, wie Jennys Gesicht die schönen, reservierten Züge dieser jungen Frau annimmt.

Eine Durchsage verkündet, dass es in fünfzehn Minuten losgeht. Durch den Lautsprecher im Flur hören wir, wie sich der Saal mit Publikum füllt. Jenny ist damit beschäftigt, in einem von Glühbirnen umrahmten Spiegel Lidschatten aufzutragen, genau so, wie man es sich vorstellt. Ich beschließe meinen Platz zu suchen. Ich umarme sie noch einmal und wünsche ihr viel Glück, dann lasse ich sie allein.

In der Lobby ist es weniger laut als hinter der Bühne, aber es geht trotzdem hektisch zu. Das Chicagoer Publikum liebt es, sich die neuen Musicals schon in der Vorpremiere anzusehen. Sie kommen mit schweren Mänteln und dicken Jacken, reden und lachen. Ich könnte schwören, ich habe Oprah Winfrey gesehen, die jemandem ihren Mantel reicht. Das ist SO AUFREGEND! Dann tippt mir jemand auf die Schulter, und als ich mich umdrehe, steht Isabelle Carruthers vor mir und grinst mich an. Hinter ihr sind mindestens zehn Männer und Frauen versammelt, die so tun, als wären sie nicht völlig beeindruckt von ihrer Anwesenheit.

»Nonie!«, sagt sie. »Ich wusste gar nicht, dass du hier bist. Aber ich hätte es mir denken können. Wo sitzt du?«

»In der dritten Reihe«, sage ich. »Aber wie kommt's, dass *du* hier bist?«

»Oh, ich muss Jenny einfach sehen. Ich habe es ihr versprochen. Du musst dich unbedingt zu mir setzen. Wir können sicher jemand überreden Plätze zu tauschen.«

»Wo sitzt du?«, frage ich.

»In der ersten Reihe.«

Ja, sicher. Als würde jemand, der Karten für die ERSTE REIHE einer neuen Show hat, seinen Platz hergeben, damit zwei Mädchen nebeneinandersitzen können. Aber es ist typisch für Isabelle, es zu versuchen. Sie macht es einem unmöglich, sie nicht zu mögen. Mit dem Schönheitsgen scheint sie auch das Nettigkeitsgen geerbt zu haben.

Ich folge meiner zukünftigen Schwägerin zu den Sperrsitzen. Bei jedem Schritt drehen sich die Leute nach uns um. Isabelle hat ihre Ringellocken unter einer übergroßen Baskenmütze versteckt und ein paillettenbesetztes Unterkleid über einen Pullover mit Polokragen, Skinny-Jeans und Stiefel angezogen. Sie trägt kein Make-up und sieht zum Niederknien aus. Die Blicke ignoriert sie völlig. Als wir in der ersten Reihe sind, beugt sie sich vor und redet mit ein paar Männern, die in der Mitte sitzen. Nach einem kurzen Gespräch bietet mir plötzlich einer der Männer seinen Platz an, und der andere rutscht einen Platz weiter, damit Isabelle und ich nebeneinandersitzen können.

Diese Frau kann jeden Mann auf der Welt überreden, alles für sie zu tun, und sie heiratet meinen Bruder. Warum?

»Krähe macht dir ein wunderschönes Kleid«, sage ich, als ich an das Perlenkleid denke.

Isabelle lächelt, aber dann presst sie nervös die Lippen zusammen.

»Hoffentlich gefällt es Harry auch. Als ich es beschrieben habe, hat er gesagt, er hofft, dass ich darin nicht wie ein menschlicher Wasserfall aussehe.«

»Oh! Das ist gemein.«

»Er zieht mich immer auf. Das ist eins der Dinge, die so süß an ihm sind. Die meisten Männer, die ich kenne, würden sich nie trauen mich aufzuziehen. Es ist echt erfrischend. Aber ...«

Sie beißt sich auf die Lippe. Anscheinend ist »menschlicher Wasserfall« nicht der Look, den sie sich für den Gang zum Altar vorgestellt hat. Aber ich habe keine Zeit, ihr Mut zuzusprechen, denn in diesem Moment spielt das Orchester auf und das Publikum wird still, voller Spannung, ob Jackson Ward wieder einen Hit gelandet hat.

Die nächsten zweieinhalb Stunden lehnen wir uns zurück und werden bestens unterhalten. Die Kulissen sind so prächtig, wie Jenny versprochen hat, die Kostüme sind umwerfend und die Songs super. Die besten hat Prinzessin Margaret, und auch die besten Tänze. Was ein Glück ist, denn Jenny ist weniger talentiert beim Tanzen. Sie hat mir erzählt, dass Prinz Philip sie bei der Walzerszene praktisch über die Bühne tragen muss. Er hat immer noch blaue Flecken von den Proben, so oft ist sie ihm auf die Füße getreten. Und sich selbst auch.

Als Jenny zur Königin gekrönt ist, ihr Ehemann an ihrer Seite, und die beiden verkünden, dass Sir Edmund Hillary den Mount Everest bezwungen hat (mein neues Geschichtswissen! Juhu!), und die Bühne voller jubelnder Londoner ist, die den Hokey-Cokey tanzen (so eine Art britische Version des Ententanzes), ist klar, dass Jackson Ward sich keine Sorgen machen muss. Er hat einen neuen Hit gelandet, daran besteht kein Zweifel.

Isabelle und ich stehen mit dem Rest des Publikums auf und klatschen, während der Vorhang immer wieder hoch- und runtergeht. Es wird laut nach Zugaben verlangt. Ein paar besonders begeisterte Zuschauer tanzen in den Gängen den Hokey-Cokey. Es ist ein aufregender Moment. Ich wünschte, Edie könnte dabei sein, und Gloria auch.

Kapitel 33

Vierundzwanzig Stunden später bin ich wieder in London. Isabelle auch. Dank ihr und ein wenig Wimpernklimpern durfte ich in der ersten Klasse sitzen und wäre am liebsten eingezogen. Mein Sitz ließ sich zu einem Bett verstellen und ich hätte eigentlich den ganzen Flug schlafen sollen (wie Isabelle – sie hat heute ein Shooting und muss taufrisch sein), aber das wäre Verschwendung gewesen. Es gab köstliche Mahlzeiten. Ich habe den schicken Pyjama anprobiert. Ich war auf dem Klo und habe die feinen kleinen Cremes aus meinem Erste-Klasse-Waschbeutel getestet. Ich habe auf meinem schwenkbaren Bildschirm die neuesten Kinofilme angesehen. Ich habe die Promis in den anderen Erste-Klasse-Sitzen beobachtet. Ich habe die neuesten Zeitschriften gelesen.

Es war herrlich, aber dafür bin ich jetzt total kaputt und kein bisschen bereit für die Schule. Mum ist »enttäuscht, Nonie«. Sie hätte mich für reifer gehalten. Doch das war die Sache wert.

Ein paar Tage nach den Vorpremieren findet in Chicago die offizielle Premiere statt. Am nächsten Tag sehe ich im Internet nach, was die Kritiker zu sagen haben.

Die erste Rezension, die ich finde, ist noch zurückhaltend: »Viel königliches Herz, könnte aber mehr Seele vertragen.« Doch alle anderen schreiben: »Königliche Unterhaltung«, »Ein königlicher Theaterabend«, »Ein fürstlicher Erfolg für den König des Broadway Jackson Ward«. Und so weiter. Sie lieben Carmen Candy als Margaret. Sie lieben Gary Lee als Prinz Philip. Und sie lieben »das neue britische Gesangswunder Jenny Merritt« als Elizabeth.

Verschiedene Theater-Blogs zeigen Fotos der Premierenfeier. Jenny mit ihrem kupferroten Kurzhaarschnitt sieht fantastisch aus. Das Kleid, das Krähe für sie genäht hat – eine kürzere Version des Met-Ball-Kleids in Grün und Pfauenblau und wunderbar eng anliegend –, schmeichelt ihrem neuen Tänzerinnenkörper. Sie steht zwischen Jackson Ward und Elton John. Völlig entspannt, als würde sie jeden Abend so verbringen.

Sobald ich kann, skype ich mit ihr.

»ELTON JOHN?«

»Ich weiß! Er sagt, er fand es super.«

»Ja, aber ... ELTON JOHN?«

»Elton ist ein alter Freund von Jackson. Nächsten Sommer hat er mich in sein Ferienhaus in Südfrankreich eingeladen. Willst du mitkommen? Dieses Jahr hast du nicht viel Ferien gemacht.«

Ich fasse es immer noch nicht. »ELTON JOHN?«

»Ja, Nonie«, sagt sie geduldig. »Elton John. Er ist echt nett.

Und übrigens kann er unglaublich Klavier spielen. Er hat auf der Party gespielt. Mit Alicia Keys.«

»ALICIA KEYS?«

»Ja.«

»*Sie* war auf der Party?«

»Ja. Alicia war zufällig in der Stadt.«

»Und sie hat Klavier gespielt?«

»Ja. Ich habe dazu gesungen. Es war toll.«

Oh. Mein. Gott.

Das Verrückte ist nicht, dass Jenny all diese Leute kennenlernt. Nicht mal, dass sie von Elton John in den Ferien eingeladen wurde oder dass Alicia Keys FÜR SIE KLAVIER GESPIELT hat. Das Verrückte ist, dass sie denkt, das alles wäre völlig normal. Sie gibt nicht damit an. Sie ist nicht aus dem Häuschen. Sie ist einfach ... total entspannt. Das ist jetzt Jennys Welt, und endlich fange ich an zu glauben, dass alles gut geht.

Irgendwem muss ich davon erzählen. Ich rufe Edie an.

»Es wird ein totaler Erfolg«, sage ich. »Und Elton John war da! Und Alicia Keys!«

»Toll«, sagt sie. Es klingt ungefähr so wie ich, wenn ich Juhu sage. Wenn ich genau hinhöre, klingt es sogar so, als hätte sie geweint.

»Alles klar bei dir?«, frage ich.

»Mhm«, sagt sie.

Es ist still. »Nicht alles klar, oder?«

Wieder ist es still. Dann höre ich ein Schniefen.

»Was ist passiert?«

»Meine Eltern«, sagt sie. »Sie haben alles abgeblasen. Sie

sagen, ich hätte mir zu viel vorgenommen, und deswegen wäre ich die ganze Zeit so müde und schlecht gelaunt. Sie haben Orchester abgesagt. Sie haben meine Ehrenämter abgesagt. Sie haben mir sogar verboten, meine Website zu aktualisieren.«

»Oh, Edie! Deine ganzen Lieblingsprojekte!«

Sie putzt sich die Nase. »Ist schon okay. Wahrscheinlich haben sie Recht, nehme ich an. Ich muss mich auf die Vorstellungsgespräche konzentrieren. Mum wollte sogar Gloria übernehmen, aber das muss ich selber machen. Es ist nur ... du weißt schon ... wenn ...«

Sie ist so erschöpft, dass ihr nicht mal die richtigen Worte einfallen. Vielleicht haben ihre Eltern tatsächlich Recht.

»Oh, nein. Es ist meine Schuld!«, sage ich. »Ich wollte mich doch um dich kümmern. Und wir haben uns kaum gesehen.«

»Es ist nicht deine Schuld«, seufzt sie. »Es ist niemandes Schuld.«

Ich bin bestürzt. Edie ist eine meiner besten Freundinnen, und ich hätte auf sie aufpassen müssen. Sie ist jetzt schon seit mehr als einem Jahr obergestresst, und ich kann mich nicht mal mehr dran erinnern, wann sie das letzte Mal nicht müde und blass war. Aber irgendwie haben wir uns dran gewöhnt. Außerdem hatten wir andere Dinge im Kopf, schätze ich.

»Stell dir einfach vor«, sage ich, weil ich sie unbedingt aufheitern will, »nächstes Jahr um diese Zeit tigerst du durch Boston und lernst neue Freunde kennen.« Ich sehe sie wie Reese Witherspoon in *Natürlich blond* vor mir, sogar mit dem rosa Laptop und dem Chihuahua, obwohl ich genau weiß, dass es das Letzte wäre, womit sie rumlaufen würde.

Sie murmelt vor sich hin, wie toooll das wäre, aber im Moment will sie einfach nur schlafen, glaube ich.

Das war nicht die Unterhaltung, die ich eigentlich führen wollte. Ich gehe nach unten ins Atelier und hoffe und bete, dass Krähe da ist, damit ich ihr erzählen kann, wie cool Jenny in dem Kleid aussah und mit wie vielen Stars sie neuerdings befreundet ist.

Doch meine Hoffnungen und Gebete werden nicht erhört. Das Atelier ist leer. Es ist ziemlich oft leer in letzter Zeit. Das Licht ist aus. Die Schneiderpuppe ist nackt. Es ist so deprimierend, dass ich das Licht anmache, nur um mich ein bisschen aufzuheitern. Dann fange ich wie automatisch an durch den Raum zu schlendern, hier ein Stück Stoff zu berühren und da durch Krähes alte Skizzen zu blättern.

Allerdings fällt mir auf, dass die Skizzen überhaupt nicht alt sind. Einige habe ich noch nie gesehen. Viele, um genau zu sein. Krähe hat Seite für Seite in den Skizzenbüchern und jede Menge lose Blätter mit Ideen zu einer neuen Kollektion gefüllt. Nicht nur mit Bildern, sondern auch mit gekritzelten Kommentaren und sogar mit Stoffmustern, die sie an den Rand geheftet hat. Sie arbeitet an einer Idee, auf die Edie sie vor Urzeiten gebracht hat: Kleider aus Fairtrade-Baumwolle aus Uganda. Doch Krähe geht noch einen Schritt weiter und entwirft lauter neue Muster. Und die Schnitte haben viele clevere Falten und Abnäher, so dass sie die verschiedensten runden und eckigen Formen ergeben. Ein paar davon würde ich am liebsten sofort anziehen. Und die Stoffmuster sehen fantastisch aus.

Krähe muss sehr viel Arbeit hineingesteckt haben. Und ich hatte keine Ahnung, dass sie, seit sie wieder da ist, überhaupt an etwas arbeitet. Zu mir hat sie gesagt, sie hätte keine Zeit dafür. Aus irgendeinem Grund wollte sie mich nicht einweihen.

Es dauert nicht lang, bis mir ein Grund einfällt. Sie braucht jemanden, der ihr hilft ihre Entwürfe auf den Weg zu bringen. Das war immer so. Aber ich komme dafür nicht mehr in Frage. Vielleicht wartet sie, bis sie eine neue Nonie findet, die ihr hilft. Vielleicht hat sie schon jemanden gefunden und nur noch nicht gefragt. Oder noch schlimmer. Plötzlich fällt mir ihre neue Leidenschaft für E-Mails ein. Vielleicht hat sie schon jemanden gebeten und wartet nur auf die Antwort.

Doch so schnell lasse ich mich nicht ausrangieren. Ich kann vielleicht ihr Label nicht managen, aber irgendwas kann ich sicher tun. Ich blättere weiter durch die Skizzen. Sie sind so wunderschön, und sie zeigen mit solcher Klarheit, in welche kreative Richtung sie geht. Aha! Ich habe eine Idee – meine letzte Chance, mich nützlich zu machen.

Ich sehe mich um wie ein Dieb, dann packe ich eine Auswahl der besten Skizzen ein und schleiche die Treppe hoch bis unters Dach, wo Mum so ein Farbscanner-Drucker-Ding hat. Vorsichtig scanne ich eine Skizze nach der anderen ein und benutze Mums E-Mail-Konto (das ich ihr eingerichtet habe und regelmäßig für sie update), um sie an mich selbst zu mailen. Dann lege ich die Skizzen zurück ins Atelier, so unordentlich wie möglich, damit es genau so aussieht, wie Krähe alles zurückgelassen hat.

Einerseits habe ich ein schlechtes Gewissen, dass ich das alles hinter ihrem Rücken tue, aber andererseits macht sie neuerdings auch manches hinter meinem Rücken. Außerdem habe ich früher auch schon heimlich Dinge angezettelt, zum Beispiel als ich sie für ihre erste Modenschau angemeldet habe. Damals ist alles gut gegangen. Und diesmal wird es auch gut gehen. Wenn sie merkt, dass ich es nur zu ihrem Besten getan habe, wird sie mir verzeihen. Alles wird gut.

Dann kann sie immer noch ohne mich Karriere machen, wenn sie will.

Ich gehe in mein Zimmer und suche die E-Mail-Adresse der Kamelhaarmänner in New York heraus. Ich schicke ihnen die Scans der Skizzen und eine Erklärung, was für Stoffe Krähe vorschweben. Krähe neigt dazu, sich auf drei (schlecht buchstabierte) Wörter zu beschränken, obwohl die meisten Leute mindestens zwanzig brauchen, um ungefähr zu verstehen, worauf sie hinauswill. Ich spüre einfach, was sie will. Sie will sexy, moderne Großstadtformen mit afrikanischen Ethno-Stoffen mixen. Mit ihren Entwürfen ist sie am Puls der Zeit, und die fair gehandelte Bio-Baumwolle, die sie verwenden will, ist auch am Puls der Zeit. Mir zittern die Finger beim Tippen, aber es ist aufregend. Es fließt einfach so aus mir heraus. Es fühlt sich wirklich an, als tue ich das Richtige.

Kapitel 34

In den folgenden Tagen warte ich auf eine Antwort der Kamelhaarmänner, doch es kommt nichts. Ich sehe Krähe ein paarmal im Atelier, und jedes Mal achte ich darauf, dass ich kein Wort über ihre neuen Skizzen verliere. Sie sagt auch nichts. Sie redet kaum. Wenn, dann davon, wie schön es war, »zu Hause« über die Märkte zu schlendern. Oder wie sehr Henry sich auf nächstes Jahr und seine neue Stelle als Lehrer dort freut. Oder wie beeindruckend die Nähkünste der kleinen Victoria sind. Wenn sie überhaupt von London spricht, dann hauptsächlich von Hausaufgaben und bevorstehenden Prüfungen, und wie stressig erst die A-Levels sein müssen, die sie noch vor sich hat. Mit Krähe zu reden ist fast so, wie mit Edie zu reden, eine Entwicklung, die ich nie für möglich gehalten hätte.

Mit Edie zu reden ist allerdings noch schlimmer.

»Ich kann mich an nichts erinnern«, sagt sie eines Tages gegen Ende des Halbjahrs. »Morgen habe ich das Vorstellungsgespräch für Harvard, und allein bei dem Gedanken wird mir schlecht. Ich weiß nicht mal mehr, wie ich auf Fragen antworten soll wie: ›Warum willst du nach Harvard?‹«

»Du willst schon dein ganzes Leben dorthin«, erinnere ich sie. »Sag einfach, was dir spontan einfällt. Das musst du nicht üben.«

Im Grunde war ihre ganze Schulzeit nur die Vorbereitung auf diesen einen Moment.

»Hm«, sagt sie. »Das Gleiche sagt Phil auch. Er hat gesagt, ich soll mich nicht so aufregen.«

»Er hat Recht.«

»Das sagst du immer. Vielleicht hatte er ja auch Recht, als er sich eine neue Freundin gesucht hat.«

»WIE BITTE?«

»Sie sind seit ein paar Wochen zusammen. Er hat gesagt, er hätte die Nase voll, dass ich ihn nie besuchen komme. Er hat gesagt, ich hätte mich verändert, und er kann nicht ewig warten, bis ich richtig zu leben anfange.«

»Und das sagt er dir ausgerechnet jetzt? Vor deinem Vorstellungsgespräch? Wenn du total im Stress bist?«

Eigentlich habe ich Phil immer gemocht, aber jetzt hasse ich ihn. Wie kann er nur so brutal sein? Kein Wunder, dass Edie ein Schatten ihrer selbst ist.

»Er wollte es nicht jetzt sagen«, verteidigt sie ihn. Selbst jetzt ist sie noch die Güte in Person. »Es ist irgendwie rausgekommen. Es hat ihm echt leidgetan.«

»Das kann ich mir vorstellen.«

»Anscheinend heißt sie Ramona.«

Ramona hasse ich auch. Auch wenn sie nur ein Name für mich ist.

Ich rechne damit, dass Edie in Tränen ausbricht, aber sie weint nicht. Sie ist zu müde zum Weinen. Es ist hoffnungslos.

»Wann ist dein Gespräch?«, frage ich.

»Morgen Nachmittag. In diesem feinen alten Club in der Nähe von Piccadilly, wo man keine Hosen anziehen darf. Jedenfalls nicht als Mädchen. Ich glaube, als Junge muss man welche anziehen.«

»Ich begleite dich. Du brauchst jemanden, der dir die Hand hält.«

Eigentlich erwarte ich, dass sie sagt, ich soll nicht albern sein, aber das tut sie nicht.

»Danke«, sagt sie stattdessen. »Mum muss arbeiten. Es wäre schön, jemand dabeizuhaben.«

Leider bin ich keine so große Hilfe, wie ich gehofft habe. In Tränen aufgelöst kommt sie aus dem Gespräch und ist überzeugt, dass sie vollkommen versagt hat. Ich schlage vor, dass wir ins Kino am Leicester Square gehen oder einen Hamburger essen oder so was, aber sie will nur ins Bett. Nach dem Vorstellungsgespräch in Oxford ist es das Gleiche.

Edie und ich zählen die Tage, bis Jenny zurückkommt. Edie denkt dabei hauptsächlich an Gloria, aber ich denke vor allem an mich. Ich brauche ihre Quirligkeit und Energie. Ich will nicht mehr dauernd über Lernpläne reden müssen, sondern über talentierte Künstler und supertolle Sänger und mögliche Ferien mit internationalen Popstars.

Kapitel 35

Als Jenny am Flughafen Heathrow ankommt, sieht sie aus wie eine kurvige, rothaarige Version von Victoria Beckham mit einem neuen passenden Kofferset und einer rekordverdächtigen Sonnenbrille, die fast ihr ganzes Gesicht bedeckt. Ich schwenke mein Glitzerschild, damit sie mich durch die dunklen Gläser überhaupt sieht.

»Tut mir leid«, sagt sie und schiebt sich die Brille hoch, um mir einen Kuss zu geben. »Nachtflüge werden in Amerika nicht umsonst ›Redeye‹ genannt. Siehst du?«

Sie zeigt mir ihre Augen. Rot und geschwollen. Sie sollte es mal in der ersten Klasse probieren. Viel bequemer und entspannender.

»Schicke Brille«, sage ich. Ich erkenne sofort, dass sie von Tom Ford ist. Als ich sie anprobiere, habe ich das traurige Gefühl, dass ich Tom Ford wahrscheinlich nie näher sein werde.

»Warum trägst du sie?« Ich sehe mich in der in Dunkel getauchten Ankunftshalle um. »Hast du Angst vor Paparazzi?«

Jenny wird rot im Gesicht. Sie wird schneller rot als alle, die ich kenne, Edie eingeschlossen. Sie ist so rot, dass ich es sogar durch die neue Superbrille sehe. Verlegen senkt sie den Blick.

»O Mann! Hattest du wirklich!«, rufe ich.

»Na ja«, gibt sie zu, »in Chicago lagen sie richtig auf der Lauer. Es hat sogar jemand versucht sich im Flugzeug neben mich zu setzen, um mich während des Flugs zu interviewen.«

»Ehrlich?«

Sie nickt.

»Was hast du gesagt?«

»Ich habe Nein gesagt!« Sie kichert. »Interviews müssen erst von meiner Presseagentin abgesegnet werden, sonst bekomme ich Ärger.«

»Du hast eine Presseagentin?«

Wieder wird sie rot. »Zwei sogar. Eine für London und eine in Amerika. Jackson sagt, das muss sein. Eigentlich arbeiten sie für ihn, aber mir helfen sie auch.«

»Donnerwetter.« Ich gebe Jenny die Sonnenbrille zurück, die sie offensichtlich dringender braucht als ich, und hebe mein »Willkommen zu Hause, Jenny«-Schild auf. Jetzt ist es mir ein bisschen peinlich. Das Letzte, was sie will, ist ein großer Glitzerpfeil, der auf ihren Kopf zeigt.

Ich will zum U-Bahnhof gehen, aber Jenny hält mich zurück.

»Keine Sorge. Meine Presseagentin sagt, ich soll einfach ein Taxi nehmen. Flüge sind so was von ermüdend.«

Als wir gemächlich zur Taxischlange gehen, versuche ich im Stillen zu schätzen, was so eine Taxifahrt kostet (wahrscheinlich so viel, wie ich im Sommer bei Miss Teen verdient habe), während Jenny ohne Punkt und Komma erzählt, wie toll die Show gelaufen ist und dass die Party für das Team am Ende der Spielzeit die BESTE PARTY IHRES LEBENS WAR und wie sie den ganzen nächsten Tag geheult hat bei dem Gedanken, dass sie nicht mehr in der gleichen Besetzung spielen werden.

Dann redet sie von ihrer neuen Stricksucht und dem Paar warmen Wadenstrümpfen, die sie für Queen Mum gestrickt hat, bis sie merkt, dass ich nicht mehr zuhöre.

»Was ist denn?« Sie sieht in die Richtung, in die ich starre, zum Anfang der Schlange. Sie schiebt sich sogar die Tom-Ford-Brille auf die Stirn, um besser sehen zu können.

»Ich muss es mir einbilden«, flüstere ich, »aber ... ich hätte schwören können, dass ...«

»Vicente!«

Jenny hat eine laute Stimme, vor allem nach den vielen Stunden auf der Bühne, und sie hat ihn auch entdeckt. Vorne in der Reihe dreht jemand den Kopf und wir sehen eine Silhouette mit einem wohlgeformten Kinn und einer geraden Nase. Er späht in unsere Richtung. Jenny ruft wieder seinen Namen. Sie ist vielleicht klein, aber sie ist rothaarig und war neulich in der *Vogue*. Wenn sie will, kann sie sich bemerkbar machen.

Vicente sieht uns und macht ein verblüfftes Gesicht. Er ist es eindeutig. Jenny läuft sofort auf ihn zu und küsst ihn auf beide Wangen. Ich weiß nicht genau, was ich tun soll: unseren Platz in der immer länger werdenden Schlange bewachen oder hingehen und Hallo sagen. Aber da Jenny mir hektisch zuwinkt, habe ich keine Wahl. Ich kämpfe mit ihrem Gepäck und lade es zu Vicentes Füßen ab, der genauso verlegen wirkt, wie ich es bin. »Nonie!

Was für eine charmante Überraschung«, sagt er, »und du, Jenny. Du bist doch Jenny, oder? Habt ihr eine aufregende Reise gemacht?«

Als Jenny endlich damit fertig ist, ihm alles über das Musical zu erzählen, ist er ganz vorne in der Schlange, und die Leute hinter uns starren Jenny und mich mit solchem Hass an, dass er uns praktisch einen Platz in seinem Taxi anbieten muss, um uns vor dem Lynchmob zu retten. Dankbar nehmen wir an.

Jenny sieht sich im geräumigen schwarzen Inneren des Taxis mit den Klappsitzen um und macht es sich gegenüber von Vicente und mir glücklich seufzend bequem.

»Londoner Taxis«, sagt sie. »Wie romantisch. Aber müssten Sie nicht eigentlich mit einer Limousine fahren, Vicente?«

Vicente lacht. »Warum? Wenn man beim Taxifahren so attraktive Gesellschaft findet.«

»Bist du länger in London?«, frage ich.

»Ein paar Wochen.« Bei all seinem Charme wirkt er immer noch überrascht und ein bisschen verlegen. Als hätte er sich noch nicht von dem Schock erholt. Dann piept sein Telefon, und er liest diskret eine SMS. Sofort kommt dieses warme Leuchten über ihn, das ich so gut von Mum kenne. Er blickt auf, sieht meinen Blick und wirkt so peinlich berührt wie Jenny, als ich sie auf die Paparazzi angesprochen habe.

Jenny hustet leise. Dann hustet sie noch mal. Ich kapiere, dass sie mir ein Zeichen geben will. Sie sieht mich durchdringend an. Ich versuche sie zu ignorieren, aber sie lässt nicht locker. Glücklicherweise ist Vicente damit beschäftigt, die SMS zu beantworten, und es fällt ihm nicht auf. Ich versuche Jenny, die inzwischen Stielaugen hat, mit Blicken zum Schweigen zu bringen.

Sie sieht zu Vicente und wieder zu mir und dann nickt sie wissend, bevor sie süßlich grinst.

Ich kenne Jenny schon sehr lange. Die meisten Leute würden denken, sie hat ein Staubkorn im Auge, das sie wegzublinzeln versucht, aber ich weiß, was sie sagen will: »Meinst du, die SMS war von deiner Mutter? Ist er zu einem romantischen Stelldichein hier? Aha, sieh mal, er schreibt zurück! Ist das nicht süß?«

Ich zucke die Schultern. Ich versuche mir verzweifelt einzureden, wie falsch ich mit meiner Vermutung liege, aber das Problem ist, ich denke dasselbe wie Jenny. Was auch erklärt, warum Vicente so verlegen ist. Mum versucht seit Monaten ihre neue Beziehung vor mir geheim zu halten. Nicht dass es aus meiner Sicht eine tolle Nachricht ist, aber Tatsache bleibt, sie ist verliebt. Und der Mann, in den sie verliebt ist, kommt den ganzen Weg aus Brasilien, um Weihnachten mit ihr zu verbringen. Langsam könnte sie wirklich die Karten auf den Tisch legen.

Ich beschließe ihr die Arbeit abzunehmen.

»Du musst unbedingt mal wieder zum Abendessen kommen«, sage ich, nachdem er auf Senden gedrückt hat. »Mum würde sich bestimmt freuen. Harry ist auch da – zumindest ein paar Tage. Ihr müsst euch unbedingt sehen.«

Vicente sieht geschmeichelt und entsetzt zugleich aus. »Oh. Das ist aber lieb, Nonie. Natürlich wollte ich mich melden und euch zum Essen ausführen. Harry und ich haben schon miteinander gesprochen…«

Mann, ist das peinlich. Er versucht großzügig und hilfsbereit zu sein, und ich reite mich immer schlimmer rein. Offensichtlich hat er alles so eingefädelt, dass er Mum und Harry sieht und will mir nichts davon sagen. Und ich habe alles kaputt gemacht. Aber jetzt ist es zu spät.

Ich werfe Jenny einen Blick zu und hoffe, das Gespräch war nicht so schlimm, wie es sich angefühlt hat. Doch kaum sieht Vicente aus dem Fenster, verdreht sie die Augen und bewegt die Lippen zu einem wortlosen »Autsch«.

Na toll.

Kapitel 36

Weihnachten besteht aus einer Reihe von seltsamen Zusammenkünften. Daran bin ich aus der Modebranche gewöhnt, nur dass die Meetings diesmal bei uns in der Küche stattfinden. Mum ist geschockt, als ich ihr erzähle, dass ich Vicente in der Taxischlange getroffen habe, aber sie macht das Beste daraus und lädt ihn zum Essen ein. Granny ist in der Stadt und kommt ebenfalls vorbei. Sie ist ganz aus dem Häuschen, Vicente zu sehen, und will unbedingt mit ihm über Hochzeiten reden. Schon wieder. Vicente hat angeboten sich an den Kosten von Harrys und Isabelles Hochzeit zu beteiligen, und Granny will zu jeder Kleinigkeit seine Meinung hören. Mir ist klar, dass Mum und Vicente lieber allein wären, aber im Moment lässt sich da nichts machen.

Solange Harry und Isabelle da sind, ist es am merkwürdigsten. Wie immer hat Isabelle nichts dagegen, über Tiaragröße, Schleierlänge, Tischordnung und Blumen zu reden. Harry schon. Als ich ihn so sehe, wird mir klar, dass große Hochzeiten nicht sein

Ding sind. Er und Vicente haben genau die gleiche unbehagliche Körperhaltung, als wären sie lieber an einem ganz anderen Ort, aber sie sind beide zu höflich es zuzugeben und versuchen gute Miene zum bösen Spiel zu machen. Die Ähnlichkeit ist verblüffend, und ich habe mit beiden Mitleid.

Irgendwann erwische ich Harry auf der Treppe und sage: »Ihr müsst nicht so eine Riesensache daraus machen, wenn du keine Lust dazu hast, Harry. Ich bin mir sicher, dass Isabelle dich auch barfuß am Strand heiraten würde, wenn du sie darum bittest.«

Er sieht mich an, als wäre ich völlig verrückt geworden. So sieht er mich öfter an. Dann lacht er.

»Das könnte ich ihr nicht antun. Sie plant ihren Hochzeitstag schon seit Jahren. Und Granny würde mich umbringen, ganz langsam. Außerdem muss ich ja nur pünktlich aufkreuzen, mir einen Zylinder aufsetzen, einigermaßen nüchtern bleiben und Issy sagen, dass ich sie liebe. Das schaffe ich schon.«

Ich nicke, weil ich ihn bis zu einem gewissen Grad verstehe. Aber anscheinend ist es für Jungs etwas anderes, denn meine Vorstellung von meinem Hochzeitstag läuft so was von nicht darauf hinaus, schick auszusehen, mich nicht zu betrinken und irgendwem zu sagen, dass ich ihn liebe. Auch wenn alle drei Punkte wahrscheinlich irgendwie dazugehören.

Ich frage mich, ob Isabelle klar ist, wie wenig Harry ihren Hochzeitsvorstellungen abgewinnen kann, aber es scheint ihr nicht aufzufallen. Genauso wenig wie Mum und Granny. Als wäre Harry nur ein Teil in einem sehr großen, hübschen Puzzle. Er tut mir immer mehr leid. Wenn ich einen Jungen lieben würde und er mich fragen würde, ob ich ihn heiraten will (sagen wir, nach ein paar Jahren auf dem Mode-College, wenn wir in Paris leben und ich die Karriere einer super Stardesignerin managen würde), und er wollte in Jeans, einem gut sitzenden T-Shirt und den perfekten Turnschuhen heiraten, an irgendeinem ruhigen Ort in Irland, wäre mir das auch recht, solange er glücklich ist. Solange unser Tag romantisch und besonders wäre und vor allem uns beiden gehören würde. Aber Isabelle ist so daran gewöhnt, dass alle tun, was sie will, dass sie wahrscheinlich vergessen hat zu fragen, ob es auch das ist, was Harry will.

Ich spiele mit dem Gedanken, mit ihr zu reden, aber ich habe mich schon bei Vicente total blamiert, und so beschließe ich mich rauszuhalten. Ich beschränke mich darauf, Harry ab und zu aufmunternd anzulächeln, und versuche das Thema zu wechseln, als Granny nach drei Stunden immer noch über »standesgemäße Hochzeiten von Freunden in traumhaften Landhäusern« redet und darüber, welche Champagnermarke sich für die Toasts am besten eignet.

Jenny ist keine große Hilfe. Ihr Jetlag verwandelt sich in eine schlimme Erkältung, und sie liegt eine Woche lang im Bett, und danach schleppt sie sich noch eine Woche voller Selbstmitleid durch die Wohnung. Doch ein paar Tage nach Silvester ruft sie an und klingt schon viel besser. Geradezu aufgekratzt sogar.

»Können wir uns in einer Stunde im V&A treffen? Ich versuche auch Edie und Krähe zu erreichen. Es ist Zeit, dass wir uns mal wieder alle zusammensetzen. Ach, und es gibt Neuigkeiten.«

Als ich das Haus verlasse, hüpfe ich die Treppe zur Straße hinunter. Das klingt schon besser. Das Victoria-&-Albert-Museum, meine Freundinnen und der neueste Klatsch. Perfekt! Genau das, was ich brauche, um mich darüber zu trösten, dass bald die Schule anfängt. Ich hoffe nur, Jennys Neuigkeit ist nicht, dass Stella wieder schwanger ist. Ich weiß nicht, ob ich das Drama mit der Namensgebung noch einmal durchstehe.

Ich bin als Erste da. Bilde ich mir ein. Doch dann entdecke ich Jenny, die am Informationsschalter steht und Autogramme gibt.

Sie grinst, als sie mich sieht, und kommt rüber.

»Touristen aus Chicago«, erklärt sie. »Sie sagen, sie haben die Show dreimal gesehen.«

Dann kommt Krähe. Sie trägt ein cremefarbenes Kleid, das mir vage bekannt vorkommt, und dazu ungefähr sieben falsche Perlenketten, die mit Seidenblumen verziert sind. Die Gesamtwirkung ist anmutig, ungewöhnlich und cool. Als ich näher hinsehe, erkenne ich das Baumwollmuster für Isabelles Brautkleid, mit einem Gürtel gerafft und über einen Pullover getragen. Krähe ist ein paar Zentimeter kleiner als Isabelle, also sieht es völlig anders an ihr aus. Ich sehe Krähe fragend an. Baumwollmuster werden von Schneiderpuppen und manchmal von Models im Atelier getragen. Sie sind eigentlich nicht für die Öffentlichkeit bestimmt. Und an diesem sind noch lauter offene Säume und Kreidestriche.

Krähe zuckt die Schultern. »Ich finde gerade das Unfertige daran so schön. Es sieht aus wie die Skizze zu einem Kleid. Gefällt es dir?«

Jetzt, wo ich richtig hinsehe, finde ich, dass es absolut hinreißend aussieht. Seltsam, aber schön. Die Art, wie das Kleid fällt, erinnert mich an ihre neuen Entwürfe, von denen sie mir nichts erzählt.

»Ist das richtige Kleid eigentlich fertig?«, frage ich. »Isabelles, meine ich.«

»Beinahe«, sagt Krähe. »Sie zieht es bei einer Preisverleihung für Models an, zu der sie in ein paar Wochen eingeladen ist.«

»WAS?«

Krähe zuckt wieder die Schultern. »Sie wollte es doch nicht bei der Hochzeit tragen. Sie sagte, sie hat Angst, dass sie darin vielleicht wie ein menschlicher Wasserfall aussieht. Jetzt will sie, dass ich etwas aus alter Spitze für sie mache.«

Na gut. Wenigstens hört Isabelle in manchen Dingen auf Harry. Aber Krähe muss inzwischen beim zehnten Entwurf für das Brautkleid sein. Jenny schleppt uns derweil zum Café am anderen Ende des Museums. Auf Edie müssen wir nicht warten, sie weiß, wo sie uns findet.

Wir ernten Blicke. Nicht so viele wie mit Isabelle, aber wir fallen auf. Jenny hat jetzt eine Aura. Selbst in Jeans und einer merkwürdigen Strickjacke hat sie immer noch den schicken kupferroten Haarschnitt, die Tom-Ford-Sonnenbrille (oben auf dem Kopf) und eine Art Leuchten um sich. Die meisten Leute aber drehen sich nach Krähe um. Ich wünschte, ich hätte die Idee gehabt, ein Baumwollmuster zu tragen. Es ist supercool. Dagegen sind meine Zebra-Leggings und der Mohair-Bolero richtig bieder.

Wir setzen uns an einen Tisch, und Jenny erzählt von den Kätzchen.

»Ich habe für Fosse und Stella ein Zuhause gefunden! Unsere Nachbarn von unten. Ach, und Fosse heißt jetzt Eliza. Nach Eliza Doolittle aus *My Fair Lady*. Die Nachbarin hatte irgendwas dagegen, ein Mädchen Fosse zu nennen. Oder Bob.«

»Oder Flossie?«

»Ich hab's dir schon gesagt, Nonie, Flossie ist ein blöder Name.«

»Sondheim ist auch nicht besser.«

»Stephen Sondheim ist der größte Komponist der Welt! Außer Jackson natürlich. Er ist total berühmt!« Jenny ist schockiert, dass ich es nicht verstanden habe. Wahrscheinlich ist Sondheim für sie, was der Met Ball für mich ist. Trotzdem bemerke ich, dass noch keiner Interesse angemeldet hat, Sondheim zu adoptieren.

»Warte mal«, unterbricht Krähe. »Hast du gesagt, eure Nachbarn nehmen Eliza *und* Stella? Stella auch? Warum das denn?«

»Ach«, sagt Jenny. »Das. Also. Das gehört zu den Neuigkeiten. Aber damit müssen wir warten, bis Edie da ist.«

Wieder entsteht eine merkwürdige Pause. Krähe holt ihr Skizzenbuch heraus und fängt an alte Kritzeleien auszumalen. Schwer zu sagen, was sie darstellen sollen. Von Weitem sieht es aus wie ein Raubtiermuster, aber bei näherem Hinsehen entpuppt es sich als die Umrisse von lauter Mädchen, die sich an den Händen halten. Hübsch.

Während wir warten, erzähle ich Jenny von der Harry-und-Isabelle-Situation bei uns zu Hause, und wie Granny über nichts anderes als Hochzeiten reden kann.

»Mmh. Hmm. Klingt gut.«

Sie hört gar nicht zu. Irgendjemandes Hochzeit ist wohl uninteressant im Vergleich zu einer bis unter die Decke mit Blumen gefüllten Garderobe am Premierenabend oder Jamsessions mit weltberühmten Popstars bis in die Morgenstunden.

»Irgendwas Neues von deinem Starbucks-Freund?«, fragt sie.

Ich schüttele den Kopf. Ich glaube zwar, er hat sich nach dem

Lineal-Gespräch noch ein paarmal zu mir umgedreht, aber das zählt wohl kaum als Neuigkeit. Dann endlich kommt Edie und rettet uns.

»Ich habe gelesen und die Haltestelle verpasst. Tut mir leid«, sagt sie atemlos. »Musste zurückrennen ... Also, hallo, ihr! Worum geht's, Jenny?«

»Also«, sagt Jenny, indem sie tief Luft holt und von einem Ohr zum anderen grinst. »Hört euch das an. Wir haben ein neues Theater. Die Besitzer freuen sich riesig auf die Show. Sie haben gestern fest zugesagt. Es geht alles so schnell, dass es fast unheimlich ist. Im Sommer haben wir Premiere am Broadway. Ich. Gehe. Nach. New York!«

Eine verblüffte Stille entsteht. Jenny grinst weiter.

»Donnerwetter!«, sagt Krähe, die als Erste die Sprache wiedergefunden hat.

»Wirklich?«, frage ich.

Oje. Es sieht so aus, als wären in sechs Monaten alle meine Freundinnen in Amerika, nur ich bleibe in London zurück und schenke irgendwo heiße Getränke aus. Was ist hier los? Ich fange zu zittern an und mir wird übel.

»Ja«, sagt Jenny und rutscht aufgeregt auf ihrem Stuhl herum. »Nicht Off-Broadway. Sondern auf dem richtigen Broadway. Na ja, nicht ganz auf dem Broadway, sondern auf der 43. Straße, aber das ist so gut wie die 42. Straße, also für ein Musical noch viel besser als der Broadway, wegen der Tradition, versteht ihr? Heutzutage kommt es so gut wie *nie* vor, dass ein neues Musical *so schnell* in einem renommierten Theater landet. Aber die Leute lieben uns. Und wir kriegen noch größere Kulissen und noch tollere Kostüme ...«

»Tollere Kostüme?«, unterbricht Krähe. »Interessant. Ich wollte schon immer Kostüme fürs Theater ...«

Aber Jenny und ich hören nicht zu. Wir sehen Edie an, die noch gar nichts gesagt hat.

»Und?«, fragt Jenny.

»Ich fasse es nicht«, flüstert Edie. »Du bist doch gerade erst zurückgekommen.«

»Ich weiß!«, sagt Jenny fröhlich. »Es werden noch ein paar Änderungen an der Show vorgenommen, aber das ist ganz normal, und ...«

Sie klingt wie ein alter Musical-Hase, und sie genießt jede Sekunde davon.

Im Gegensatz zu Edie. Ihrem Blick nach zu urteilen, war »Ich fasse es nicht« nicht positiv gemeint.

»Alles in Ordnung?«, frage ich.

Sie sitzt stocksteif da und starrt Jenny an.

»Das willst du wirklich tun? Nach New York gehen? Im Sommer? Wahrscheinlich für mehrere Monate?«

»Nein«, sagt Jenny. Sie verschränkt die Arme, und auf ihren Wangen tauchen zwei rote Flecken auf, die mich immer ein bisschen nervös machen. »Nicht im Sommer. In zwei Wochen. Ich kann bei Jackson wohnen. Ich brauche noch Tanzstunden, und er kennt ein paar supertolle Leute, mit denen ich arbeiten kann.«

»Höchst talentierte Künstler, nehme ich an«, bemerke ich. Die anderen ignorieren mich.

»Kann sein, dass ich ein Jahr weg bin«, erklärt Jenny.

Sie starrt Edie trotzig an. Edie starrt wütend zurück.

»Ach, deswegen nimmt eure Nachbarin Stella«, sagt Krähe.

Edie macht ein grimmiges Gesicht. »Es geht nicht um Stella,

Krähe. Es geht um Gloria. Es geht um die Tatsache, dass Jennys Mutter seit letztem Sommer allein lebt, obwohl sie schwer krank ist. Und ihre einzige Tochter zieht für ein Jahr nach New York. Ein ganzes *Jahr*. Nur damit sie in einer *Show* auftreten kann.«

Dabei durchbohrt sie Jenny mit Blicken. Ich an Jennys Stelle hätte mir schon längst die Tom-Ford-Brille aufgesetzt, aber Jenny ist tapferer als ich. Sie starrt einfach zurück.

»Das ist etwas, was du nicht verstehst, Edie«, sagt sie ganz ruhig. »Du hast meine Mutter seit letztem Sommer besucht und dich um sie gekümmert. Das ist wahnsinnig lieb von dir. Aber ich mache das schon, seit ich drei bin.«

Ich schnappe nach Luft. »Seit du drei bist?«

»Damals fing das mit den Depressionen an. Sie gibt meinem Vater die Schuld, weil er sie hat sitzen lassen, aber ich bin mir nicht so sicher. Vielleicht hätte sie die Depressionen sowieso bekommen. Jedenfalls wusste ich mein Leben lang morgens beim Aufstehen nicht, ob mich beim Frühstück eine fröhliche, lustige Mum erwartet, die Kekse backt und sich Spiele ausdenkt, oder ob sie still in der Ecke sitzt und es nicht mal schafft, mich zur Schule zu bringen.«

»Jen!«, sage ich entsetzt. »Das ist ja furchtbar! Das habe ich nicht gewusst. Ich kenne dich schon so lange, und du hast mir nie ein Wort davon erzählt.«

Jenny reißt den Blick von Edie los und sieht mich an. Sie zuckt die Schultern.

»Ich weiß auch nicht ... ich habe daran gedacht. Aber in der Schule wollte ich einfach nur normal sein. Irgendwie war ich froh, dass du es nicht wusstest.«

Sie vielleicht, aber ich bin nicht froh.

»Ich hätte dir helfen können!«, entgegne ich.

»Du hast mir geholfen. Du warst immer lieb zu mir. Du wusstest nur nicht, dass du mir hilfst.«

Eine Pause entsteht. Wir müssen das alles erst mal verdauen.

»Und jetzt?«, fragt Edie. »Jetzt, wo sie dich mehr braucht denn je? Ich nehme an, du erwartest, dass ich für dich einspringe.«

Jenny schüttelt den Kopf. »Überhaupt nicht. Nett, wenn du es tust, aber wenn es nicht geht ... Die Sache ist, Leute – das hier ist meine große Chance! In einer Show am Broadway auftreten? Mit achtzehn? So eine Chance bekommt man nicht zweimal im Leben. Ich muss das machen. Mum wird es verstehen.«

»Pah!«, sagt Edie verbittert. »Das musst du ja sagen.«

»Nein, ich meine es ernst. Sie wird es verstehen, weil es genau das ist, was sie immer für mich wollte. Wovon sie selbst geträumt hat, bevor sie meinen Vater kennenlernte. Sie wäre außer sich, wenn ich es nicht tun würde. Ihre glücklichste Zeit war die, als ich in *Annie* aufgetreten bin. Und letztes Jahr, als ich Theater gespielt habe. Sogar der Kinofilm hat ihr gefallen. Aber das hier ist eine ganz andere Nummer.«

»Das sehe ich auch so«, sagt Edie mit verschränkten Armen.

Krähe und ich seufzen erleichtert auf.

»Das hier ist wirklich eine andere Nummer«, fährt Edie fort. »Diesmal ist sie *richtig* krank. Wenn du gehst, will ich mir gar nicht ausmalen, was passiert.«

»Du kannst mich nicht erpressen«, sagt Jenny. Jetzt setzt sie die Sonnenbrille wirklich auf, dann packt sie ihre Tasche und steht auf. »Ich dachte, ihr würdet euch alle für mich freuen. Ich hatte ja keine Ahnung, dass ihr mich dafür ... hasst.«

Ihre Stimme stockt, als sie sich umdreht und geht. Am liebsten würde ich sie zurückrufen und ihr sagen, dass sie alles falsch verstanden hat. Dass ich mich riesig für sie freue. Aber Edie zittert am ganzen Körper und ist kreidebleich. Im Moment scheint sie unsere Hilfe noch nötiger zu haben als Jenny.

Krähe und ich tun, was wir können, um Edie zu versichern, dass alles gut wird, aber wir haben keinen Erfolg. Es hilft nicht, dass uns auch keine Lösung einfällt. Wir können Jenny nicht davon abhalten, nach New York zu gehen, aber die Vorstellung, dass Gloria allein in der Wohnung bleibt, ist schrecklich. Außerdem hört uns Edie sowieso nicht zu.

Wir verfallen wieder in Schweigen. Ich denke an etwas, das Jenny gesagt hat. Dass man manche Chancen im Leben nicht zweimal bekommt. Und wenn man sie bekommt, muss man zupacken. Als hätte sie mir sagen wollen, dass es richtig von mir war, Krähes Skizzen an die Kamelhaarmänner zu schicken. Wenn Jenny nächstes Jahr am Broadway auftritt, fängt Krähe vielleicht in New York bei den Kamelhaarmännern an und entwirft ihre neueste Kollektion. Vielleicht können sich die beiden eine Wohnung teilen. Und Harry und Isabelle kommen zum Kaffee vorbei ...

Edie kramt nach einem Taschentuch und wischt sich über die Augen. Anscheinend muss ich mich mehr anstrengen, wenn ich sie trösten will.

»Sei nicht so streng mit Jenny«, sage ich. »Du bist doch die, die immer nach Amerika wollte. Nach Harvard – schon vergessen?«

»Witzigerweise denke ich in letzter Zeit sehr viel daran«, gibt Edie zurück. »Ich habe die ganzen Ferien darüber nachgedacht. Und ich werde nicht gehen.«

»HALLO?«

»Du hast gehört, was ich gesagt habe. Ich gehe nicht nach Harvard. Ist ja klar, nachdem ich den Aufsatz verhauen und mich im Bewerbungsgespräch blamiert habe. Aber ich werde auch nicht Jura studieren. Ich will nicht mehr zu den Vereinten Nationen. Du hattest Recht, Nonie. Ich hasse es, weit weg von zu Hause zu sein. Ich glaube, ich bewerbe mich gar nicht an der Uni.«

»Oh. Mein. Gott. Das ist nicht dein Ernst, oder?«

Sie zuckt die Schultern. »Ich bin nur realistisch, Nonie.«

»Nein, bist du nicht! Du bist total verrückt geworden. Du bist der schlauste Mensch an der ganzen Schule. Du hast dich nur überanstrengt. Ehrlich, Edie, du brauchst eine Pause.«

Sie sieht mich hohläugig an. »Ja, ja. Wenn du meinst. Dann habe ich auch Zeit, mich um Gloria zu kümmern. So hat wenigstens Jenny was davon, oder?«

Ich starre sie an. Ich erkenne sie kaum wieder. Ich bin mir nicht mal sicher, ob ich sie im Moment besonders mag. Würde sie nicht so traurig aussehen, würde ich sagen, dass sie Gloria benutzt, um Jenny ein schlechtes Gewissen zu machen. Aber sie sieht TOTAL traurig aus. Ich weiß zwar, dass sie es sich wegen Harvard noch mal überlegt, wenn sie ausgeschlafen ist, aber im Moment scheint es ihr ernst zu sein. Und ich weiß einfach nicht, wie ich ihr helfen kann.

»Bitte, Nonie«, sagt sie. »Geh einfach.«

Das ist vielleicht nicht die beste Idee, aber im Moment habe ich auch keine bessere. Widerwillig gehorche ich. Krähe bleibt. Sie malt immer noch in ihrem Skizzenbuch herum. Ich lasse die beiden zurück und wünschte, ich wäre nicht hergekommen.

Zu Hause zieht Granny gerade ihren Mantel an.

»Das hat solchen Spaß gemacht, Darlings! Ich freue mich schon auf Juni.«

Mum räumt einen meterhohen Stapel Hochzeitszeitschriften weg. Harry sieht aus wie ein begossener Pudel.

»Nonie!«, flötet Granny und haucht mir einen Kuss auf die Wange. »Wir haben über die Brautjungfern gesprochen. Was hältst du von ecrufarbener Spitze? Eigentlich schlammfarben, aber Ecru klingt viel eleganter, findest du nicht? Was ist denn, Darling? Gefällt dir Ecru nicht?«

»Ecru ist okay«, lüge ich, um eine längere Diskussion zu vermeiden.

Na großartig. Ich werde eine schlammfarbene Brautjungfer. Juhu.

Kapitel 37

Während der nächsten Woche taucht Edie unter, indem sie zu ihren Großeltern fährt, und Krähe geht nicht ans Telefon. Was entweder heißt, dass sie mir aus dem Weg geht oder dass sie ihr Telefon verloren hat oder dass der Akku alle ist. Bei Krähe weiß man nie. Jenny dagegen ruft die ganze Zeit an. Ihre Hauptthemen sind, wie gemein Edie im V&A war, was sie für New York packen soll und Stricken. Ich versuche mich zu erinnern, warum ich sie so vermisst habe.

Es gibt aber auch gute Nachrichten. Vicente ist wieder nach Brasilien abgereist, und Granny ist nach Hause gefahren. Oh, und ich habe eine SMS von Liam bekommen, der schreibt, ob ich schöne Weihnachten hatte und dass wir uns nächste Woche in Französisch sehen. Was ohnehin klar ist, also warum schlägt mein Herz wie wild und warum muss ich alle drei Minuten mein Handy rausholen und nachsehen, ob er noch mehr Nachrichten schickt?

Ich beschließe total cool zu bleiben und abzuwarten, bis die Schule wieder anfängt, bevor ich antworte.

Zwei Sekunden später schreibe ich zurück, dass Weihnachten super war (eine meiner vielen nicht-ganz-wahren Aussagen, aber dies ist nicht der Zeitpunkt für die ganze Krähe/Vicente/Jenny/Edie-Geschichte), und ja, wir sehen uns nächste Woche. Und ich mache ein x für einen Kuss ans Ende der Nachricht, weil sie mir sonst so nackt vorkommt. Na gut, vielleicht denkt er jetzt, ich bin freakig *und* verzweifelt, aber ich kann nicht anders.

Zwei Tage bevor die Schule anfängt, bekomme ich endlich eine E-Mail von den Kamelhaarmännern bezüglich der Skizzen, die ich ihnen geschickt habe. Sie verlieren kein Wort darüber, warum sie sich erst jetzt melden. Anscheinend ist das so in der Mode. Entweder man muss ein halbes Jahrhundert warten oder man muss in den nächsten zehn Sekunden etwas tun. Das ist eine Seite der Branche, an die ich mich inzwischen gewöhnt habe. Jedenfalls sagen sie, dass sie von Krähes Arbeit beeindruckt sind und dass sie sie den »betroffenen Interessenvertretern und anderen involvierten Parteien« gezeigt haben, und die seien auch begeistert von der Idee einer auf gemusterten Stoffen basierenden Teenager-Linie (mit wenigen kleinen Änderungen), und sie würden liebend gern »diesbezüglich mit der Designerin selbst in Kontakt treten«. Ich verspreche ihnen, dass die Designerin sich bei ihnen meldet, sobald sie kann.

Dann überlege ich eine Stunde lang, wie ich Krähe erzählen soll, was ich getan habe. Wahrscheinlich könnte ich sie einfach anrufen, aber ich glaube nicht, dass sie rangeht. Also schreibe ich eine lange E-Mail, in der ich erkläre, wie ich die Skizzen im Atelier gefunden habe und wie toll es ist, dass die Kamelhaarmänner so begeistert sind. Ich schicke ihr auch meine ursprüngliche E-Mail mit, damit sie sieht, wie sehr ich mich in die Sache reingehängt habe. Vielleicht ist es am Ende ganz praktisch, dass sich Krähe neuerdings mit E-Mails auskennt. Im Moment fällt mir das Schreiben jedenfalls leichter, als von Angesicht zu Angesicht mit ihr zu reden.

Ich warte ein paar Minuten auf eine Antwort, aber ich schätze, sie sitzt gerade nicht am Computer. Nichts. Am nächsten Tag auch nichts. Ich überlege, ob ich sie anrufen soll, aber ich habe das Gefühl, wenn sie mit mir reden wollte, würde sie mich anrufen. Was sie nicht tut. Ich warte, dass sie im Atelier auftaucht, aber sie kommt nicht. Ich fange an mich zu fragen, ob ich einen Riesenfehler gemacht habe. Aber im Moment kann ich sowieso nichts tun, und außerdem werde ich Liam in weniger als zwölf Stunden wiedersehen. Was bedeutet, ich habe jede Menge andere Dinge, über die ich mir den Kopf zerbrechen muss.

Der erste Schultag ist Mittwoch. Soll heißen, Französisch. Soll heißen, ich wache um 4:45 Uhr auf und kann nicht mehr einschlafen. Was praktisch ist, denn ich brauche mindestens zwei Stunden, um ein Outfit zusammenzustellen, das lustig, aber nicht zu freakig ist und in dem ich eine gute Figur habe, ohne dass es so aussieht, als würde ich es drauf anlegen. Bis sieben Uhr ist mein Bett unter meiner gesamten Garderobe verschwunden. Am Ende ziehe ich einen Pullover aus weicher Merinowolle an, den Krähe mir zu Weihnachten geschenkt hat, silber und himbeerrot getigert, plus Jeans-Hotpants, Leopardenleggings und

Doc Martens. Es ist bequem, warm und bunt. Und es spielt mit dem Dschungelthema, das mir gefällt.

Zum Frühstück kriege ich nur einen halben Toast herunter. Bis wir das Sprachlabor der Wetherby erreichen, klopft mein Herz so laut, dass man es wahrscheinlich auf der anderen Seite von London hören kann, dort wo die schicken Loftapartments sind.

Liam sitzt wie immer in der ersten Reihe. Er hat sich die Haare schneiden lassen und einen Teil seiner Locken eingebüßt, aber er ist immer noch so süß und küssenswert wie eh und je. Er ist nicht für das eiskalte Londoner Wetter angezogen. Er trägt ein Hemd mit offenem Kragen, einen Schnürsenkel als Krawatte und einen sehr alten, abgetragenen Blazer, der ihm mehrere Nummern zu klein ist.

Er sieht zum Anbeißen aus. Aber er ist in irgendein Gespräch mit Ashley vertieft, als ich vorbeikomme, und sieht nicht mal in meine Richtung. Ich bin mir sicher, dass er hören kann, wie mein Herz pocht, aber er lässt sich nichts anmerken. Kaum setze ich mich, nimmt er ganz beiläufig das Handy aus der Tasche und fängt unter dem Tisch zu tippen an. Sekunden später summt mein Telefon. Ich habe es auf dem Schoß, nur für den Fall. Vor lauter Aufregung landet es auf dem Boden. Glücklicherweise hat Madame Stanley mal wieder was vergessen und ist nicht da, um es zu konfiszieren.

Ich hebe mein Handy auf und lese die Nachricht. Es ist nur eine Zeile. »Grrrrr.«

Heißt es das, was ich glaube? Dass er, obwohl er den Kopf gesenkt hatte und nicht in meine Richtung gesehen hat, das Dschungelthema bemerkt hat? Ist er ein Leopard oder ein Tiger?

Ich muss lachen. Er hört mich, dreht sich um und grinst. Ja! Der Junge, dem ich per SMS einen Kuss geschickt habe, tut so, als wäre er ein Dschungeltier, um mich zum Lachen zu bringen. Ich bin so glücklich, dass ich kaum atmen kann. Ich grinse zurück. Selbst als unsere Lehrerin schließlich kommt und uns den Prüfungsplan austeilt, kann ich das Grinsen immer noch nicht abstellen. Mein Kopf sagt mir, dass ich cool, zurückhaltend und geheimnisvoll sein soll, aber es ist zu spät. Ich bin VIEL zu glücklich, um cool zu sein.

Nach der Stunde greift er nach meiner Hand, als ich vorbeigehe. Ich bleibe wie angewurzelt stehen, unfähig mich zu bewegen, und spüre die Wärme seiner Haut.

»Ich habe da eine Frage«, sagt er.

»Mhmm?«

»Ein paar von uns treffen sich, um unsere Uni-Bewerbungen durchzugehen. Damit wir sie vor der Abgabefrist richtig hinkriegen. Hast du Lust mitzukommen?«

»Wer, ich?«

»Ja, du. Wir treffen uns am Freitag im Computerraum, und danach gehen wir noch in ein Café um die Ecke.«

»Im Ernst?«

»Im Ernst«, versichert er mir.

Hinter ihm sehe ich, wie die Belles an der Tür stehen geblieben sind, und für den Moment wirken sie zu geschockt, um sich irgendwelche fiesen Kommentare auszudenken. Dann richte ich meine Aufmerksamkeit wieder auf Liam.

»Ja. Toll. Klar. Klingt gut«, sage ich.

»Du bist wirklich nicht sehr gesprächig, oder?« Er lacht. Dann sieht er mich verunsichert an und wischt sich über den Mund. Ich schätze, ich habe ihn ein bisschen zu sehr angestarrt.

»Habe ich da was?«, fragt er.

»Noch nicht«, flüstere ich. Aber nicht laut genug, dass er es hört. Wenn wir unsere Uni-Bewerbungen fertig haben und einen oder zwei Cappuccinos getrunken haben, kann er gern mal meine Lippen auf seinen ausprobieren, wenn er mag.

»NONIE? OH MEIN GOTT!«

Jenny sitzt bei mir im Zimmer. Sie ist da, um mir das Neueste vom Kofferpacken zu erzählen. Aber glücklicherweise habe ich auch mal was zu erzählen.

»Glaubst du, er meint das mit den Bewerbungen ernst? Willst du wirklich mitmachen? Wow. Und du meinst *Liam*? Der, der dich freakig findet? Er hat gar nicht so gewirkt, als ob er auf dich steht.«

»Ich weiß.« Ich grinse.

»Hast du es Edie schon erzählt?«, fragt sie mit einem traurigen Unterton.

»Noch nicht.«

Nach der Geschichte mit dem süßen Phil und Ramona wollte ich Edie nicht noch mehr deprimieren. Doch irgendwann muss ich es ihr erzählen. Sonst platze ich.

»Du musst ihn mir unbedingt richtig vorstellen«, sagt Jenny. »Bevor ich abreise. Wer weiß, wann ich sonst dazu komme. Kann ich nicht mitgehen zu der Bewerbungssache?«

Na toll. Das ist ja eine große Hilfe. Doch sie ist auf dem Sprung nach New York und ich weiß nicht, wann ich sie wiedersehe. Wenn sie meinen Vielleicht-wenn-alles-gut-geht-zukünftigen-

Freund kennenlernen will, ist das die einzige Chance. Bis jetzt kennt sie nur seinen Rücken, also weiß sie gar nicht, wie süß er ist.

»Na gut«, sage ich nach kurzem Zögern.

»Toll!« Sie grinst. »Ich bin auch ganz ruhig. Versprochen. Du merkst gar nicht, dass ich dabei bin.«

Am Freitagnachmittag gehen wir zum Computerraum der Wetherby, wo die ganzen coolen Leute aus Französisch an Computern sitzen, zusammen mit ein paar anderen Jungs der Wetherby, die ich nicht kenne. Keine Spur von den Belles. Alle grüßen uns freundlich und wirken sehr nett, doch ich habe nur Augen für ein Paar Lippen.

Das halb amüsierte Lächeln legt einen Gang zu, als Liam Jenny sieht, doch er macht einen Platz für mich neben sich frei, was das Einzige ist, das mich interessiert. Wir arbeiten ein bisschen an unseren Uni-Bewerbungen. Ich bewerbe mich an jedem Mode-College, von dem ich gehört habe, mit PR im Hauptfach. Ich weiß immer noch nicht, was ich mit dem Abschluss machen will, aber die Chancen, überhaupt von einem College angenommen zu werden, stehen so schlecht, dass ich mir darüber nicht den Kopf zerbreche. Stattdessen zerbreche ich mir den Kopf, ob Liam meine neuen Leggings aufgefallen sind, und wenn ja, ob sie ihm gefallen, und was man zu einem Jungen sagen soll, um ihn zu beeindrucken.

Irgendwann ziehen wir in ein Café, wo es englisches Frühstück und starken Tee gibt (und glücklicherweise Cappuccino) und eine entspannte freundliche Atmosphäre. Ich sitze wieder neben Liam. Eine Weile reden wir über alles Mögliche, doch ich muss mich total anstrengen, die Locken in Liams Nacken zu ignorieren und wie nahe seine Hand auf dem Tisch neben meiner liegt.

»Konzentrier dich«, sagt mein Gehirn. »Hör zu, was die Leute sagen. Mach ein intelligentes Gesicht. Sag was Interessantes.«

Mit dem Ergebnis, dass ich total den Faden verliere und fast gar nichts mehr sage. Ich bin mal wieder die Stille. Das muss der Liam-Effekt sein. Nachdem wir die Uni-Sachen erledigt haben, übernimmt glücklicherweise Jenny das Reden. Es geht hauptsächlich um sie, aber das scheint keinen zu stören.

»Sie haben den Titel der Show geändert«, erklärt sie. »Statt *Elizabeth und Margaret* heißt sie jetzt *Die Prinzessinnen*. Klingt griffiger.«

»*Die Prinzessinnen?*«, fragt Ashley. »Von Jackson Ward? Davon habe ich gelesen. In den Weihnachtsferien war auch was im Fernsehen darüber. Anscheinend wollte Catherine Zeta Jones eine Rolle haben, aber die war schon vergeben.«

Jenny nickt. »Ich weiß nicht, ob sie wirklich eine Rolle wollte, aber sie hat mit Jackson darüber geredet. Die beiden kennen sich seit Jahren. Sie quatschen die ganze Zeit.«

Und so weiter. Themen, über die ich bisher mit Jenny Privatgespräche geführt habe, sind plötzlich groß in den Medien. Und Themen, die für mich bisher Zeitschriftenkaliber hatten, sind plötzlich Privatgespräche, die Jenny mit ihren Musicalkollegen führt. Jedenfalls sind die Wetherby-Jungs wirklich neugierig auf die Show, und zwar nicht, weil meine beste Freundin darin auftritt, sondern weil sie in Funk oder Fernsehen davon gehört haben. Es ist kaum mehr möglich, Jenny zu »übersehen«. Aber ich bin nicht eifersüchtig. Jenny ist eben Jenny, und sie tut, was sie will. Ich habe nur das Gefühl, dass sie nicht mehr »meine Jenny« ist. Langsam wird sie öffentliches Eigentum.

Ich halte meine geistreiche und beeindruckende Wortkargheit aufrecht, doch auch das scheint keinen zu stören.

Liam beschreibt, wie er und ich zusammen aufs London College of Fashion gehen und wie wir dort alle total beeindrucken, er mit seinem literarischen Talent (sagt er – das Beste, was ich bis jetzt von ihm gelesen habe, war »Grrrr«) und ich mit meiner Eleganz.

»Eleganz? Nonie?«, ruft Jenny.

»Na klar. Sie ist hochelegant. Auf ihre eigenwillige Art.«

Wieder dieses halb amüsierte Lächeln. Obwohl Jenny bei mir ist, muss ich mich am Stuhl festhalten, damit ich ihm nicht um den Hals falle. Gleichzeitig übe ich mich in Zurückhaltung und darin, ausnahmsweise den Cappuccino-Milchbart zu vermeiden. Meine Lippen sollen sauber und schaumfrei bleiben, nur für den Fall.

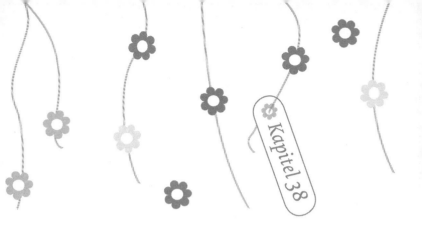

Kapitel 38

Es war nur ein Abschiedskuss. Ein ganz kurzer. Aber doch ein Kuss. Auf die Lippen. Während seine Lippen dabei waren, halb amüsiert zu lächeln.

Er war perfekt. Die Art von Kuss, an den man sich bei allen unpassenden Gelegenheiten erinnert, zum Beispiel beim Zähneputzen, am Toaster, im Unterricht oder beim Ein- und Ausatmen.

Ich denke die ganze Woche daran. Selbst als ich mich von Jenny verabschiede, weil sie nach New York abreist, und während der ganzen Französischstunde, mit Gänsehaut, und als wir uns am folgenden Freitag wieder »zum Lernen« treffen, bis er es wieder tut.

Und am Samstagmorgen, als mein Wecker klingelt. Nur dass es nicht der Wecker ist. Mein Wecker klingelt samstagmorgens nie. Ich brauche einen Moment, bis ich begreife, wo das Geräusch herkommt. Es ist mein Handy, das in der Tasche klingelt.

Und es klingelt schon zum vierten oder fünften Mal, glaube ich, weil ich mir ziemlich sicher bin, dass ich eine Weile von dem Klingeln geträumt habe.

Normalerweise schickt er SMS. Warum ruft er diesmal an? Will er noch eine Kuss-Verabredung treffen? Und warum so verzweifelt? Ich meine, der Kuss war schön, aber kein Grund, Alarm zu schlagen.

Ich sehe aufs Display, aber es ist nicht Liam, der anruft. Es ist Edie. Und draußen ist es noch dunkel.

»Hallo?«, sage ich verschlafen.

»Oh, Nonie«, sagt sie. »Gott sei Dank. Du musst vorbeikommen. Bitte. Ich brauche Hilfe. Meine Eltern sind mit meinem Bruder bei den Pfadfindern. Kannst du kommen?«

»Klar«, sage ich. »Was ist denn los?«

»Es ist Gloria.«

»Gloria?«

»Ja. Ich bin bei Jenny zu Hause. Der Notarzt ist unterwegs. Bitte komm schnell.«

Oh Gott.

So schnell ich kann springe ich in meine Kleider, halte nur kurz inne, als ich merke, dass ich den Pullover falsch rum anhabe, mit den Busenbeulen am Rücken. Ich nehme mir nicht mal die Zeit, mir die Doc Martens zuzubinden, und deswegen fliege ich ziemlich laut vor Harrys Zimmer die Treppe runter.

Als ich mich aufrappele, macht er die Tür auf. Er sieht mich verschlafen an.

»Hi!«, sage ich überrascht. »Ich wusste gar nicht, dass du da bist.«

»Bin gestern Abend heimgekommen«, murmelt er. »Spät.« Er

sieht auf die Uhr. »Vor vier Stunden, um genau zu sein. Was ist passiert?«

»Es ist Edie«, erkläre ich. Ich erzähle ihm von Gloria und dem Krankenwagen. Seine Miene verfinstert sich.

»Ich komme mit«, sagt er. »Ich fahre dich mit Mums Auto. Warte kurz.«

Zwei Minuten später ist er wieder da, in Jeans und einer alten Strickjacke über dem T-Shirt, in dem er geschlafen hat. Zusammen laufen wir zum Auto und sind in Rekordzeit bei Jenny. Als ich den Notarztwagen auf der Straße sehe, mit blinkendem Blaulicht, wird das Ganze plötzlich realer und macht mir Angst.

Die Wohnungstür ist angelehnt. Vorsichtig treten Harry und ich ein. Zuerst wirkt alles unheimlich und still, aber dann hören wir Geräusche aus Glorias Zimmer. Ich will gerade hingehen, als mir Harry die Hand auf die Schulter legt und mich zurückhält. Stattdessen steckt er den Kopf durch die Tür um nachzusehen, ob alles in Ordnung ist.

Sofort stürzt Edie heraus und in meine Arme. Sie sagt kein Wort. Umarmt mich einfach. Wenige Augenblicke später taucht ein Sanitäter in grünem Overall auf und scheucht uns beiseite. Sie bringen Gloria auf einer Trage raus. Wenigstens glaube ich, dass es Gloria ist. Die Frau mit den geschlossenen Augen wirkt dreißig Jahre älter als die Gloria, die ich kenne, und wiegt ungefähr halb so viel. Strähniges Haar klebt an ihrer Wange.

»Ist sie …?«, flüstere ich.

Edie schüttelt den Kopf. »Das dachte ich zuerst auch. Deswegen habe ich dich angerufen. Aber sie haben einen Puls gefunden. Ich schätze, ich fahre am besten mit ins Krankenhaus.«

Sie wirkt fahrig und nervös. Sie läuft den Sanitätern hinterher, doch die sagen ihr, sie soll nach Hause gehen und sich ausruhen. Sie hätten alles unter Kontrolle. Edie besteht darauf mitzukommen, aber man lässt sie nicht.

»Hör zu, Kleine, du kannst jetzt nichts mehr tun. Wir kümmern uns um sie. Am besten überlässt du uns die Sache.«

Vorsichtig bringen die Sanitäter die Trage die Treppe runter. Edie wirkt so verzweifelt, dass Harry vorschlägt: »Warum fahren wir dich nicht zum Krankenhaus? Dann kannst du selbst sehen, dass es ihr gut geht. Und dann bringen wir dich nach Hause.«

Langsam verschwindet die Panik aus Edies Gesicht.

»Ehrlich? Habt ihr nichts Wichtigeres zu tun?«

»Nichts ist wichtiger als das hier«, versichert ihr Harry.

Eilig gehen wir zum Wagen und kommen kurz nach dem Krankenwagen im Krankenhaus an. Dann müssen wir Ewigkeiten in verschiedenen Schlangen warten, bis wir erfahren, wo Gloria ist und wie es ihr geht. In einem Wartezimmersessel zusammengesunken mit einer Tasse Tee in der Hand erzählt uns Edie, was passiert ist.

»Gestern Abend hat das Telefon geklingelt. Es war unheimlich. Der Anrufer hat kein Wort gesagt. Nur geatmet. Und ich konnte die Nummer nicht sehen. Dann bin ich nachts aufgewacht, und mir war klar – es muss Gloria gewesen sein. Ich bin schnell rüber zu ihr in die Wohnung, aber es war zu spät. Überall lagen Tabletten und Flaschen herum. Gloria lag auf dem Bett und hatte sich übergeben. Ich weiß nicht, wann sie das Zeug genommen hat, aber als ich da war, hat sie sich nicht mehr bewegt. Ich habe versucht sie aufzuwecken, aber es ging nicht. Ich dachte ... ich dachte ...«

Ich lege den Arm um sie. Harry nimmt ihr sanft den Tee ab

und hält ihre kleine Hand in seiner großen. Sie weint leise und schüttelt sich mit erstickten Schluchzern. Wir sitzen bei ihr, bis es ihr etwas besser geht, und dann noch länger, bis endlich ein Pfleger kommt und uns bittet ihm zu folgen. Inzwischen habe ich mehr Klatschzeitschriften durchgeblättert, als ich in meinem ganzen Leben gelesen habe, und kenne jede Diät und jede zerbrochene Ehe der Geschichte Hollywoods. Ich weiß auch, dass es eine Weile dauern kann, bis ich wieder einen Tee aus einem Automaten trinken werde.

»Sie ist da drüben«, sagt der Pfleger. Er zeigt auf einen großen Raum mit mehreren Betten. Im letzten liegt Gloria hinter unpassend fröhlichen gelben Vorhängen. Sie hat die Augen noch geschlossen, aber ihr Gesicht ist etwas weniger grau. Im Arm hat sie einen Tropf und sie ist mit einem Monitor verdrahtet, auf dem bunte Zahlen durcheinanderblinken.

Der Pfleger ist gleich wieder verschwunden. Als wir Gloria eine Weile angestarrt haben, entdecken wir ein paar Krankenschwestern, die an einem Tisch am Eingang der Station sitzen und quatschen. Harry geht zu ihnen. Sofort sehen sie auf, stellen das Gespräch ein und strahlen ihn an. Der Harry-Effekt. Selbst wenn er ein Schlaf-T-Shirt trägt und sich nicht die Zähne geputzt hat. Ich weiß nicht, wie er es macht, aber ich wünschte, ich hätte auch etwas davon geerbt.

Nachdem er ein paar Fragen gestellt und von den Krankenschwestern bewundernde Blicke geerntet hat, kommt er zu Edie und mir zurück.

»Sie ist stabil. Dass sie sich übergeben musste, war ihre Rettung. Das, und dass du aufgekreuzt bist, Edie. Sie wird schon wieder, aber es wird wohl eine Weile dauern.«

Er zögert. Anscheinend ist da noch was, aber er will es uns nicht sagen.

»Bitte«, sage ich. »Egal was – wir sollten es wissen.«

Zuerst schüttelt er den Kopf, aber vor Edies und meiner vereinten Entschlossenheit muss er kapitulieren.

»Sie sagen, in einem Fall wie ihrem ist davon auszugehen, dass sie es wieder versucht. Wir müssen sie im Auge behalten.«

»Oh!«

Edie schnappt nach Luft. Ich fürchte schon, dass sie wieder zu weinen anfängt, aber sie beißt sich auf die Lippe und wird ganz still. Ich lege den Arm um sie und helfe ihr ins Auto. Ich bin so froh, dass wir Harry dabeihaben, der sich um alles Praktische wie die Parkgebühren und den Londoner Verkehr kümmert.

Wir bringen Edie nach Hause. Zu unserer Überraschung ist ihre ganze Familie versammelt. Im Flur nimmt Edies Mutter sie in die Arme und bricht in Tränen aus.

»Gott sei Dank geht es dir gut, Schätzchen«, sagt sie. »Wir haben uns solche Sorgen gemacht. Ich habe jede Minute versucht zurückzurufen, nachdem ich deine Nachricht abgehört hatte. Wir sind direkt nach Hause gekommen, aber wir wussten ja nicht, wo du warst und wie wir dich finden sollten.«

Sie sieht Harry und mich an.

»Ich kann euch beiden nicht genug danken. Ihr müsst völlig erschöpft sein. Kommt rein und trinkt eine Tasse Tee.«

Geschlossen marschieren wir in die Küche, wo Edies Mum sich um den Tee kümmert. Eigentlich glaube ich nicht, dass ich noch eine Tasse Tee vertrage, bis sie vor mir steht, mit einem großen Löffel Zucker. Ich trinke meinen Tee nie mit Zucker, aber es stellt sich raus, dass ich genau das gebraucht habe. Und Edies Mutter hat Recht. Plötzlich bin ich total erschöpft. Obwohl wir die letzten Stunden im Krankenhaus nur mit Rumsitzen und Warten verbracht haben, war es anstrengender, als mir bewusst war.

»Was ist passiert?«, fragt Edies Bruder Jake mit großen Augen. »Ist sie gestorben, die Dame?«

Harry lächelt gutmütig. »Nein, sie ist nicht gestorben. Bald geht es ihr wieder gut. Deine Schwester ist eine echte Heldin.«

Ich muss Edie nicht mal ansehen. Ich weiß, dass sie rot wird. Sie hat den Kopf gesenkt und versteckt das Gesicht unter ihrem Pony, während sie nachsieht, welche Anrufe und Nachrichten sie verpasst hat, als wir im Krankenhaus waren.

»Tut mir leid wegen den Pfadfindern«, sage ich zu Jake. »Hast du viel verpasst?«

»Das meiste.« Er zuckt die Schultern. »Aber Edie ist wichtiger. Mum hat gesagt, dass Edie auf dem Anrufbeantworter so traurig war. Und dann musste Mum weinen. Und Dad hat sich auch erschrocken. Und dann hatte ich auch keine Lust mehr auf die Pfadfinder.«

»Oh, Jake«, sagt seine Mutter beschämt.

Harry und ich sehen uns an. Er muss lächeln, doch er versucht es zu verstecken. Wir sind beide gerührt von der Art, wie Edies Familie in der Krise zusammenhält. Wie lieb sie alle sind. Wie leicht ihre Mutter verlegen wird. Sie sind ganz anders als unsere Familie, aber sie sind toll.

»Also, ich geh dann mal«, sagt Harry irgendwann. »Ich habe noch einen Termin ...«

Edie späht durch den Pony und legt das Telefon weg.

»Danke«, sagt sie. »Für alles, Harry. Vielen Dank.«

Sie steht auf. Harry geht zu ihr, um sich zu verabschieden. Sie streckt ihm die Hand hin, doch er hat sich vorgebeugt, um sie zu umarmen, und sie sticht ihn mit ihren spitzen Fingern in den Bauch. Harry lacht, dann schüttelt er ihr förmlich die Hand und machte eine Verbeugung. Er sieht genauso verlegen aus wie ihre Mutter vorher.

Später, als ich mit Edie und Jake auf dem Sofa sitze und eine Folge von *Glee* sehe, denke ich über unsere Familien nach. Ich kann mir im Traum nicht vorstellen, dass Mum alles stehen und liegen lassen würde, um mich aus irgendeinem Notfall zu retten. Andererseits umarmen wir uns die ganze Zeit.

Und der Gedanke ans Umarmen erinnert mich ans Küssen. Was mich automatisch an Liam erinnert. Ich hole mein Telefon raus und starre es an. Traue ich mich ihm eine SMS zu schreiben? In letzter Zeit haben wir uns nur wegen praktischer Dinge wie Verabredungen gesimst. Ist es aufdringlich, wenn ein Mädchen einem Jungen eine SMS schickt, weil sie über etwas reden will, das passiert ist? Denkt er dann, ich will mehr von ihm als er von mir?

Ich beschließe, ich muss das Risiko eingehen, doch ich halte den Text so vage und leicht wie möglich. Eine ganze *Glee*-Folge denke ich darüber nach und gehe verschiedene Formulierungen durch, bis ich schließlich schreibe: »Bist du da?«

Ich warte. Und warte. Und keine Nachricht kommt zurück. Na toll.

Dann, als ich gerade bei Edie aufbrechen will, um nach Hause zu gehen, kommt etwas an.

»Tut mir leid, Babe. Hab heute für meinen Dad gearbeitet. Hoffe, dir geht's gut. Vermiss dich, x.«

Ich starre das Telefon an. Es ist vielleicht kein Shakespeare. Aber es kommen die Wörter »Babe« und »Vermiss dich« und »x« darin vor. Was mich angeht, ist es ein Jane-Austen-Roman – mit Happy End. Trotz der Ereignisse des Tages und der Erinnerung an Glorias graues Gesicht auf der Trage erfüllt mich ein warmes Leuchten, das in meinem Bauch anfängt und sich in die Ohrläppchen ausbreitet.

»Bist du dir sicher, dass du gut nach Hause kommst?«, fragt Edies Mum und sucht nach Anzeichen der Strapazen in meinem Gesicht. Doch auf einmal sind alle Strapazen von mir abgefallen.

»Mir geht's gut«, versichere ich ihr wahrheitsgemäß. »Alles bestens.«

Kapitel 39

Sie behalten Gloria eine Woche im Krankenhaus, um ihre Medikamente neu einzustellen und ein Auge auf sie zu haben. Edie besucht sie jeden Tag, und Harry geht auch einmal vorbei. Ich schaffe es ein paarmal, aber den Rest der Zeit bin ich mit Lernen beschäftigt und damit, an Liam zu denken, ihm SMS zu schreiben, SMS von ihm zu bekommen, ihn in Französisch zu sehen und mich zu fragen, wann sich die nächste Gelegenheit für einen Abschiedskuss ergibt.

Ich weiß, dass Edie Jenny angerufen hat, um ihr zu erzählen, was passiert ist. Ich weiß nicht, was Jenny gesagt hat, aber offensichtlich nicht das, was Edie hören wollte. Edies Gesicht verfinstert sich jedes Mal, wenn Jennys Name fällt.

Ich rufe Krähe an und erzähle ihr alles. Ich habe sie nicht mehr gesehen, seit die Schule wieder angefangen hat, und ich vermisse das Licht im Kelleratelier. Doch mehr als alles andere will ich einfach mit ihr reden.

»Irgendwie hat es auch sein Gutes«, sage ich. Ich will nicht, dass Krähe sich zu viel Sorgen macht. »Gloria hat sich bereit erklärt, zu einem Therapeuten zu gehen und über ihre Probleme zu reden. Und es sieht regelmäßig ein Sozialarbeiter nach ihr, so dass Edie entlastet ist.«

»Gut«, sagt Krähe.

Eine Pause entsteht, während wir beide überlegen, was wir sagen sollen. Krähe und Telefone sind keine perfekte Kombination.

»Äh, hast du meine E-Mail bekommen?«, frage ich irgendwann.

Ich wollte sie schon lange fragen. Die E-Mail ist Ewigkeiten her. Seitdem war ich mit Liam und Küssen und Gloria und anderen Dingen beschäftigt, aber im Hinterkopf habe ich mir die ganze Zeit Sorgen wegen Krähes Funkstille gemacht. Und ich hatte gedacht, E-Mailen macht ihr Spaß.

»Welche E-Mail?«

HERRGOTT NOCH MAL!

»Die wegen der Kamelhaarmänner. Die wegen deiner Skizzen von den gemusterten Kleidern«, sage ich gereizt. Die wegen ihrer Karriere als internationale Designerin! Bei aller Liebe! Von welcher E-Mail spreche ich wohl?

»Kamelhaarmänner? Ach, die«, sagt sie. »Ich erinnere mich. Die Skizzen waren doch nur so Sachen, die rauskamen, als ich für Mathe lernen sollte. Sie waren für niemanden bestimmt.« Sie klingt auch gereizt, und ich habe ein schlechtes Gewissen.

»Tut mir leid, dass ich sie einfach so rausgeschickt habe. Aber es wäre so eine Verschwendung gewesen, nichts damit zu machen. Ich wusste, dass die Kamelhaarmänner begeistert wären.«

»Schön, dass sie dir gefallen haben.«

»Die Kamelhaarmänner? Ich fand sie ein bisschen komisch, aber ...«

»Nein, die Skizzen!«, sagt sie. »Es war schön, wie du sie beschrieben hast.«

»Danke«, sage ich. »Ich fand sie total super. Aber was ich finde, ist nicht so wichtig. Du musst direkt mit den Kamelhaarmännern reden. Ich habe dir ihre Adresse und Telefonnummer geschickt. Versprichst du mir, dass du dich bei ihnen meldest, Krähe? Versprichst du es?«

»Okay.« Sie klingt nicht sehr überzeugt. Vielleicht hat sie längst was ganz anderes vor. Aber ich würde ihr so gern helfen. Und ich will, dass sie das macht, was ich eingefädelt habe. Nicht irgendwas, das sie sich selbst ausdenkt.

»Wie geht's deiner Familie?«, frage ich dann. Sie soll nicht denken, ich hätte nur ihre Skizzen im Kopf. Obwohl es vielleicht ein bisschen stimmt.

Sie seufzt in den Hörer.

»Es ist schwierig. Jetzt, wo Edie ihre Website nicht mehr macht, hat die Schule zu Hause kaum noch Geld. Sag ihr das nicht, ich will nicht, dass sie traurig wird, aber sie war so gut darin, Spenden zu sammeln. Jetzt ist es schwer für meinen Vater, Bücher anzuschaffen. Und vielleicht kann er sich Henrys Lehrergehalt doch nicht leisten. Deshalb entwerfe ich ein paar Stoffe für die Schultaschen, weil sie meinen, wenn mein Name auf den Taschen steht, sind sie leichter zu verkaufen. Aber mach dir keine Sorgen, Nonie. Ich wollte es dir gar nicht erzählen ...«

Ich bin so geschockt, dass ich nicht weiß, was ich sagen soll. Sie wollte es mir nicht erzählen? Warum? Will sie überhaupt nicht mehr mit mir reden? Ich habe keine Ahnung, wie ich das

Gespräch beenden soll. Ich höre, wie wackelig meine Stimme ist, als ich tschüs sage. Offensichtlich habe ich irgendeinen Riesenfehler gemacht. War es falsch, dass ich die Skizzen rausgeschickt habe? Ich weiß es nicht. Bei Krähe weiß ich gar nichts mehr.

Selbst Mum bemerkt, dass irgendwas los ist. Zumindest ist ihr aufgefallen, dass Krähe so gut wie nie da ist.

»Das Mädchen lernt zu viel«, sagt sie eines Tages. »Sie muss sich mal amüsieren.«

WAS? Und das sagt die Frau, die mich an meinem Computer festketten würde, wenn sie könnte? Ich halte die Klappe.

»Sie hat bald Geburtstag, oder? Wird sie nicht sechzehn?«

Ich nicke.

»Sechzehn ist ein großes Ereignis«, fährt Mum fort. »Wenn sie zu Hause wäre, würde ihre Familie bestimmt ein Fest für sie organisieren. In London hat Krähe ihren Geburtstag noch nie gefeiert, oder?«

Das stimmt. Bis jetzt waren wir immer mit einer Kollektion oder so was beschäftigt, so dass sie kaum Zeit hatte, daran zu denken. Doch das zeigt nur, welche Rolle die Mode in diesem Jahr für uns spielt.

»Ich organisiere gerne etwas«, schlägt Mum vor. »Wenn Krähe möchte. Kannst du sie mal fragen, was sie schön fände?«

Ich versuche eine Ausrede zu erfinden, warum ich sie nicht anrufen kann, aber mir fällt nichts ein, und außerdem, nur weil sie nicht mit mir reden will, heißt das nicht, dass sie auf ihre Geburtstagsfeier verzichten muss. Also rufe ich sie an, und sie tut, als wäre nichts gewesen. Sie ist begeistert von der Idee und ist Mum sehr dankbar. Jetzt bin ich noch verwirrter als vorher, aber ich bin froh, dass Krähe sich wenigstens mit *einem* Mitglied unserer Familie gut versteht.

Sie beschließen eine ganz erwachsene Dinner-Party zu geben, im engsten Freundes- und Familienkreis. Mum schlägt ein schickes Restaurant in Mayfair vor. Ich weiß nicht warum. Unsere Küche ist vollkommen in Ordnung. Aber Krähe findet die Idee gut. Und dann fällt mir auf, dass ich dringend, dringend einen Begleiter brauche.

»Würdest du kommen?«, frage ich Liam nach Französisch. »Es wird bestimmt grauenhaft. Ich meine, schön für Krähe, aber meine ganze Familie ist da. Und wahrscheinlich löchern sie dich mit den peinlichsten Fragen. Aber ... na ja, ich will nicht alleine hingehen.«

Ich weiß, dass ich ihn damit unter Druck setze, und schäme mich dafür, aber im Moment fühle ich mich immer so allein, außer wenn er dabei ist.

Er ist sehr tapfer. Er scheint sich sogar zu freuen.

»Ich bin sehr gespannt auf deine Familie«, sagt er. »Ich wollte sie schon lange kennenlernen. Sie klingen alle total verrückt. Vor allem deine Großmutter. Auf in den Kampf!«

Das Restaurant ist wirklich sehr erwachsen und gediegen. Holzgetäfelte Wände und große runde Tische mit Tischdecken und Hängelampen darüber. An den Wänden sind Fotos von einem von Mums Künstlern, was gruselig ist, aber hoffentlich ein gutes Omen. Und die Kellner könnten nicht aufmerksamer sein, selbst wenn wir Elton John und Alicia Keys dabeihätten.

Krähe kommt in einem besonderen Geburtstagsoutfit, bestehend aus einer silbernen Latzhose, einem rotschwarzen Marienkäfercape und zwei kleinen hüpfenden Antennen in ihrem riesigen Afro.

»Marienkäfer bringen Glück«, erklärt sie. »Ich will, dass dieses Jahr ein glückliches wird.«

Hoffentlich bringt der riesige silberne Marienkäfer uns allen Glück. Kaum hat sie sich gesetzt, fügt sie sich so leicht ins Gespräch ein, dass man die Antennen und das Cape ganz schnell vergisst. Sie erzählt Harry ausführlich von Victorias Taschen-Imperium in Uganda. Na ja, Imperium ist vielleicht das falsche Wort. Es ist eine Frauen-Kooperative, die die Sachen herstellt, aber auf mich wirkt es wie ein Imperium. Und wie es aussieht, auf Harry auch. Er wirkt ernsthaft beeindruckt und will gleich ein paar kaufen, um sie auf Modenschauen an seine Freunde zu verschenken. Vielleicht fließt das Geld dafür in die Anschaffung eines neuen Computers.

Ich sitze ihnen gegenüber. Harry sieht mich fragend an und will wissen, woran ich denke. In Wirklichkeit denke ich, ob Krähe sich schon bei den Kamelhaarmännern gemeldet hat, aber ich schwindele und sage, ich bewundere Edies neue Frisur. Nach vielen Jahren hat sie sich endlich einen kurzen Bob schneiden lassen und sie sieht wunderschön damit aus. Anscheinend hatte Krähe die Idee. Nach der Sache mit Gloria hat Krähe sich Edies angenommen. Wir sehen alle zum anderen Ende des Tischs, wo sie sitzt. Seit Gloria aus dem Krankenhaus entlassen wurde, ist sie viel fröhlicher geworden. Und der neue Haarschnitt ist ein echter Volltreffer.

»Besser«, sagt Harry grinsend und zieht eine Augenbraue hoch. »Eindeutig besser. Sie sieht zum Anbeißen aus. Aber sag ihr das nicht.« Und das von einem Typ, der ständig mit Models zu tun hat und mit einem Supermodel verlobt ist – besser wird es nicht.

In der Zwischenzeit hat Mum Liam in Beschlag genommen. Nachdem sie die langweiligen Fragen zu seinen Hauptfächern und College-Bewerbungen abgehakt hat, reden sie von Lieblingsfotografen, und es zeigt sich, dass Liam fast so viel über Henri Cartier-Bresson weiß wie Mum. Tatsächlich läuft alles dermaßen gut, dass ich langsam anfange ein dickes Ende zu wittern.

Dann ist Granny an der Reihe. Ich zucke zusammen, als sie ihn nach seiner Familie ausfragt – wo sie herkommen, wo genau in Kensington sie leben, und lauter »harmlose« Fragen, die zu Tage fördern sollen, ob er aus gutem Haus ist und ob irgendwo im Hintergrund ein Onkel mit einer Yacht ist oder ein Treuhandfonds oder sonst was Nützliches. Ich kann kaum zuhören. Denn ich weiß, dass Granny gleich rausfindet, dass Liams Vater Koch ist. Und zwar keiner mit einem Michelin-Stern, sondern der Koch in dem Café um die Ecke der Schule, wo wir uns zum Lernen treffen. Und seine Mutter arbeitet am Empfang in dem Krankenhaus, in das Gloria eingeliefert wurde. Zufälligerweise haben sie ein Dinghi, das bei einem Onkel an der Westküste von Irland liegt, aber wenn ich versuchen würde durch einen Sprung davon meine hübschen Beine zur Geltung zu bringen, würde ich das Dinghi wahrscheinlich versenken.

Ich beschließe mich rauszuhalten, obwohl mir unweigerlich auffällt, dass Granny mit jedem Stück Information, das sie von Liam bekommt, blasser wird – aber ich hatte ihn gewarnt und hoffe, er findet die ganze Sache witzig. Stattdessen konzentriere ich mich auf das Essen, ein saftiges Steak, und auf Mum, die inzwischen mit Krähe über Brautkleiderentwürfe spricht.

»Das Kleid von McQueen klingt traumhaft«, sagt Krähe. »Isabelle hat mir davon erzählt. Sarah Burton entwirft das Kleid für den Empfang. Das Oberteil wird von einem goldenen Reif um den Hals gehalten, und der Rock ist aus Chiffoncrêpe.« Ihre Finger tanzen durch die Luft, als sie es mit den Händen beschreibt.

»Wunderschön«, seufzt Mum. »Perfekt für eine junge Frau wie Isabelle. Für mich muss ich mir was anderes ausdenken.«

Dann beißt sie sich auf die Lippe, starrt mich einen Moment an, greift nach dem Weinglas, um ihre Verlegenheit zu überspielen, und verschluckt sich.

Sie hätte einfach weiterreden sollen, dann wäre es mir vielleicht gar nicht aufgefallen. Oder ich hätte gedacht, dass sie es rein theoretisch gemeint hat, auf abstrakter Ebene. Aber das Seufzen und Lippebeißen und Starren und Verschlucken haben sie verraten.

»Tut mir leid«, sagt sie zu Krähe. »Ich dachte gerade an ... was anderes. Also, erzähl mir von ... dem dritten Kleid. Dem Kleid für den Abend? Wer entwirft das?«

Aber es ist zu spät für das Ablenkungsmanöver. Offensichtlich malt Mum sich schon ihr Hochzeitskleid aus, und sie hat mich immer noch nicht ins Vertrauen gezogen. Wenn sie Vicente wirklich heiratet, heißt das, dass sie nach Brasilien zieht, weil er schließlich nicht nach London ziehen kann. Er muss sich um seine ganzen Öko-Projekte kümmern. Kein Wunder, dass sie nicht darüber reden will.

Liam tippt mich an.

»Alles klar?«

Ich nicke. Dies ist Krähes Abend, und ich darf ihn nicht verderben. Das Gespräch plätschert weiter, aber ich kann mich nicht mehr konzentrieren, und Mum auch nicht, das merke ich ihr an. Dann werden im ganzen Lokal die Lichter runtergedreht, und aus der Küche kommt ein Mann mit einer großen Schokoladengeburtstagstorte, auf der sechzehn weiße Kerzen brennen. Es sieht wunderschön aus. Liam tippt mich wieder an. Mir fällt auf, dass alle klatschen, und ich klatsche mit.

Der Abend entwickelt sich von unangenehm zu total schräg. Der Mann, der die Torte bringt, ist nämlich kein normaler Kellner. Es ist unser Nachbar. Der, der unser Haus kaufen will, wenn Mum nach Brasilien zieht.

»Das ist Peter Anderson«, stellt Mum ihn den Leuten vor, die ihn noch nicht kennen. »Ihm gehört das Restaurant. Er hat uns netterweise den besten Tisch reserviert.«

Aha. Deswegen also die Sache mit dem Restaurant in Mayfair.

Harry und Edie rutschen auf, damit Peter sich zu uns setzen kann. Wir singen alle Happy Birthday für Krähe. Dann essen wir Torte. Und trinken Kaffee. Mum will die Rechnung bezahlen, aber Mr Anderson sagt Nein, kommt nicht in Frage. Wir holen unsere Jacken. Gehen nach draußen. Erst als Liams Gesicht ungefähr zwei Zentimeter von meinem entfernt ist, wird mir klar, dass jetzt der Abschiedskuss kommt. Normalerweise hätte ich seit einer halben Stunde an nichts anderes gedacht. Jetzt habe ich nicht mal die Chance, die Vorfreude zu genießen.

Er sieht mich besorgt an.

»Erzähl es mir morgen«, sagt er.

»Was denn?«

»Was los ist.«

Ich sehe ihm hinterher und überlege. Es gibt Dinge, die habe ich weder Krähe noch Edie und noch nicht einmal Jenny erzählt. Es gibt Dinge, die ich nie jemandem erzählen wollte. Dachte ich. Aber vielleicht ist es diesmal anders.

Kapitel 40

Wir treffen uns im Café. Liams Vater will mir einen besonderen Teller mit Eiern und Würstchen machen, weil er findet, dass ich aufgepäppelt werden muss, trotz des Steaks gestern Abend. Anscheinend sehe ich zurzeit nicht besonders toll aus.

»Und?«, fragt Liam, als wir aufs Essen warten.

Ich habe ihm schon von Krähe und den Kamelhaarmännern erzählt und dass sie mir aus dem Weg geht, aber er weiß, dass da noch mehr ist.

»Es ist Mum«, sage ich. Ich habe beschlossen ihm alles zu erzählen. »Sie heiratet. Gestern Abend ist es ihr rausgerutscht.«

»Und? Sie war jahrelang Single, oder? Vielleicht ist es was Gutes.«

»Es *ist* gut«, sage ich vorsichtig. »Sie war mein Leben lang Single, bis auf den einen oder anderen Freund. Es ist toll.« Ich halte inne.

»Aber?«

»Es ist nur, dass sie den Mann heiratet, den sie von vornherein hätte heiraten sollen«, erkläre ich. »Bevor ich kam und ihr alles vermasselt habe. Und er lebt in Brasilien.«

Liam sieht mich verwirrt an. »Puh«, sagt er. »Noch mal von vorn. *Du* hast ihr alles vermasselt? Wie das denn?«

Ich erzähle ihr von Vicente und Harry und von der Affäre mit meinem Vater. Dass ich ein Unfall war. Mum wollte zu Vicente zurück, aber sie konnte nicht. Die ganze Geschichte ist zwar wahnsinnig unangenehm und persönlich, aber irgendwie tut es gut, mir endlich alles von der Seele zu reden. Wenigstens muss ich das Geheimnis nicht mehr allein mit mir rumtragen.

Liam schüttelt den Kopf. »Ich verstehe das nicht. Das ist doch alles vor deiner Geburt passiert. Oder kurz danach. Woher weißt du das überhaupt?«

Ich überlege. Es ist komplizierter, als ich dachte. »Ich bin mir nicht sicher. Andeutungen, die Mum rausgerutscht sind. Sachen, die sie zu ihren Freundinnen gesagt hat, wenn ich dabei war. Dinge, die Granny mir erzählt hat. Jedenfalls hat Granny es bestätigt.«

»Und er lebt in Brasilien?«

Ich nicke.

»Und du denkst, deine Mutter will zu ihm ziehen?«

Ich nicke wieder.

»Und was willst du?«

Ich zucke die Schultern. »Keine Ahnung. Ich meine, ich will natürlich hierbleiben. Aber ich weiß nicht, wo ich wohnen würde. Irgendwo eben.«

Liams Lächeln leuchtet auf. Er wirkt erleichtert. Anscheinend hatte er Angst, dass ich mit nach Rio gehe. Es ist ein schönes Gefühl, erwünscht zu sein. Ein wunderschönes Gefühl. Gut, dass ich ihm alles erzählt habe.

»Wir finden schon einen Ort für dich, keine Sorge«, sagt er. »Wenn es so weit ist. Aber du solltest wirklich mal mit deiner Mutter reden. Ich meine, ernsthaft.«

»Ich weiß.« Ich zucke die Schultern. »Aber irgendwie kommen wir einfach nicht dazu.«

»Aber du musst.« Er klingt fest entschlossen. Wie ich, wenn ich Edie oder Jenny einen Rat gebe. Oder Krähe. Mir fällt auf, dass wir uns ähnlicher sind, als ich dachte. »Ich wusste nicht, was du alles durchmachst.«

Ich lächele ihn an. »Ich mache nichts ›durch‹. Es sind nur so Geschichten.«

Er nimmt meine Hand und fängt an mit den Ringen an meinen Fingern zu spielen.

»Doch, du machst was durch, Nonie«, sagt er. »Mehr als dir vielleicht klar ist. Du kannst so was nicht für immer mit dir rumtragen. Rede mit ihr. Versprich mir das.«

Ich verspreche es, damit er zufrieden ist. Aber ich weiß, dass es keinen Sinn hat. Was ist da schon zu sagen? So ist das Leben. Es ist gelaufen. Viele Kinder sind Unfälle. Was ist schon dabei?

»Nein, ich meine, *richtig* versprechen«, hakt er nach.

Ich lache. »Richtig versprochen«, sage ich.

Es ist das erste Mal, dass ich meinen Freund anschwindele, und ich hoffe, er merkt es nicht. Glücklicherweise taucht sein Vater in diesem Augenblick auf und stellt einen Teller mit Eiern und Würstchen vor mich auf den Tisch. Mit einem breiten, unschuldigen Grinsen greife ich zu und wechsele so schnell ich kann das Thema.

Halb rechne ich damit, in der Schule eins von Edie aufs Dach zu kriegen, weil ich bei Krähes Geburtstagsfeier so mundfaul war, aber glücklicherweise scheint sie es nicht mitbekommen zu haben. Obwohl sie viel besser aussieht, ist sie immer noch in ihrer eigenen Welt. Sie behauptet, sie wäre mit den Uni-Bewerbungen beschäftigt, zu denen ihre Eltern sie doch noch überredet haben, aber ich weiß, dass da noch was anderes ist. Es ist auch nicht die Prüfung zu Shakespeare, die uns bevorsteht. Sie brütet etwas aus, und sie wird es mir sagen, wenn es so weit ist. Ich muss nur warten.

Am Ende kommt sie ausgerechnet zu mir, als wir gerade in die Prüfung gehen. Nicht der beste Moment, mich mit neuen Informationen zu versorgen. Ich versuche gerade mich an die Details zu erinnern, die König Lear davon überzeugten, in Frührente zu gehen (heute früh um drei wusste ich so was von Bescheid), und wünschte, ich könnte auch in Frührente gehen.

»Wegen Gloria – mir ist klar geworden, dass ich persönlich mit Jenny reden muss«, verkündet Edie.

»Mhm«, murmele ich. Ich versuche Aufmerksamkeit zu heucheln.

»Nur so kann ich sie zur Vernunft bringen.«

»Ja, stimmt.«

»Weil es wirklich ernst ist.«

»Oh, ja. Du hast vollkommen Recht«, sage ich, ohne darüber nachzudenken.

»Ich habe meine Eltern überredet. Ich habe billige Flüge gefunden und fliege in den nächsten Ferien nach New York.«

»Mhm. Ich meine, WAS?«

»New York. In den Ferien«, wiederholt sie. »Um mit Jenny

über Gloria zu reden. Und ihr zu sagen, dass sie zu Hause gebraucht wird.«

»Mach den Mund zu, Nonie«, sagt unsere Lehrerin, die in diesem Moment um die Ecke kommt. »Ihr könnt jetzt reingehen, Mädchen. Wir sind so weit.«

Sie ist vielleicht so weit, aber ich bin es ganz und gar nicht. Ich habe mich so gut auf die Prüfung vorbereitet, und jetzt sitze ich da und verstehe die Fragen nicht. Edie? Allein in New York? Um sich mit Jenny auszusprechen? Das kann nicht gut gehen. Edie ist eine Niete im Reisen. Und auch wenn Jenny es sich nicht anmerken lässt, weiß ich, dass sie sowieso ein schrecklich schlechtes Gewissen wegen Gloria hat. Sie braucht wirklich keine Edie, die es noch schlimmer macht.

Sosehr ich mich bemühe mich auf die Prüfungsfragen zu konzentrieren, meine Gedanken drehen sich im Kreis. Ich muss etwas tun, um Edie aufzuhalten, oder Jenny, oder beide, bevor sie etwas sagen, das sie für immer bereuen werden. Aber wie soll das gehen, wenn ich hier festsitze und die beiden auf der anderen Seite des Atlantiks sind?

»Du gehst nicht«, sagt Mum. »Denk nicht mal dran, Nonie. Du warst gerade erst in Chicago.«

Harry sieht mich mitfühlend an, während er sich den Rest unseres Abendessens vom Chinesen auf den Teller schaufelt. »Aber Nonie war so fleißig«, sagt er. »Und du hättest sie in der Nacht im Krankenhaus sehen sollen. Sie war wirklich toll. Und Issy ist auch in New York, wegen der Fashion Week, und kann sich um sie kümmern.«

»Auf keinen Fall.« Mum presst die Lippen zusammen. »Sie

hat Prüfungen. Dieses Jahr ist wichtig für ihren Abschluss. Sie kann nicht einfach durch die Welt tingeln wie ein ...«

Eine Pause entsteht, während sie überlegt, was für Leute durch die Welt tingeln.

»Wie ein Model?«, schlägt Harry vor.

Er macht ein unschuldiges Gesicht, aber Mum wirft ihm einen finsteren Blick zu. Als sie in meinem Alter war, war sie ein erfolgreiches Model und ist von Großstadt zu Großstadt gereist. Sie kannte New York wie ihre Westentasche.

»Es wäre auch eine kulturelle Reise«, erkläre ich, nachdem ich Harry dankbar zugelächelt habe. »Denk an all die Galerien, die ich besuchen würde. Und die Museen. Du weißt schon. Das Met. Und das, äh ...«

Ich gebe Harry unterm Tisch einen Tritt. Ich brauche seine Hilfe.

»Das Guggenheim natürlich«, sagt er und tritt zurück. »Denk doch mal. Nonie ist achtzehn Jahre alt und war noch nie im Guggenheim Museum. Oder in der Frick.«

»Die Frick, natürlich«, sage ich.

»Weißt du überhaupt, was die Frick ist?«, fragt Mum.

Mist.

»Natürlich. Die Frick ist ...«

»... dein Lieblingsmuseum, Mum«, schaltet sich Harry ein. »Du weißt, wie sehr du die Frick Collection liebst.«

Mum lächelt versonnen. Egal was die Frick ist, offensichtlich hat sie gute Erinnerungen daran.

»Na ja ...«

»Und es wären nur drei Tage«, sage ich. »Und Isabelle könnte sich um mich kümmern. Nicht dass sie muss. Aber wenn ich nicht gehe, dann tut Edie etwas ... etwas Edie-isches, und das endet bestimmt in einer Katastrophe. Wirklich. *Bitte?*«

Ich sehe, wie Mum zögert.

»Welche Noten hast du in deinen letzten drei Prüfungen bekommen?«, fragt sie mit ihrer strengsten Stimme.

»Zwei Zweien und eine Drei.«

Für Edie wäre das natürlich ein schreckliches Geständnis, aber für mich ist es eine tolle Leistung. Was Mum zu verstehen scheint.

»Ehrlich?«

Ich nicke. »Du kannst nachsehen.«

Sie seufzt. Ich sehe, dass sie kurz davor ist, es sich zu überlegen.

»Und ich zahle auch einen Teil«, sagt Harry. »Meine Gigs laufen echt gut. Ich habe das Gefühl, mein Geburtstagsgeschenk war viel zu klein, Nonie.«

»Es war ein Buch«, erinnere ich ihn. »Ein schönes, über Alexander McQueen.«

»Ein Buch. Genau«, sagt er. »Ein Flugticket wäre viel passender, findest du nicht?«

Na ja, wenn er so fragt. (Obwohl Alexander McQueen ein *Modegott* war und das Buch wirklich wunderschön ist.)

Mum lacht. »Ich weiß, wann ich mich geschlagen geben muss. Ich rufe am Montag bei deiner Direktorin an, Nonie. Wenn sie sagt, du hast es dir verdient, kannst du fahren. Und Harry, du bist unverbesserlich, weißt du das?«

Sie lächelt meinen Bruder zärtlich an. Er kann sie zur Weißglut treiben, aber er kriegt sie immer rum. In der Hinsicht geht es ihr nicht anders als den meisten Frauen. Außerdem macht er es ihr leicht. Er hat Kunst studiert. Er hat einen tollen Job. Er ist mit Supermodels zusammen. Wenn er etwas öfter sein Zimmer aufräumen würde, wäre er fast perfekt.

»Danke«, sage ich später zu ihm, als wir vor dem Fernseher sitzen und Mum oben an ihrem Schreibtisch ist.

»Kein Problem«, sagt er und zuckt freundlich die Schultern. »Ich habe übrigens gerade mit Issy telefoniert und sie sagt, dass du genau zum Ende der Fashion Week kommst. Sie freut sich darauf. Wenn du nett bist, zeigt sie euch sogar die Frick.«

Er grinst mich an und wartet, dass ich ihn endlich frage, was die Frick ist. Aber ich geh nicht darauf ein. Ich kann es später nachschlagen. Im Moment denke ich an Isabelle. Ich habe ein schlechtes Gewissen, ihre Nettigkeiten anzunehmen, während ich mich insgeheim frage, ob sie wirklich die Richtige für meinen Bruder ist. Aber vielleicht kann ich die Zeit in New York nutzen, um ein für alle Mal dahinterzukommen: Will sie Harry aus Liebe heiraten, oder will sie ihn nur, damit sie mit der perfekten Tiara den blütenblätterbestreuten Gang zum Altar hinaufschreiten kann, mit ihren schlammfarbenen Spitzenbrautjungfern im Schlepptau? Für jemand so Schönes fand ich sie immer zu nett. Irgendwo muss doch der Haken sein. Aber wenn es einen Haken gibt, würde sie Harry nicht ins Unglück stürzen? Irgendwie will ich den Haken finden – um zu beweisen, dass sie auch nur ein Mensch ist –, und irgendwie nicht.

Kapitel 41

Am nächsten Tag erklärt die Schuldirektorin meiner Mutter, dass ich in diesem Jahr fleißiger war als in den letzten sechs Jahren zusammen, und Mum gibt mir tatsächlich die Erlaubnis, nach New York zu fahren. Ich rufe sofort Edie an.

»Ehrlich?«, fragt sie. »Bist du dir sicher? Ich würde es auch allein schaffen.«

»Keine Sorge, ist alles geklärt«, sage ich. Statt: »Nein, würdest du nicht – auf Reisen bist du eine wandelnde Katastrophe«, was ich eigentlich denke.

Liam freut sich total für mich und ist ziemlich neidisch. Er wollte schon immer nach New York. Abends chatten wir stundenlang und sagen einander, wie sehr wir uns vermissen werden, was von meiner Seite zwar die Wahrheit ist, aber nicht die einzige.

Ich bin nämlich auch ein kleines bisschen erleichtert, wenn er mir ein paar Tage lang nicht in den Ohren liegt, dass ich mit

Mum reden muss. Ich weiß, er hält es für eine tolle Idee, dass wir endlich Klartext über Vicente reden, aber ehrlich gesagt würde ich lieber noch zehn Prüfungen zu Shakespeare schreiben. Und das war nicht gerade ein Vergnügen.

»Wenn du mir NOCH EIN MAL sagst, wie viel besser die erste Klasse ist, ramme ich dir höchstpersönlich die Plastikgabel zwischen die Rippen«, sagt Edie nach der Hälfte des Flugs. Vielleicht habe ich die breiteren Sitze, die Beinfreiheit, den Schlafanzug, die Zeitschriften, die Filme und die Prominenten einmal zu viel erwähnt ...

Edie hat sich in einen ihrer vier Reiseführer vertieft und macht sich Notizen.

»Ich habe unser Pensum auf die zwölf wichtigsten Sehenswürdigkeiten reduziert, die wir auf keinen Fall verpassen dürfen«, sagt sie. »Wenn wir bei Ground Zero am Südende von Manhattan anfangen und uns systematisch bis zum Central Park vorarbeiten, sollten wir es schaffen.«

»Das soll ein Besuch bei Jenny werden«, wende ich ein. »Keine Nordpolexpedition.«

»Ja, ich weiß«, sagt Edie gereizt. »Aber wo wir schon mal da sind ... Ich meine, stell dir mal vor, wir würden das Guggenheim, das Met oder die Public Library verpassen. O nein! Ich habe die Freiheitsstatue vergessen.«

Sie geht noch mal ihre Notizen durch und fängt wieder an zu schreiben.

Die Public Library mag ja ganz schön sein, aber bei mir würde sie ehrlich gesagt nicht unter den Top Zwölf landen. Nicht, wenn ich auch noch Saks Fifth Avenue, Barneys, Bergdorf Goodman,

Bloomingdales, Tiffany und die ganzen kleinen Boutiquen in SoHo abhaken muss. Und die Frick, was immer die sein mag. Aber ich habe keine Liste. Ich halte es mehr mit dem Motto: »Man muss die Feste feiern, wie sie fallen.«

Außerdem habe ich Wichtigeres zu tun, als mir Listen zu machen. Liam hat mir gestern einen längeren Abschiedskuss gegeben, der reichen muss, bis ich wieder in England bin. Ich schließe die Augen und erinnere mich. Es zeigt sich, dass dieser Flug noch schöner ist als der in der ersten Klasse.

Wir landen abends. Ein quietschgelbes Taxi bringt uns über verschiedene Schnellstraßen und Tunnels direkt in die Straßenschluchten von Manhattan bei Nacht. Zur Einstimmung versucht Edie ein Gespräch mit dem Taxifahrer anzufangen und sich ein paar Tipps geben zu lassen, aber irgendwann merken wir, dass er nicht mit uns spricht, sondern in das Headset seines Telefons, und er spricht in einer Sprache, die wir noch nie gehört haben. Edie gibt auf und starrt stattdessen die Lichter draußen an.

Wir erreichen eine breite Straße mit niedrigeren Gebäuden und Bäumen, in denen Lichterketten hängen. West Broadway im Herzen von SoHo. Ich denke gerade, dass es nicht romantischer werden kann, als der Fahrer anhält.

»Hier«, brummt er. Er zeigt auf das Taxameter und ich fange an nach Dollars zu suchen. Ich bin die Schatzmeisterin auf unserer Reise. Während ich zähle, nimmt er unsere Taschen aus dem Kofferraum, und kaum habe ich ihm das Geld gegeben, ist er verschwunden.

»Puh! Keine gute Werbung für seine Stadt«, seufzt Edie den schrumpfenden Rücklichtern hinterher.

Doch der Taxifahrer ist mir gleich. Ich grinse von einem Ohr zum anderen. Ich bin in New York! Es ist eiskalt, und bis jetzt haben wir nur ein Wort Englisch gehört, aber diese Straße ist wunderschön. Die Lichter heißen uns blinkend willkommen. Es ist Fashion Week, und wir kommen bei einem Supermodel unter. Bis jetzt läuft alles ausgezeichnet.

Isabelle hat den ganzen Tag mit Modenschauen und Interviews verbracht. Sie ist seit sechzehn Stunden auf den Beinen. Als sie die Tür öffnet, trägt sie kein Make-up und sieht aus wie ein Engel von Botticelli.

»Tut mir leid, ich bin momentan kaum zu Hause«, sagt sie, als sie uns durch die Wohnung führt. Es gibt zwei kleine Schlafzimmer und ein Wohnzimmer mit offener Küche und Blick auf die Straße. Dekoriert ist es mit einer Mischung aus alten Stoffen und Flohmarktschätzen, und ich liebe jeden Quadratzentimeter.

»Ich würde euch gern die Stadt zeigen, aber morgen Abend muss ich schon wieder nach London zurück«, sagt sie. »Wenn ihr wollt, gebe ich euch Tipps, was ihr machen könnt.«

»Das wäre toll!«, sagt Edie. Sie hat sich zwar eine seitenlange Liste gemacht, was sie alles in New York tun will, aber langsam ist sie wieder die Alte, und die alte Edie kann nie genug Informationen bekommen.

»Ihr müsst am Verhungern sein«, sagt Isabelle. »So geht's mir jedenfalls immer, wenn ich in New York ankomme. Was hättet ihr gerne? Ich kann das Thai-Curry empfehlen. Oder Dim Sum.«

Sie kramt in der Schublade einer Spiegelkommode herum und legt uns eine Speisekarte hin. Sie ist mehrere Seiten lang und führt alle Küchen der Welt auf, soweit ich sehe. Und ein paar Gerichte, die sich New Yorker Köche ausgedacht zu haben scheinen, nur um noch eins draufzusetzen.

Isabelle hat Recht, wir sind am Verhungern, aber sie hat unsere Experimentierfreude überschätzt. Wir wollen Hamburger und Pommes. Später, als wir mit den größten Portionen kämpfen, die ich je gesehen habe – außer in Chicago –, kuschelt sie sich aufs Sofa und fragt nach London.

»Wie geht's deiner Mutter, Nonie? Und deiner Großmutter?«

Ich versuche mir nichts anmerken zu lassen und sage, es geht ihnen gut.

»Und Harry? Er war so erkältet, als wir uns das letzte Mal gesehen haben. Das ist elf Tage her. Ist er wieder auf dem Damm? Er war so müde und fertig, der Arme. Ich habe ihm jedes Vitamin eingeflößt, das ich finden konnte, aber ich weiß nicht, ob er sie weitergenommen hat.«

»Ihm geht's auch gut«, versichere ich ihr. »Er schickt natürlich ganz liebe Grüße.«

Das Letzte habe ich mir ausgedacht. Aber ich finde, er hätte ihr liebe Grüße schicken sollen, was er wahrscheinlich auch getan hätte, wenn er nicht zu beschäftigt gewesen wäre, mir seine Lieblingsplattenläden in New York aufzuzählen.

Doch ich bin gut im Notlügen, und Isabelle strahlt glücklich.

»Na ja, wir sehen uns ja in drei Tagen, dann kann ich mich wieder um ihn kümmern. Und dafür sorgen, dass er seine Vitamine nimmt.«

Ich sehe mich im Wohnzimmer um. Überall finden sich Spuren von Harry. An der Wand hängen gerahmte Plattencover seiner alten Lieblingsbands. Im Flur steht ein Fahrrad an der Wand, das wahrscheinlich ihm gehört. Ein Foto von Isabelle in dem Hemd, das sie bei der Verlobungsfeier trug, von ihm geknipst. Ich erkenne seinen Stil. Sie trägt sogar im Moment eins seiner alten T-Shirts, wie ich sehe.

Als sie sich zurücklehnt, mit uns plaudert und dabei mit ihren weltberühmten Ringellocken spielt, frage ich mich, warum Harry nicht mehr von ihr redet. Vielleicht gewöhnt man sich mit der Zeit einfach an so viel Schönheit. Und so misstrauisch ich bin, ich kann mich wirklich nicht davon überzeugen, dass sie ihn nur wegen der Märchenhochzeit haben will. Sie macht den Eindruck, als würde sie ihn wirklich lieben. Das ist eine Erleichterung, schätze ich. Schön, dass Harry glücklich wird. Aber irgendetwas stimmt trotzdem nicht. Doch ich bin viel zu müde und vollgestopft mit den Pommes und dem Burger, um dahinterzukommen, was es ist.

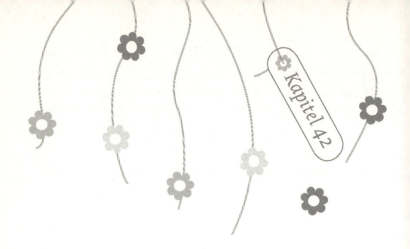

Kapitel 42

Am nächsten Morgen weckt uns das Klingeln des Telefons. Edie und mich zumindest. Isabelle ist längst aus dem Haus und bereitet sich auf ihre erste Modenschau vor.

»Wow!«, ruft Jenny, als ich drangehe. »Ihr seid wirklich hier! Es ist so TOLL, dass ihr mich besucht. Im Moment geht es rund. Ich erzähle euch alles. Jedenfalls bin ich zurzeit ein bisschen durchgedreht. Treffen wir uns in einer halben Stunde im SoHo Grand? Ihr müsst nur die Straße runter. Ich habe heute Morgen nicht viel Zeit, aber ich freue mich riesig auf euch.«

Als ich ihr antworten will, hat sie schon aufgelegt.

Schnell blättern wir durch einen von Edies Reiseführern, um rauszufinden, was und wo das SoHo Grand ist, und glücklicherweise erweist es sich als hübsches Hotel nur ein paar Hausnummern weiter. Eine halbe Stunde später stehen wir in der Designer-Lobby des Hotels und warten auf Jenny.

Sie kommt zu spät. Während wir warten, sehen wir verschiedene berühmte Gesichter ein und aus gehen. Anscheinend ist während der Fashion Week die halbe Modewelt hier abgestiegen. Heimlich hoffe ich Joan Burstein wiederzusehen, aber wir müssen uns mit ein paar Models, zwei Filmstars, drei Moderedakteuren und Paris Hilton begnügen. Trotzdem nicht schlecht für eine Viertelstunde.

Dann kommt Jenny und entschuldigt sich vielmals.

»Der Verkehr! Puh«, sagt sie und drückt uns fest, eine nach der anderen. »So – oh mein Gott! Ihr seid in New York! Ich kann's immer noch nicht glauben. Jetzt kommt erst mal mit.«

Wir gehen die Designer-Treppe hoch in einen weiteren Designer-Bereich, wo ein paar unglaublich gut angezogene wichtige Leute mit anderen gut angezogenen wichtigen Leuten Kaffee trinken. Ich sehe keinen freien Platz, aber Jenny wechselt ein paar Worte mit einem noch besser angezogenen Hotelmanager und irgendwie zaubert er drei Plätze an einem kleinen Tisch herbei.

»Jackson ist Stammgast hier«, erklärt sie. »Und Charlotte auch. Sie kennen mich inzwischen. Das ist ganz nützlich.«

Ich glaube trotzdem, dass ich im Café gegenüber entspannter wäre. Meine Doc Martens und die Kunstpelzbomberjacke bilden einen scharfen Kontrast zu der Designer-Atmosphäre. Jenny selbst wirkt ziemlich lässig in Jeans und einem bunten selbstgestrickten Pullover. Doch ihr Haarschnitt sieht immer noch aus wie frisch aus der *Vogue*, und das scheint zu helfen. Genau wie Edies neues Kleid, das Krähe ihr letzte Woche genäht hat, mit sichtbaren Säumen, Nähten und Kreidestrichen, und es hebt ihre Beine hervor und sieht echt cool aus. Selbst unter dem Parka mit den vielen Taschen, den sie unbedingt tragen will, weil ihre

Reiseführer reinpassen. Wenigstens habe ich die Schultasche dabei, die Krähe mir geschenkt hat, mit dem Muster der Händchen haltenden Mädchen. Es ist das schickste Teil an meinem ganzen Outfit.

»Also.« Jenny redet schnell und wedelt vor Begeisterung mit den Händen. »Ich habe euch ja gesagt, dass es rundgeht. Die Show wird ganz neu aufgezogen. Es gibt eine neue Ball-Szene, die einfach fabelhaft ist. Ich brauche zwar den ganzen Sommer, um die Tänze zu lernen, aber die Kostüme sind SUPERTOLL. Ich wette, nicht mal die Queen selbst hatte so schöne Kleider. Und sie überarbeiten meine Rolle.«

»Oje!«, rufe ich, bevor ich mich zurückhalten kann.

»Ach, Nonie. Hör endlich auf dir Sorgen um mich zu machen!«, stöhnt Jenny. »Die Rolle wird größer, nicht kleiner. Wochenlang haben sich die Produzenten mit dem Regisseur in den Haaren gelegen, und am Ende kamen sie zu dem Schluss, dass Elizabeth im Vergleich mit Margaret nicht interessant genug ist. Und sie brauchen eine fetzigere Zehn-Uhr-Nummer.«

»Eine was?«, frage ich.

»Die Zehn-Uhr-Nummer«, seufzt sie, als sollten wir wissen, wovon sie redet. »Der Song, der das Publikum nach der Pause mitreißt. Bevor das Finale kommt. Ihr wisst schon.«

Nein, wissen wir nicht, aber wir nicken trotzdem.

»Und jetzt darf ich ihn singen«, fährt Jenny mit glänzenden Augen fort. »Es ist die Stelle, als Prinzessin Elizabeth erfährt, dass ihr Vater gestorben ist. Sie ist gerade in Afrika, weit weg von zu Hause und ihrer Familie. Und in diesem Moment wird ihr klar, dass sie, wenn sie ihre kleinen Kinder wiedersieht, nicht mehr einfach ihre Mummy ist, sondern die Königin.«

»Wow«, sage ich. Noch mehr als die Geschichte beeindruckt mich das Leuchten in Jennys Augen.

Und es ist anscheinend die richtige Reaktion. »Jedenfalls ist da diese Stelle, als sie ihren Vater vermisst und Angst vor dem hat, was kommt. Sie wollte ja nie wirklich Königin werden – jedenfalls nicht in unserer Geschichte –, aber jetzt muss sie ihre privaten Gefühle beiseiteschieben und ihr neues Leben als Herrscherin ihres Landes antreten, und sie darf niemanden wissen lassen, wie schwer es ihr fällt. Das ist die Zehn-Uhr-Nummer.«

»Das soll ein Song sein?«, fragt Edie. »Sie packen *das alles* in einen Song?«

Jenny macht ein entrüstetes Gesicht. »In einen *Broadway*-Song. Da könnte man noch viel mehr reinpacken. Aber dieser ist besonders toll. Der Text ist wirklich ergreifend. Und Jackson hat eine wahnsinnig traurige Melodie dazu geschrieben. Ich muss jedes Mal weinen. Was gut ist, weil es zu meiner Rolle passt. Das Weinen, meine ich. Wir haben letzte Woche mit den Proben angefangen, und morgen treffe ich mich mit Jackson und Marty, dem musikalischen Leiter. Wenn ihr Zeit habt, müsst ihr auch kommen. Wenn die Fernsehleute euch reinlassen.«

»Die Fernsehleute?«, frage ich.

»Ja. Es wird so eine Art Reality-Show über Jackson. Wie ein Musical entsteht. Wie es auf dem Broadway zugeht. Das meiste wird bei ihm zu Hause gefilmt, wo er an den Songs arbeitet und mit Marty und den Produzenten redet, aber sie wollen ihn auch im Studio mit den Stars zeigen. Meinen Teil filmen sie im Theater. Oje. Ich muss los. Jackson will wissen, ob ihr heute Abend zum Essen kommen könnt. Kommt ihr? Ich schicke euch seine Adresse.«

Das war's. Sie ist weg. Wir fühlen uns beide, als wäre ein Tornado über uns hinweggefegt. Ich hatte Edie eingeschärft Gloria auf keinen Fall zu erwähnen, bevor wir nicht ein wenig Zeit mit Jenny verbracht haben, aber die Gefahr hat gar nicht bestanden. Edie ist überhaupt nicht zu Wort gekommen.

Sie sieht mich perplex an.

»War das echt?«, fragt sie.

Ich nicke.

»Sie hat nicht mal gefragt, wie der Flug war. Oder wie es uns geht. Oder Isabelle. Oder sonst was. Es ging nur um Jenny.«

»Um fair zu sein«, wende ich ein, »sie hatte nicht viel Zeit.«

Edie schnaubt. »Sie hatte genug Zeit für die Zehn-Uhr-Nummer.«

Stimmt. Für die Zehn-Uhr-Nummer hatte sie reichlich Zeit.

Kapitel 43

Die nächsten acht Stunden sind mit die hektischsten meines Lebens. Edie ist wie eine Besessene. Sie hat ihren Reiseführer studiert, bis sie mit verbundenen Augen durch New York gefunden hätte, und sie schleppt mich von einem »Wahnsinns«-Moment zum nächsten. Eben bewundern wir die Freiheitsstatue durch das regennasse Fenster eines Ausflugsboots, im nächsten Moment stehen wir an der Baustelle vor Ground Zero und sehen zu, wie der Regen in das Loch fällt, wo einst die Zwillingstürme standen. Dann sind wir in der U-Bahn, wo wir uns nur kurz verirren, bevor wir endlich auf der Fifth Avenue landen, wo alle Geschäfte sind – oder, wie ich dazu sage, mein Elixier.

Dieser Teil macht Edie nicht ganz so viel Spaß wie mir. Edie findet sogar, dass es überflüssig wäre, Saks *und* Bergdorf Goodman *und* Tiffany *und* Abercrombie & Fitch anzuschauen, und sie meint, wir verschwenden wertvolle Museumszeit. Ich bin anderer Meinung. Ich scoute nach den besten Locations für

Krähes zukünftige Kollektionen bei den Kamelhaarmännern. Ich beschließe, dass Bergdorf Goodman mein Favorit ist, aber ich muss erst noch zu Barneys auf der Madison Avenue, um ganz sicher zu sein. Erst als Edie bei Abercrombie & Fitch einen Sitzstreik macht, fällt mir auf, dass im Augenblick ich die Besessene von uns beiden bin. Außerdem erwartet uns Jackson Ward bald zum Abendessen, und wir müssen uns noch umziehen.

Während ich mich in ein altes silbernes Stretchminikleid von Krähe zwänge, das hoffentlich passend für das Treffen mit einer Musical-Legende ist, frage ich mich, wie ich mich je bei Harry für das Flugticket revanchieren kann. New York ist noch größer, lauter und inspirierender, als ich es mir vorgestellt habe. In New York liegt so viel Energie in der Luft – sogar London wirkt verschlafen daneben, und das will was heißen. Nur eines macht mich ein bisschen nervös. Um hier groß rauszukommen, muss man in jeder Hinsicht fantastisch sein. Einfach nur »toll« ist nicht genug. Jackson Ward hat es geschafft, mit seinen Tonys und Oscars. Und Isabelle auch. Aber ich frage mich, ob Jenny weiß, wie viel sie von sich verlangt, wenn sie hier in der Stadt auftreten will. Und ich frage mich, was ich Krähe einbrocke, wenn ich versuche, ihr hier einen Job zu besorgen.

Edie liest den Stadtplan, und wir nehmen die U-Bahn zu Jackson Ward, der in der 73. Straße auf der Upper East Side wohnt, nicht weit vom Central Park. Die erste Überraschung ist, dass er keine Wohnung hat, sondern ein ganzes Haus. Und zwar ein altes Haus mit einer richtigen Eingangstür, einer Treppe vorne und, wie es aussieht, jeder Menge Geschichte. Ich hatte auf einen

Wolkenkratzer gehofft. So was wie den Trump Tower vielleicht. Aber es ist trotzdem cool.

»Ich habe euch ja gesagt, dass es ein Haus ist«, sagt Jenny im Flur.

Vermutlich hat sie das. Aber wahrscheinlich habe ich nicht zugehört. Sie redet so viel von Jackson Ward und seinem Glamourleben, dass ich meistens auf Durchzug schalte.

Jenny führt uns durch ein großes Empfangszimmer. Mum würde sich sofort in das Haus verlieben. Überall stehen Skulpturen herum. Aus Stein, aus Bronze, aus Holz, und einige seltsame verdrehte Objekte aus einem Material, das ich nicht mal einordnen kann. Edie seufzt anerkennend. Wir sind an einem Ort voller Kultur. Sie ist zufrieden.

»Kommt und lernt alle kennen«, sagt Jenny.

Am anderen Ende des Wohnzimmers steht ein kleiner Mann mit Glatze und einem seidenen Hemd mit einem Cocktail in der Hand und redet mit einer auffällig großen weißhaarigen Frau und einem kleinen, hübschen Mädchen mit blassem Gesicht, Nana-Mouskouri-Brille und fast hüftlangem dunklem Haar. Sie kommen uns entgegen.

»Wie geht es euch, Darlings? Wie fabelhaft euch endlich kennenzulernen. Dies ist Jane, meine Angetraute, und meine reizende Tochter Charlotte.«

Jackson Ward hält seine Ansprache mit dem grauenhaftesten künstlichen britischen Akzent, den ich je gehört habe. Ich spüre, wie Edie neben mir zusammenzuckt, und lächele extrahöflich für sie mit.

»Ignoriert ihn einfach«, sagt Charlotte mit einem freundlichen Lächeln. »So ist er bei Fremden immer. Halt die Klappe,

Dad. Keine Sorge, wenn er auftaut, wird er besser. Kommt und macht es euch gemütlich.«

Als wir an mehreren Beistelltischen mit teurem Schnickschnack vorbeikommen, fallen mir mindestens zwei Fotos ins Auge, auf denen Charlotte und ihre Mutter auf einer Yacht posieren. Wenn Granny nur hier sein könnte. Sie wäre so was von beeindruckt.

»Also, Mädels«, sagt Jackson. »Wie war euer erster Tag in New York? Was habt ihr angestellt?«

Edie lässt sich von den Tonys und Oscars weniger ablenken als ich und antwortet zuerst.

»Ground Zero ist wirklich ergreifend«, sagt sie feierlich.

Ein kurzes andächtiges Schweigen entsteht.

»Und du, Nonie?«

Plötzlich wünschte ich, wir hätten uns das Met und das Guggenheim schon angesehen, wie Edie vorgeschlagen hat. Das wäre genau das richtige Gesprächsthema. Stattdessen muss ich zugeben, dass ich in praktisch jedem Laden auf der Fifth Avenue war. In manchen sogar zweimal.

Jackson Ward grinst. »Aha! Jenny hat mir alles über dich erzählt. Durch und durch eine Fashionista. Auf dein Wohl!«

Er hebt das Glas auf mich. Ab da entspanne ich mich ein bisschen und gewöhne mich an die museale Umgebung. Das Abendessen wird von einem Dienstmädchen serviert und ist gleichzeitig supergesund und superlecker, genau das Richtige für uns nach zu vielen Pommes und Notfall-Milchshakes. Und als in winzigen Porzellantassen der Kaffee gebracht wird, setzt sich Jackson ans Klavier und singt uns mehrere Songs aus *Die Prinzessinnen* vor.

Er ist unglaublich gut. Er singt und spielt, als wäre er selbst ein Star, und es ist ein komischer Gedanke, dass er nie in der Öffentlichkeit auftritt. Wahrscheinlich könnte er seine eigene Show in Las Vegas haben, wenn er wollte. Solange er es nur nie wieder mit dem britischen Akzent versucht.

Ich bin so beeindruckt, dass mir Ewigkeiten nicht auffällt, dass ich ganz allein auf dem goldenen Seidensofa sitze. Als ich es bemerke, schwant mir Böses. Edie und Jenny sind verschwunden. Sie müssen oben in Jennys Zimmer sein. Was nur heißen kann, dass Edie Jenny von Gloria erzählt. Nicht nur von den Tabletten, das weiß Jenny bereits, sondern davon, was die Krankenschwestern gesagt haben. Wie labil Gloria immer noch ist.

Ich mache mir Sorgen, wie labil Jenny ist, wenn es um ihre Mutter geht. Oje. Ich bin den ganzen Weg hergekommen, um Edie nicht allein auf Jenny loszulassen, und jetzt passiert es direkt vor meiner Nase. So schnell ich kann, ohne unhöflich zu wirken, entschuldige ich mich bei Jackson und gehe nach oben.

Ich brauche einen Moment, bis ich Jennys Zimmer finde. Es gibt so viele Türen in diesem Haus. Als ich endlich die richtige aufmache, drehen sich zwei Köpfe und sehen mich an. Beide haben rosa Flecken auf den Wangen. Ansonsten ist Edies Gesicht weiß und angespannt, Jennys ist fleckig und tränenüberströmt.

»Du gibst mir die Schuld, oder?«, schreit Jenny. »Du denkst, es geht ihr meinetwegen schlecht. Weil ich mich zu wenig um sie kümmere.«

»Ich denke, du kümmerst dich überhaupt nicht um sie!«, schreit Edie zurück.

Jennys Stimme wird leiser, aber sie zittert vor Wut. »Geh weg! *Geh weg!* Lasst mich in Ruhe!«

Unter diesen Umständen haben wir keine Wahl. Wütend packe ich Edies Arm und ziehe sie hinter mir her.

»Wir gehen«, sage ich zu Jenny. »Aber bitte, bitte ruf mich an. Wir sind extra deinetwegen gekommen, Jenny. Versprich mir, dass du mit mir redest?«

Sie antwortet nicht.

Edie und ich gehen runter ins Wohnzimmer. Drei elegante, verwirrte, verlegene Wards bringen uns höflich zur Tür. Wir fahren mit der U-Bahn nach Hause und erreichen schweigend Isabelles Wohnung. Soeben habe ich Harrys Geburtstagsgeschenk versemmelt, indem ich die wichtigsten fünf Minuten in New York damit verbracht habe, einem alten Mann am Klavier zuzuhören, und es war noch nicht mal Elton John. Ich könnte mich ohrfeigen. Und Edie könnte ich auch ohrfeigen, aber ich tu es nicht.

Kapitel 44

Beim Frühstück am nächsten Morgen ist Edie kleinlaut. Sie tut, als wäre sie mit ihrem Reiseführer und ihren Superlisten beschäftigt, aber mir kann sie nichts vormachen. Wir starren die Telefone an: meins, Isabelles Festnetz und Edies. Irgendwann bekomme ich eine SMS.

»tut mir leid. nicht deine schuld. sehen wir uns bei den eisbären im central park in 1 stunde? Jxxx.«

Das ist gut. Das ist super. Jenny redet noch mit mir. Und anscheinend gibt es Eisbären im Central Park. Interessant. Ich dachte, da gäbe es nur Bäume und Schaukeln und so was.

»Soll ich mitkommen?«, fragt Edie.

»Nein, schon gut«, sage ich. Was der Code ist für: Nach allem, was du gestern Abend gesagt hast, BIST DU VERRÜCKT?

»Na gut«, sagt sie. Ich glaube, sie hat den Code verstanden.

»Richte ihr liebe Grüße aus«, sagt sie, »und ... ich hoffe ... es geht ihr besser.«

Ich nehme an, das ist der Code für eine große Entschuldigung, und verspreche es auszurichten.

Der Central Park ist wunderschön, selbst im Winter, wenn kaum Blätter an den Bäumen hängen und jeder New Yorker in alle Mäntel und Schals eingepackt ist, die er finden kann. Nach den riesigen Hochhauszeilen und lauten Straßen mit den rasenden gelben Taxis herrscht hier plötzlich Friede, Ruhe, Ordnung, und man bekommt sofort Lust auf einen romantischen Spaziergang. Seltsamer Gedanke, dass Bergdorf Goodman nur zehn Minuten zu Fuß entfernt ist, höchstens. Ich kann verstehen, warum Granny gern mit den Mini-Isabelles und Mini-Harrys herkommen würde. Doch wie Eisbärengebiet sieht es nicht gerade aus.

Ich komme zum Zoo, der ziemlich weit unten auf Edies Liste von kulturellen Pflichtveranstaltungen steht, und folge den Schildern zum Polarkreis. Irgendwann finde ich das große Felsengehege mit dem geräumigen Pool, und da sind sie. Zwei Eisbären, die auf einem Felsen sitzen und sich entspannt den Pelz kraulen. In der Nähe sitzt ein Mädchen mit kurzem kupferrotem Haar und Sonnenbrille, die sich wie ein Häufchen Elend an einen Becher heiße Schokolade klammert.

Als ich näherkomme, lächelt Jenny mich matt an.

»Hallo«, sagt sie und schiebt die Sonnenbrille hoch.

»Hallo, wie geht's dir?«

Sie antwortet nicht. Stattdessen beobachtet sie einen Bären, der sich ins eiskalte Wasser gleiten lässt.

»Hierher komme ich immer, um nachzudenken«, sagt Jenny.

»Es ist so schräg: zwei Eisbären mitten in New York City. Gus und Ida. Das sind jetzt meine Freunde.«

»Wir sind auch deine Freundinnen«, sage ich. »Und es tut mir leid wegen Edie, aber du weißt doch, wie sie ist … Außerdem hat sie mehr oder weniger gesagt, dass es ihr leidtut.«

Jenny lehnt sich ans Geländer und trinkt einen Schluck aus dem Becher.

»Wirklich?«, fragt sie. »Wieso denn? Sie hatte doch Recht, wie immer.«

Genau so was habe ich befürchtet.

»Jenny, es ist so sonnenklar, dass ich es gar nicht laut sagen muss«, fange ich an. »Was passiert ist – es ist nicht deine Schuld.«

»Was ist nicht meine Schuld?«

»Deine Mutter. Alles.«

»Das ist lieb von dir, Nonie. Aber so fühlt es sich nicht an. Außerdem – was ist, wenn ich das Gleiche habe?«

»Was?«

»Du weißt schon, wenn ich so wie meine Mutter werde.«

»Jenny! Nein!«

»Warum nicht? Was, wenn es in der Familie liegt?«

»Das kann gar nicht sein. Du bist so ein optimistischer Mensch, Jenny. Vertrau mir. Das passiert dir nicht.«

Sie lächelt mich mit Tränen in den Augen an. »Aber wenn es so wäre, dann wünschte ich, es wäre jemand bei mir. Es würde sich jemand um mich kümmern. Wenn ich in London wäre, könnte ich für sie da sein. Ihr helfen. Ich wollte zwar unbedingt weg, wollte alles hinter mir lassen, aber wenn Mum mich braucht …«

Sie beugt sich über ihren Becher, und trotz des schicken Haarschnitts und der Tom-Ford-Brille (oder besser Chanel-Brille – sie hat eine neue) sieht sie ganz klein und verloren aus.

»Gloria ist die Erwachsene von euch beiden«, erkläre ich. »Sie sollte sich eigentlich um sich selbst kümmern.«

»Aber was ist, wenn sie das nicht kann?«, flüstert Jenny. »Und was mache ich? Ich wache jeden Tag in diesem wunderschönen Haus auf und gehe ins Studio und singe diese schönen Songs ...«

»Du hast gesagt, Gloria will, dass du deine Chance ergreifst.«

»Das will sie ja. Aber Edie hat Recht. Es war nur ein Vorwand. Ich sollte mit euch nach Hause fahren. Eigentlich weiß ich es selbst. Ich werde noch andere Chancen im Leben bekommen. Vielleicht nicht solche wie diese, aber ... irgendwas kommt immer.«

Sie lächelt mich traurig an und nimmt meine Hand. Ich spüre, dass sie nicht mehr darüber reden will. Eine Weile sehen wir schweigend den Eisbären zu. Sie tun nicht viel. Eigentlich sind sie ziemlich langweilig. Einer von ihnen sieht mich seltsam an, und ich habe das ungute Gefühl, dass er meine Kunstpelzjacke mit einer knackigen Robbe verwechselt. Glücklicherweise scheint er zu faul, um auf die Jagd zu gehen.

Jenny dagegen kann sich nicht sattsehen.

»Ist es nicht toll, was sie für eine Energie haben?«, erklärt sie. »Sind sie nicht beeindruckend?«

Wenn sie beeindruckend im Sinne von todlangweilig meint, hat sie Recht. Wenigstens heitern die Bären sie irgendwie auf. Langsam bessert sich ihre Laune und sie kommt wieder in Schwung. Sie wirft einen Blick auf die Uhr.

»Oje. In einer Stunde ist Probe. Ich muss zum Theater. Willst du immer noch mitkommen?«

»Natürlich!«, sage ich. Doch sie sieht, dass ich zögere.

»Na gut. Bring Edie mit, wenn du willst. Sie stört ja nicht.«

»Danke«, sage ich und hole mein Handy raus.

Kapitel 45

Das Theater ist nur zwei Minuten vom Times Square entfernt. Ich sitze auf einem Platz in den hinteren Reihen und denke: »Donnerwetter, ich bin nur zwei Minuten vom Times Square entfernt«, während sich das Chaos um uns herum allmählich in etwas verwandelt, das an eine Gesangsprobe erinnert, was es ja auch sein soll. Aber man würde nicht sofort drauf kommen. Der ganze Saal ist voll mit Fernsehleuten und Equipment. Jedes Mal, wenn der Mann am Klavier ein Lied anfängt, muss er wieder abbrechen, weil der Sound nicht stimmt oder die Beleuchtung oder irgendwas anderes. Die ganze Zeit steht Jenny neben dem Klavier und sieht ernst und konzentriert aus, aber sie hält sich viel besser, als ich nach dem Eisbärtreffen befürchtet habe.

»Hast du ihr die Grüße ausgerichtet?«, fragt mich Edie nervös, die mit zwei Tüten voller Bücher und Poster aus der Frick Collection gekommen ist. Anscheinend ist es ein Kunstmuseum mit einer großen Sammlung. So was dachte ich mir schon.

Ich nicke. »Sie hat gesagt, du hattest Recht«, erzähle ich ihr. »Ihr ist klar, wie es um Gloria steht. Wirklich! Klarer, als du glaubst. Ich weiß nicht, ob sie noch lange hier mitmacht.«

Edie seufzt erleichtert und lächelt in Jennys Richtung.

»Gott sei Dank. Ich hätte nicht gedacht, dass sie auf mich hört.« Ihr Lächeln wird breiter und die Spannung fällt von ihr ab. Im nächsten Moment verfolgt sie, was die Fernsehleute tun, und ich weiß, dass ihr Edie-Superhirn bereits verarbeitet, wie eine Fernsehsendung gemacht wird. Nur für den Fall, dass sie dieses Wissen irgendwann mal braucht.

Nach zwei Stunden Hin und Her mit der Technik singt Jenny zum ersten Mal ein Lied ohne Unterbrechung von Anfang bis Ende durch. Der Song heißt »Mein anderes Leben« und hat eine traurige, eingängige Melodie. Jenny macht es gut, soweit ich es beurteilen kann. Ihre Wangen glänzen, also hat sie das mit den Tränen anscheinend auch hingekriegt.

»Okay fürs Erste«, ruft der Boss von den Fernsehleuten. »Fünfzehn Minuten Pause.«

Alle wirken erleichtert. Verschiedene Leute gehen auf die Ausgänge zu. Jenny kommt direkt zu uns.

»Du warst toll!«, sage ich. »Das Lied ist super.«

Jenny lächelt dankbar.

»War es das?«, fragt Edie. »Wo ist Mr Ward?«

»Ach, der ist noch gar nicht da«, sagt Jenny. »Das war erst zum Aufwärmen. Schau mal, da kommt er. Sie wollen ihn dabei filmen, wie er über den Song redet. Deshalb muss ich gleich noch mal vor ihm singen. Lasst uns rausgehen, solange wir warten müssen. Ich brauche ein bisschen frische Luft.«

Wir schlendern zur Straßenecke. Vor uns liegt ein Platz mit

hohen, eleganten Bäumen. Er ist voller Zelte, Bauarbeiter und Gewimmel.

»Seht mal!«, sagt Jenny. »Das ist Bryant Park. Sie bauen gerade die Fashion Week ab.«

Plötzlich jubelt Edie. Hinter den Zelten und Bäumen hat sie noch etwas entdeckt. Die Spitze des Empire State Building. Das ist so was von cool. Ich drücke Jennys Arm.

»Entschuldigt, Ladys«, meldet sich eine Stimme hinter uns. »Kann ich mal mit dir sprechen, Jenny?«

»Natürlich«, sagt Jenny.

Es ist der Mann, der bei der Probe Klavier spielt: Marty, der musikalische Leiter. Er ist klein, intensiv und ziemlich furchteinflößend. Den ganzen Morgen hat er kaum etwas gesagt, aber er hat Jenny genau beobachtet, und mir ist aufgefallen, dass er kein Mal gelächelt hat. Er nimmt Jenny beiseite. Edie und ich bleiben in der Nähe und tun so, als würden wir nicht jedes Wort mitkriegen wollen.

»Ich habe gerade mit Jackson gesprochen. Wir haben den Dreh immer noch nicht raus«, sagt Marty, der sich bei Jenny eingehakt hat und sie eindringlich ansieht.

»Ich tue mein Bestes«, sagt Jenny, doch sie sieht besorgt aus.

»Genau das ist der Punkt«, entgegnet Marty. »Ich will nicht dein Bestes. Ich will was anderes, von dem du nicht mal ahnst, dass es in dir steckt. Etwas, das nicht auf dem Notenblatt steht. Das nichts mit der Tonlage oder Modulation zu tun hat. Das alles machst du gut, aber darum geht's nicht. Es geht darum, was in dir steckt.«

Jenny sieht verunsichert und verwirrt aus.

»Hör zu, ich sag das nur zu dir, weil ich glaube, dass du wirklich was Besonderes bist, Schätzchen. Du hast das gewisse Etwas. Die Gabe. Wie Liza. Und Barbra. Die ganz Großen eben. Aber du musst danach graben. Du musst es tief in deinem Innern finden. Es ist was Rohes, Ungeschliffenes, und das musst du rausholen und mit den Leuten teilen. Das kann nicht jeder. Die meisten Leute wollen's nicht mal. Bei dir hab ich es oft *fast* gesehen, aber dann machst du immer wieder dicht. Heute will ich, dass du's rauslässt, okay? Und Jackson auch. Zeig uns, dass du's kannst. Sonst haben wir hier nur einen gewöhnlichen Song, und das wäre Verschwendung. Weil es wirklich was Besonderes sein könnte, und ich für meinen Teil finde, Jackson hat das Beste verdient.«

Er tätschelt ihr die Schulter, und dann geht er ins Theater zurück. Jenny bleibt wie angewurzelt stehen und sieht ihm hinterher. Edie und ich stellen uns neben sie.

»Ich bin mir sicher, dass Jackson dich gut findet, so wie du bist«, sage ich. Hoppla. Jetzt habe ich verraten, dass wir alles mitgekriegt haben. Aber es macht nichts. Jenny scheint es gar nicht zu bemerken.

»Wer ist eigentlich Liza?«, frage ich.

»Minnelli«, antwortet sie mechanisch.

»Und Barbra?«, fragt Edie.

»Streisand«, sagt Jenny und geht los. Edie und ich müssen uns beeilen, um hinterherzukommen. Sie ist so vertieft in das, was Marty gesagt hat, dass sie uns wahrscheinlich vergessen hat.

Wir setzen uns wieder ganz hinten ins Theater, und sie geht zur Bühne, wo sie gedankenverloren wartet, während die Fernsehleute ihr Equipment durchgehen. Diesmal setzt sich Jackson Ward ans Klavier. Langsam geht Jenny zu ihm. Sie bewegt sich, als würde sie durch Honig waten. Als sie am Flügel steht, lächelt Jackson ihr aufmunternd zu. Der Kameramann hält die Kamera genau auf ihr Gesicht. Dann fängt Jackson zu spielen an.

Zweimal singt Jenny die ersten Zeilen des Songs, und Jackson unterbricht sie. Sie hätte sowieso noch mal neu anfangen müssen. Ihre Wangen glänzen nass, und ihre Stimme ist brüchig. Vielleicht ist es gut, dass sie bald wieder nach Hause kommt.

Beim dritten Mal schafft sie es zur Hälfte, bevor Jackson sie unterbricht. Er redet leise auf sie ein und spielt ein paar Noten, als wollte er ihr etwas zeigen. Sie nickt.

Beim vierten Mal singt sie den ganzen Song.

Nur dass ich mir nicht sicher bin, ob es noch derselbe Song ist. Vorher war er traurig und eingängig. Jetzt ist er nicht mehr traurig – er ist viel mehr als das. Er ist tragisch. Als Jenny singt, spürt man ihren Schmerz in jedem herzzerreißenden Ton. Erst hat man das Gefühl, sie schafft es nicht, aber ihre Stimme wächst und wächst, bis sie am Ende das ganze Theater erfüllt und uns durchdringt und mit sich reißt, vor Entschlossenheit vibrierend.

Ich spüre das Vibrieren in der Wirbelsäule und den Schmerz in der Brust. Plötzlich weiß ich, wie es sich anfühlen würde, wenn Liam in diesem Moment mit mir Schluss machen würde. Der letzte Ton verklingt, und im Theater herrscht Stille. Jackson Ward macht ein verblüfftes Gesicht. Er wirft Marty einen Blick zu, der kaum merklich nickt. Dann sieht Jackson Jenny an und sagt: »Noch mal.«

Und sie singt noch mal von vorne. Dieselbe Stimme. Derselbe Schmerz. Derselbe triumphierende, mitreißende Schlusston und zarte Seufzer.

Mehrere lange Sekunden rührt sich keiner. Dann lächelt Jackson Jenny an. Sie sieht erschöpft und erschrocken aus, aber sein Lächeln scheint sie aufzuheitern.

Plötzlich wird es laut. Ein paar Leute, die in den Rängen stehen, kommen klatschend und jubelnd nach vorne. Marty läuft auf die Bühne, hebt Jenny hoch, küsst sie auf die Stirn und ruft: »Ja!«

Ich schließe mich dem Beifall an, weil ich endlich verstehe, was er mit der Gabe gemeint hat – die Gabe der ganz Großen. Jenny hat tief gegraben und jede Menge davon gefunden. Irgendwie schwebt es immer noch im Raum, wie Glitter, der uns daran erinnert, was wir gerade mit ihr durchgemacht haben.

Jackson steht von seinem Klavierhocker auf und führt sie behutsam von der Bühne. Als sie rausgehen, redet Marty mit dem Kameramann.

»Hast du das?«, fragt er.

»Darauf kannst du wetten«, sagt der Mann.

Marty nickt zufrieden.

Ich sehe Edie an, die wie in Trance neben mir steht.

»Hast du das gesehen?«, fragt sie.

»Darauf kannst du wetten!«, sage ich grinsend.

»Ich meine, hast du ihr Gesicht gesehen? Hast du gemerkt, woran sie dachte?«

»Äh, nein«, sage ich. »Hat sie nicht einfach ans Singen gedacht?«

»Unglaublich«, fährt Edie fort. »Das ist einfach unglaublich. Es war genau derselbe Ausdruck wie gestern Abend, als ich mit ihr über Gloria geredet habe. Es war genau derselbe Schmerz. Sie hat ihn einfach genommen und benutzt. Für einen *Song*.«

Edie dreht sich auf dem Absatz um und geht. Ich bin mal wieder in der alten Situation – ich weiß nicht, wen ich eher hängen lassen kann, Edie oder Jenny. Doch diesmal beschließe ich, dass Jenny mich mehr braucht. Ich lasse Edie gehen.

Als ich Jenny endlich finde, ist sie allein. Sie trinkt eine Tasse grünen Tee in einer der Theatergarderoben und sieht etwas weniger weggetreten aus als direkt nach dem Ende des Songs.

»Wie geht es dir?«, frage ich. »Ich meine, das war der absolute Hammer, aber geht es dir gut?«

Sie sieht auf und nickt. Einen Augenblick wirkt sie verlegen. Vielleicht denkt sie an Gloria. Aber dann holt sie tief Luft und lächelt.

»Mir geht's gut«, sagt sie. »Ich glaube, den Song habe ich raus. Jedenfalls ist Jackson der Meinung. Er sagt, wir haben die Zehn-Uhr-Nummer im Kasten. Und Marty ist endlich auch zufrieden. Also, ja, mir geht's gut.« Ihr Lächeln verblasst ein wenig. »Du weißt doch, dass ich heimkommen wollte, aber ich schätze, ich werde auch hier gebraucht.«

Sie sieht aus, als täte es ihr leid. Ausnahmsweise weiß ich, was ich sagen soll.

»Natürlich brauchen sie dich hier«, sage ich. »Und natürlich bleibst du in New York. Du kannst nicht *nicht* ... das da machen, was du eben gemacht hast. Du besitzt die Gabe. Ich freue mich riesig für dich. Und deine Mutter wird so stolz auf dich sein.«

Jenny beißt sich auf die Lippe. Plötzlich sieht sie viel älter als achtzehn aus. Eher wie die fünfundzwanzigjährige Königin mit vielen Sorgen. Aber sie bringt ein halbes Lächeln zustande.

»Danke, Nonie.« Sie schüttelt den Kopf und holt tief Luft.

Dann sieht sie sich um und will das Thema wechseln. »Hey, die ist aber schön.«

»Was?«, frage ich.

»Deine Tasche«, sagt sie. »Cooles Muster. Ist mir gestern schon aufgefallen. Echt süß.«

Die Luft im Raum wird ein bisschen klarer, als wir über Taschen reden statt über das Singen.

»Krähe hat sie gemacht«, erkläre ich, und dann erzähle ich ihr von Victorias Unternehmen. »Es ist wirklich sinnvoll.«

»Vielleicht könnte sie mir eine schicken«, sagt Jenny.

Ich verspreche, dass ich ihr einen ganzen Packen schicke. Vielleicht gibt es noch mehr Leute in New York, denen sie gefallen. Man kann nie wissen.

Kapitel 46

Es ist höchste Zeit, zurück in die Wohnung zu gehen.

Jetzt könnte ich Edie gebrauchen, die tausend Mal besser Karten lesen kann als ich. Aber ich tue mein Bestes. Ich gehe den Broadway hinunter, zumindest glaube ich, dass es der Broadway ist. Die Straße scheint in die richtige Richtung zu führen.

Dann fällt mir plötzlich auf, dass ich auf Ralph Lauren stehe. Also, nicht auf dem echten, sondern auf einer runden Plakette im Straßenpflaster mit seinem Namen und einer seiner Skizzen. Gleich daneben ist Halston, dann Diane von Furstenberg. Ich bin auf dem Fashion Walk of Fame gelandet. Verwirrt sehe ich mich um. Ich kann wohl doch nicht auf dem Broadway sein – sonst wäre hier der Theater Walk of Fame, oder nicht?

Auf dem nächsten Straßenschild steht Seventh Avenue – nicht Broadway, aber nahe dran. Mir wird klar, dass ich mitten im Garment District gelandet bin, dem traditionellen Viertel der Bekleidungsindustrie. Das erklärt auch die Tonne, an der ich gerade vorbeigekommen bin, mit den Schaufensterpuppenarmen und -beinen, die jemand für fünf Dollar das Stück verkaufen will. Und den Laden mit den Borten und Spitzen, und die ganzen Lieferwagen, die Kleiderstangen voll mit plastikverhüllten Klamotten ausladen. Ich habe nur nicht eins und eins zusammengezählt.

Dann kommt mir ein Gedanke. Irgendwo hier müssen die Kamelhaarmänner ihre Zentrale haben, auf der 37. Straße West. Fünf Minuten später stehe ich vor einem roten Backsteingebäude mit blinkenden, frisch geputzten Fenstern. Modeleute eilen geschäftig ein und aus, die meisten davon mit riesigen Kaffeebechern bewaffnet. Ich frage mich, ob ich eines Tages hier ein Praktikum machen könnte. Schließlich bin ich inzwischen Expertin im Kaffeeholen. Dann könnte ich in Krähes Nähe sein.

Doch wie Mum so freundlich erklärt hat, sie würden mich nicht nehmen. Nicht mal als Praktikantin. Die haben ganze Abteilungen voller hochqualifizierter Mitarbeiter, die alle können, was ich kann. Und die Leute, die ich sehe, wirken, als könnten sie Tabellenkalkulation im Schlaf. Wenn ich ehrlich bin, ist es ganz schön beängstigend. Und all die Leute sind darauf angewiesen, dass die Designer ihre Sache gut machen, weil davon ihre Existenz abhängt. Wenn ich eine Sechzehnjährige aus Uganda wäre, wäre es mir ein bisschen zu überwältigend, glaube ich. Nicht zum ersten Mal frage ich mich, was ich Krähe da einbrocke. Aber wenn die Kamelhaartypen sagen, sie wollen Krähe haben, müssen sie doch wissen, was sie tun, oder?

Als ich wieder bei Isabelle bin, ist Edie bereits da. Sie sieht genauso müde und deprimiert aus wie ich.

»Unser letzter Abend«, erklärt sie. »Hast du Lust, was zu unternehmen?«

Draußen ist es kalt und windig. Manhattan liegt uns zu Füßen, und wir haben noch ein paar Stunden rumzubringen.

»Nein«, sage ich. »Eigentlich nicht. Und du?«

Sie schüttelt den Kopf.

Wahrscheinlich sind wir die einzigen achtzehnjährigen Mädchen ohne Aufsicht in New York, die lieber zu Hause bleiben und Filme sehen.

Wir studieren Isabelles DVD-Sammlung. Vieles sind europäische Filme mit Untertiteln. Außerdem hat sie überraschenderweise ein Faible für Actionfilme, vor allem für solche, in denen Matt Damon vorkommt. Edie will natürlich einen französischen Film aus den sechziger Jahren sehen, und ich will *Die Bourne-Identität* sehen. Wir einigen uns auf *Green Card*. Wie sich rausstellt, geht es um einen Typ (Gérard Depardieu – Franzose, Edie zuliebe), der in New York arbeiten will, aber nicht darf.

Ich kenne das Gefühl. Als Eisbär wäre er besser dran gewesen.

Kapitel 47

Am nächsten Morgen ist Edie sehr still. Sie ist still, als wir packen – trotz der kaum zu bewältigenden Aufgabe, unser ganzes Zeug in zwei winzige Rollköfferchen zu zwängen. Sie ist still auf dem Weg zum Flughafen, und als wir uns von der wunderschönen Skyline von New York verabschieden. Sie ist still am Terminal, während ich die Dame am Check-in überrede, wenigstens einer von uns einen Fensterplatz zu geben, und während ich eine Stunde damit verbringe, mir aus allen wichtigen Modezeitschriften der Welt zwei auszusuchen, die ich mir leisten kann.

Irgendwas braut sich zusammen. Edie spielt auf Zeit, und ich weiß genau, sobald wir zehntausend Meter über dem Atlantik sind und ich nicht weglaufen kann, packt sie aus. Doch nach zwei Stunden, zwei *Vogues* (der amerikanischen und der französischen) und einer Folge *Simpsons* hat sie immer noch nichts gesagt, und langsam halte ich die Spannung nicht mehr aus.

»Äh, Edie, hast du irgendwas auf dem Herzen?«

Sie wendet sich vom Fenster ab und sieht mich an. Sie hat immer noch Wolken in den Augen. Langsam konzentriert sie sich auf mich.

»Nein. Ich glaube nicht«, sagt sie.

Zwei Stunden lang hat mir davor gegraut, aber jetzt würde ich es gern hinter mich bringen.

»Wegen Jenny …?«

Sie seufzt. »Ach so. Wegen Jenny.«

Na also. Ich bin zwar noch nicht direkt in Crash-Position, aber ich stelle mich darauf ein. Edie zum Thema gefährdete Nashornarten oder afrikanische Dörfer ohne Wasseranschluss oder Ähnliches ist schon eine furchterregende Erfahrung. Edie zum Thema Freundin, die beschließt, einem *Song* den Vorrang vor der eigenen Mutter zu geben – ich gebe zu, dass ich mich vorsorglich wegducke.

»Ich habe nachgedacht«, sagt sie langsam.

»Ach ja?«

»Ich habe mich geirrt.«

»Wie bitte?« Ich bin geschockt. Diese Worte habe ich noch nie aus Edies Mund gehört. Und ich kenne sie seit der Mittelstufe.

»Als ich aus dem Theater marschiert war, bin ich zurückgekommen, aber du warst nicht mehr da«, fährt sie fort. »Jemand sagte, du wärst bei Jenny in der Garderobe. Ich wette, du hast ihr gut zugeredet. Warst für sie da. Genau das, was sie gebraucht hat. Ich war nicht für sie da. Ehrlich gesagt, ich schäme mich.«

»Wirklich?«

Edie nickt und sieht mich traurig an.

»Ich denke ständig nur daran, was die Leute eigentlich tun sollten. Aber ich kann sie nicht ändern. Die Leute sind, wie sie sind. Ich habe Jenny lieb. Und sie tut, was richtig für sie ist. Ich sollte sie einfach ihren Weg gehen lassen. Meinst du nicht? Nonie?«

Ich starre sie ungläubig an. Bringe kein Wort heraus. Ich meine, Edie schafft es immer, mich zu überraschen, aber das hier ist völlig surreal. Es klingt so gar nicht nach Edie.

»Ich verstehe das nicht«, seufze ich.

Jetzt sieht Edie noch trauriger aus. »Wirklich? O Gott, bin ich so verbohrt, dass du dir nicht mal vorstellen kannst, dass ich Jennys Freundin bleiben will?«

Ja. Sie hat den Nagel auf den Kopf getroffen. Aber das kann ich natürlich nicht sagen.

»Gar nicht!«, sage ich. »Natürlich nicht. Du bist eine tolle Freundin.«

Sie lächelt mich an.

»Und jetzt lügst du. Um lieb zu sein. Wie du es immer tust, Nonie. Nicht, dass du immer lügst, meine ich – auch wenn du es ziemlich häufig tust. Ich meine, du bist immer lieb. Für dich steht Freundschaft an oberster Stelle. Ich sollte dich zum Vorbild nehmen.«

Hallo? Das Genie unserer Schule, das Mädchen, das in jedem Club und jedem Orchester Mitglied ist (sofern sie darf), das in Eigeninitiative genug Geld gesammelt hat, um in Afrika EINE SCHULE ZU GRÜNDEN, will mich zum Vorbild nehmen? Was ist hier los?

»Jetzt schau nicht so schockiert«, sagt sie. »Ich meine es ernst. Und das, was ich über Jenny gesagt habe, auch. Sie hat unglaublich gesungen. Natürlich würde Gloria wollen, dass sie ihre Chance ergreift. Ich meine, vielleicht könnte *ich* meine Mutter nicht allein lassen, aber ich bin nicht Jenny. Vielleicht sollte ich sie einfach unterstützen.«

Bevor ich noch mehr in Schock und Fassungslosigkeit verfalle, hole ich tief Luft, um nicht unhöflich zu sein.

»Cool«, sage ich. »Fantastisch.«

»Ehrlich?«

Edies skeptischer Blick verwandelt sich in ein nervöses Lächeln und dann in ein Grinsen. Sie nimmt mich in den Arm. Was ein bisschen umständlich ist, weil wir in echt engen Flugzeugsitzen stecken und Edie sowieso nicht die weltbeste Umarmerin ist. Aber sie versucht es, und das ist toll. Dann wird mir klar, dass ich mir jetzt keine stundenlangen Klagen über Jenny anhören muss, und das ist erst recht toll.

Fünf Minuten später kommt die Stewardess und fragt, was wir essen möchten. Ich sehe Edie an, aber sie ist eingeschlafen. Ihr Gesicht wirkt friedlicher, als ich sie seit Monaten gesehen habe. Und hübscher. Ich beschließe, dass sie Schlaf nötiger hat als Flugzeugessen, und lass sie schlafen.

Wodurch ich plötzlich mehrere Stunden zum Nachdenken habe. Ich bin nicht besonders gut im Nachdenken. Wenn ich nachdenke – außer über Liam –, dann gewöhnlich darüber, wie Krähe ohne mich Karriere macht, oder über Mum und Vicente und unser Haus, und das kann ich im Moment nicht verkraften.

Ich versuche mir auf dem winzigen Bildschirm eine romantische Komödie anzusehen, aber es hilft nicht. Am Ende denke ich über Isabelles Wohnung nach. Wie hübsch es dort ist. Wie voll mit Andenken an Harry. Und dann begreife ich endlich, was mich schon seit Monaten stört. Was bei den beiden nicht stimmt. Nach der Edie-Überraschung kann ich plötzlich alles in einem neuen Licht sehen.

Es ist nicht gerade eine schöne Erkenntnis über meinen Bruder. Im Gegenteil, sie ist eher tragisch. Stundenlang grüble ich und frage mich, was ich tun soll, und wünschte, ich könnte es einfach vergessen. Das Problem ist, ich liebe meinen Bruder, und ich muss was tun.

Kapitel 48

Glücklicherweise wohnt Isabelle während der Londoner Modenschauen im Hotel und nicht bei uns. Das hätte es relativ schwierig für mich gemacht zu sagen, was ich zu sagen habe. Und glücklicherweise stimmt Liam zu, dass ich wahrscheinlich das Richtige vorhabe, als ich ihm von meiner Erkenntnis erzähle. Nach dem Willkommen-zu-Hause-Kuss. Und dem Ich-hab-dich-vermisst-Kuss. Und noch ein paar anderen Küssen, die er sich einfallen lassen hat.

Ich finde einen geeigneten Moment, als Harry zu Hause ist und sonst nicht viel los. Ich stärke mich mit einem doppelten Cappuccino und einer Tüte M&Ms. Harry ist in seinem Zimmer und packt für Mailand, wo er bei ein paar Modenschauen auflegt, aber er scheint sich zu freuen, als ich ihn besuche. Ich fühle mich wie eine Verräterin.

»Du, Harry«, fange ich an, »du weißt doch, die Wohnung, die du und Isabelle in New York mieten wollt?«

»Ja?«, sagt er und wirft ein paar Socken in den Koffer.

»Wie stellst du es dir so vor? Im Detail, meine ich?«

Es ist nicht die Ansprache, die ich mir vorgestellt habe. Im Sinne von flüssig und wohl formuliert.

»Na ja«, sagt er, immer noch mit den Socken beschäftigt. »Groß, weißt du. Natürlich voll mit Issys Sachen. Die ganzen Tücher, die sie sammelt. Groß genug für dich ...«

»Das habe ich nicht gemeint, Harry«, unterbreche ich ihn. »Ich meine, was ist mit *deinen* Sachen? ... Wie stellst *du* es dir vor?«

Jetzt sieht er genervt auf. »Das ist Issys Ding. Sie hat einen tollen Geschmack. Was willst du mir sagen, Nonie?«

Sein scharfer Blick wird sanfter, als er sieht, wie unbehaglich ich mich fühle. Er merkt, wie schwer es mir fällt. Harry runzelt die Stirn.

»Mal im Ernst. Was meinst du wirklich?«

»Also«, sage ich. »Ich habe Isabelle in New York gesehen, und ich weiß, wenn ich sie dasselbe gefragt hätte, hätte sie mir im Detail antworten können. Weil sie sich alles vorstellt, die ganze Zeit, und sich darauf freut. Sie liebt dich so, Harry. Aber immer wenn ich dich frage, oder wenn Mum dich fragt, weichst du dem Thema aus. Und ich habe das Gefühl, dass du nicht viel drüber nachdenkst, oder? Du stellst dir euer gemeinsames Leben nicht vor.«

Ein Schweigen entsteht.

»Oder, Harry?«

Weiteres Schweigen. Es füllt das ganze Zimmer. Und es ist sehr ungewöhnlich, dass in Harrys Zimmer Schweigen herrscht, aber er braucht ein bisschen Zeit zum Nachdenken.

Erst sieht Harry wütend aus, dann ängstlich, und dann traurig. Er setzt sich neben mich, doch er sieht mich nicht an. Er spielt mit einem losen Faden am Knie seiner Jeans.

»Ich versuche es. Aber dann sehe ich immer nur mich selbst irgendwo an einem Strand. Allein. Abgehauen. Woher hast du das gewusst?«

»Weil ich dich lieb habe«, sage ich. »Weil ich deine Schwester bin. Weil ich weiß, wenn irgendwas nicht stimmt. Ich glaube, Krähe hat es auch gemerkt. Deshalb hat sie es nicht geschafft, Isabelles Kleid richtig hinzubekommen.«

Harry lacht kurz. Eine Pause entsteht. Dann sagt er: »Als ich Issy gefragt habe, ob sie mich heiratet, hat es sich angefühlt, als ob alles stimmt. Es ist einfach passiert. Sie war genauso überrascht wie ich. Sie ist so wunderschön, Nonie. Auch von innen. Sie ist einfach ein vollkommenes Mädchen.«

Ich nicke. Nachdem ich Isabelle unter die Lupe genommen habe, stimme ich ihm zu. Sie ist vollkommen. Das einzige Problem ist, vollkommen ist nicht immer das Richtige.

»Ich habe einfach gedacht, wir würden ewig so weitermachen«, sagt Harry. Er schüttelt den Kopf, als würde er sich über sich selbst ärgern. »In dem Moment hat es sich richtig angefühlt. Aber dann wurde das mit der Hochzeit eine immer größere Sache. Und wir haben angefangen über Kinder zu reden, also, Isabelle zumindest. Dann hat sie mein Gesicht gesehen und einen Rückzieher gemacht und gesagt, vielleicht schaffen wir uns einen Hund an. Für den Anfang. Ich hatte ein ziemlich schlechtes Gewissen.«

Er sieht mich hilflos an. Offensichtlich ist er nicht stolz auf sich, aber er ist ratlos.

»Du bist erst vierundzwanzig«, sage ich.

»Sie ist einundzwanzig. Aber sie weiß genau, was sie will. Und sie meint es ernst. Warum sollte es bei mir anders sein?«

Ich zucke die Schultern. »Nicht alle sind so erwachsen wie Isabelle«, sage ich. »Aber du musst es ihr sagen. Das weißt du, oder? Bevor du ihr vollkommen das Herz brichst.«

Er springt auf und fängt an mehr Sachen in seinen Koffer zu stopfen.

»Das ist ja das Problem. Siehst du das nicht? Das geht mir seit Monaten durch den Kopf. Ich kann sie jetzt nicht hängen lassen. Es würde ihr wirklich das Herz brechen. Und das würde ich mir nie verzeihen. Das hat sie nicht verdient.«

Er fängt meinen Blick auf. Es ist der Blick einer Schwester, die ihn kennt und weiß, was richtig ist. Ich sage nichts, aber er zuckt trotzdem zusammen.

»Das verstehst du doch, oder, Schwesterchen?«

Ich stehe auf und gehe zur Tür. Dort bleibe ich einen Moment stehen, die Hand auf der Klinke. »Irgendwann kommt sie selbst drauf«, sage ich. »So wie ich drauf gekommen bin. Und wie fühlt sie sich dann?«

Er sinkt zusammen, als hätte ich ihn mit einem Kricketschläger geschlagen. Ich gehe hinaus, so leise ich kann. Als ich wieder in meinem Zimmer bin, rufe ich Liam an, der mir noch einmal versichert, dass ich das Richtige getan habe.

Aber es fühlt sich nicht so an. Normalerweise fühlt man sich gut, wenn man das Richtige getan hat. Als hätte man etwas geleistet. Aber ich fühle mich einfach nur elend und leer. Hätten wir bloß noch einen Aufsatz über Shakespeares Tragödien zu schreiben, ich bin in der Stimmung dafür. Leider steht stattdessen BWL auf dem Plan. Juhu.

»Hat er nicht!«

Gestern hat Mum mit Granny telefoniert und dabei geschluchzt. Heute sitzt Granny bei uns in der Küche. Mum schluchzt immer noch, aber diesmal persönlich.

»Hat er. Er hat vorgestern Abend aus Mailand angerufen.«

»*Warum bloß?*«, heult Granny. »Sie ist die beste Partie, die er je machen wird!«

»Er sagt, er liebt sie nicht.«

»Er liebt sie nicht? Der Junge ist komplett verknallt.«

»Das ist es ja«, sagt Mum in einer kurzen Pause zwischen den Schluchzern. »Er ist verknallt, aber er liebt sie nicht. Nicht richtig, auf Dauer. Das hat er gesagt.«

»Idiot«, sagt Granny grimmig, während sie ein Taschentuch herausholt und es Mum reicht. »Er weiß ja nicht, wovon er redet. Ich wette, sie hat es nicht gut aufgenommen.«

Damit tröstet sie Mum nicht, die nickt und weiterschluchzt. »Anscheinend ist sie am Boden zerstört. Sie musste mehrere Modenschauen absagen. Das arme Mädchen.«

»Warum gerade jetzt?«, fragt Granny wütend. »Warum in Gottes Namen ausgerechnet jetzt?«

Mum sieht sie ratlos an und zuckt die Schultern. Ich habe die beiden durch die Tür beobachtet und beschließe mich aus dem Staub zu machen. Leider ist es schwer, in Doc Martens unbemerkt zu verschwinden, und Granny ruft mich zurück.

»Nonie! Sag mir, dass du nichts damit zu tun hast.«

Lüge, sage ich mir. Lüge einfach. Du weißt, dass du es kannst. Du lügst die ganze Zeit. Lüge, bis sich die Balken biegen. Aber Granny starrt mich mit diesem Blick an, den nur Granny draufhat.

»Vielleicht habe ich erwähnt, dass ich mir Sorgen um ihn mache«, sage ich.

Mum sieht mich entsetzt an. Granny wird fuchsteufelswild. Die nächsten fünfzehn Minuten sind nicht im Entferntesten witzig. Als es vorbei ist, habe ich gerade noch genug Kraft, mich hoch in mein Zimmer zu schleppen und Liam einen traurigen Smiley zu schicken, bevor ich mich in meinem Bett einrolle.

Er ruft sofort zurück. Ich entrolle mich kurz, um das Telefon zu suchen, das ich auf den Boden geworfen habe. Dann rolle ich mich wieder zusammen.

»Was ist passiert?«, fragt er. »Nicht zufällig irgendwas, das mit deiner verrückten Großmutter zu tun hat?«

Ich erzähle ihm von dem Gespräch.

»Sie geben *dir* die Schuld?«, fragt er.

Ich lasse die letzte Viertelstunde noch mal Revue passieren. Und ja, das trifft es ungefähr.

»Aber du hast nur versucht Harry daran zu hindern, einen Weltklassefehler zu machen.«

»In Grannys Augen habe ich aus egoistischen Motiven Harrys Glück zerstört, nur damit ich mein Zimmer behalten kann. Als Mum das hörte, war sie erst richtig entsetzt.«

»Hör zu – wenn er Isabelle wirklich lieben würde, hätte er einfach zu dir gesagt, du sollst keinen Quatsch reden. Er hätte bestimmt nicht mit ihr Schluss gemacht, nur damit du dein Zimmer behalten kannst.«

Ich seufze. Nett, dass Liam das zu mir sagt. Aber ich wünschte, er wäre da gewesen und hätte es zu Granny gesagt. Ich hätte gern gesehen, wie er es versucht.

»Tut mir leid«, sagt er. Er hat gemerkt, dass er mich damit nicht tröstet. »Die kriegen sich schon wieder ein.«

»Ja, sicher.«

»Nonie?«

Er spürt, dass da noch was ist. Etwas, das ich nicht sage. Etwas, das noch schlimmer ist.

Ich zögere. Bis vor ein paar Wochen hätte ich das, was ich jetzt sage, nie jemandem erzählt, aber die Dinge haben sich geändert. Manche auch zum Guten. Und dazu gehört, dass ich Liam alles sagen kann, weil ich ihm vertraue.

»Es war, als ich gegangen bin. Ich war schon auf der Treppe, aber dann bin ich noch mal stehen geblieben ... und habe gehört, was Granny zu Mum gesagt hat.«

»Und das war?«

Ich zögere. Ich versuche Grannys Stimme nachzumachen, um witzig zu klingen, aber es kommt schief und falsch raus. »Das ist dann schon die zweite Hochzeit in der Familie, die das Mädchen ruiniert. Was kommt wohl als Nächstes?«

»Das ist nicht dein Ernst, oder? Das hat deine Großmutter gesagt?«, fragt er. Er ist völlig geschockt, was irgendwie tröstlich ist.

»Aber sie hat Recht«, sage ich. »Und ich habe mir solche Mühe gegeben, es nicht zu tun. Ich habe mir solche Mühe gegeben, lieb zu sein.«

»Du bist lieb, Nonie«, sagt er. »Verdammt, ich wünschte, ich könnte jetzt bei dir sein. Du hast mit deiner Mutter immer noch nicht geredet, oder?«

Ich schüttele den Kopf. Was er am Telefon nicht sehen kann, aber ich bin ganz durcheinander.

»Rede mit ihr«, sagt er langsam wie zu einem kleinen Kind oder einer Touristin, die nach dem Weg fragt. »Und zwar schnell. Das wird ja immer lächerlicher.«

Ich verspreche mal wieder, mit Mum zu sprechen. Inzwischen weiß Liam, dass ich manchmal schwindele, aber am Telefon kann er nicht viel dagegen tun. Außerdem wäre es wirklich ein ungeeigneter Zeitpunkt, jetzt auch noch die ganze Sache mit meinem Vater und Affären und Fehlern und vergeudeten Beziehungen aufzuwärmen. Von unten höre ich laute Stimmen. Mum klingt richtig außer sich. Nicht mal Granny kann sie noch trösten. Das Letzte, was sie braucht, ist, dass ich noch mehr in unserer Familiengeschichte herumrühre.

Als ich irgendwann später runtergehe, ist es still. Granny ist weg, und Mum auch. Sie hat mir einen Zettel hingelegt, auf dem steht, dass sie erst spät wiederkommt. Ich habe das Gefühl, ich habe alle vertrieben, und ich frage mich, ob es nicht das Beste für alle wäre, wenn ich mir irgendwo ein Zimmer miete. Dann könnte Mum in Rio leben, und ich wäre zur Abwechslung zu weit weg, um ihr das Leben zu verpfuschen. Liam hat gesagt, das Ganze ist lächerlich, und vielleicht hat er Recht. Vielleicht sieht es von außen lächerlich aus. Aber wenn man drinsteckt, sieht es einsamer aus, als ich mir je vorstellen konnte.

Kapitel 49

Später bekomme ich eine E-Mail von Krähe.

> Die Kamelhaarmänner sind in London wegen der Modenschauen. Ich trefe sie am Samstag. Was ist ein Senior Vice President für Talent- und Personalstrategie? Weil ich so einen auch trefe. Ach, und Isabelle hat angeruhfen und das Kleid abgesagt. Sie klang, als hätte sie eine schlimme Erkeltung. Alles in Ordnung bei ihr? Hoffe, es war schön in New York.

Sie hat also beschlossen allein zu dem Meeting zu gehen, ohne mich zu fragen, ob ich mitkommen will. Na gut. Kein Problem. Damit hätte ich rechnen müssen. Was ihre Fragen angeht, habe ich auch keine Antwort, weder auf die eine noch auf die andere. Die erste kann ich im Internet recherchieren. Bei der zweiten kann ich nur raten. Und ich würde mal raten, nein.

Wenigstens redet Krähe noch mit mir. Was mehr ist, als von

mir kam, seit ich aus New York zurück bin, wie mir jetzt auffällt. Ich schicke ihr sofort eine Nachricht zurück, in der ich von Jenny und dem Song erzähle und von Harry und meiner großen Klappe. Ich hatte ganz vergessen, dass Krähe schon mit einem neuen Entwurf für das Brautkleid angefangen hat, das nun meinetwegen nicht mehr gebraucht wird. Ich frage mich, was für ein Kleid es geworden wäre. Ich werde es nie erfahren.

Ich habe noch so viele Fragen an Krähe. Was sie jetzt vorhat, und wie sie sich entscheiden würde, wenn sie zwischen New York und Uganda wählen müsste. Nach Liam ist sie der Mensch, den ich im Moment am liebsten bei mir hätte, hier auf dem Boden in meinem Zimmer, selbst wenn sie gar nichts sagt. Ich vermisse, dass sie sich Bücher ausleiht. Ich vermisse ihr nervendes Schulterzucken und ihre total entspannte Art. Ich vermisse ihren ständig wachsenden Afro, und dass man nie weiß, womit sie ihn als Nächstes schmückt. Ich vermisse zu sehen, wie sie ein paar Stofffetzen nimmt und ein Kunstwerk daraus macht.

Und genau das ist der Punkt. Weil sie so gut darin ist, muss ich sie gehen lassen. Wie Jenny hat sie eine Gabe. Es wäre egoistisch von mir, wenn ich ihr sagen würde, wie sehr ich mir wünsche, dass wir zusammenbleiben. Besser, ich tue so, als wäre es mir recht, wie es im Moment läuft. Wie Edie schon gesagt hat, ich bin gut im Lügen.

Als ich die E-Mail an Krähe abgeschickt habe, google ich Jenny, um zu sehen, ob es irgendwelche neuen Neuigkeiten gibt, die mich ablenken. Normalerweise steht immer irgendwo ein Sätzchen über sie, aber heute spielt das Internet total verrückt. Jenny ist ganz oben in den Schlagzeilen. Überall stehen Geschichten über sie.

JACKSON WARD ENTDECKT NEUEN BROADWAY-STAR
WARDS KUPFERROTE GRANATE
BROADWAYS NEUER BRITISCHER DARLING

Jemand hat den Clip ihres Songs bei YouTube »durchsickern« lassen, wo er schon über 90000 Aufrufe hat. Ich kann gar nicht hinsehen. Jennys kummervolles Gesicht ist nicht das, was mich jetzt aufheitert. Doch es erfüllt seinen Zweck: Der Kartenvorverkauf für *Die Prinzessinnen* bricht alle Rekorde. Obwohl es noch Monate hin sind, ist es die sehnlichst erwartete Broadway-Premiere aller Zeiten.

Ich drucke die Geschichte aus, um sie später einzukleben. Liam meinte, ich soll ein Album über Jenny machen. Das Gleiche hat Mum vor Jahren für Krähe begonnen, als ihre Karriere gerade anfing. Es macht Spaß, kleine Artikel zur Show aufzustöbern und einzukleben, neben Jennys *Vogue*-Fotos, der Miss-Teen-Werbung auf dem Elefanten mit dem Taj Mahal im Hintergrund und den Kritiken zu dem Theaterstück, dem Film (zumindest den einigermaßen guten) und *Annie*. Ich will es am Wochenende Gloria vorbeibringen. Jennys Album ist die beste Ablenkung von ... allem. Außer von meinem Freund. Er ist unglaublich, aber von ihm brauche ich keine Ablenkung.

Bis Sonntag ist das Album fertig. Als Liam wie verabredet kommt, um mich abzuholen und zu Gloria zu begleiten, findet er mich mit meinem traurigen Bruder am Küchentisch. Harry hat sich noch nicht verzogen, was er Isabelle angetan hat. Er musste selbst ein paar Shows absagen, weil er so fertig ist.

»Habt ihr was vor?«, fragt er.

Ich erzähle ihm von dem Album.

»Richtet Gloria gute Besserung von mir aus«, sagt er. »Kommt Edie auch mit?«

»Mhm.«

»Du könntest sie nicht vielleicht nach ein paar Ideen für gemeinnützige Aktionen fragen, oder? Ich habe das Gefühl, ich muss etwas Gutes tun. Vielleicht fällt ihr was ein.«

Ich verspreche sie zu fragen. Armer Harry. Ich wünschte, ich könnte ihm auch einfach ein Album machen. Aber ich weiß nicht, wie ein Schluss-mach-Album aussehen würde. Wahrscheinlich ist es eine Zeit, an die er lieber kein Andenken will.

Gloria sitzt in ihrem Sessel in der Küche, und Edie wuselt um sie herum und kocht Kaffee. Gloria sieht fast wieder wie die Alte aus, die Haare zu einem lockeren Knoten aufgesteckt und mit etwas mehr Fleisch auf den Rippen. Es ist schwer zu sagen was – der Schock des Krankenhausaufenthalts, die Medikamente, die sie ihr gegeben haben, Jennys Erfolg in New York oder einfach nur die Chemie in ihrem Gehirn –, jedenfalls hat irgendwas ihre Stimmung verändert. Sie lächelt, als wir kommen, und sie muss weinen, als sie das Album sieht und jede Seite genau studiert.

»Vielen Dank, dass du dich um meine Kleine kümmerst«, sagt sie mit schwacher Stimme und streckt mir die Hand hin. Ich nehme sie und bemerke, wie knochig und zittrig sie ist.

»Na klar«, sage ich. »New York ist so toll. Sie müssen sie bald besuchen.«

Dann fällt mir wieder ein, dass das nicht geht. Jenny hat irgendwas wegen der Reiseversicherung erzählt, und Gloria wirkt ohnehin zu gebrechlich, um zu fahren. Es ist mir peinlich, aber Liam rettet mich.

»Eine schöne Wohnung haben Sie, Gloria. Sehr gemütlich.«

Sie lächelt ihn dankbar an. »Edie hält alles für mich in Schuss.« Sie winkt ihn heran, und er beugt sich vor. »Edie hat mir das Leben gerettet, weißt du?«

»Ach, so ein Unsinn«, wirft Edie ein und wird feuerrot, während sie an der Kaffeekanne herumhantiert. So wie sie in der Küche herumwuselt, erinnert sie mich an ihre Mutter, nur eine größere, verkopftere Version von ihr, mit einem besseren Haarschnitt.

»Doch«, sagt Gloria ernst und sieht meinem Freund tief in die wunderschönen blauen Augen. »Mehr als einmal. Sie tut es ständig.«

Edie lacht. »Ständig? Ich hab nur einmal den Notarzt gerufen. Das hätte doch jeder getan.« Sie ist verlegen. Aber Gloria schüttelt den Kopf.

»Es war aber nicht jeder an deiner Stelle. Wer sonst wäre schon mitten in der Nacht vorbeigekommen?«

»Kaffee?«, fragt Edie, um das Thema zu wechseln.

»Und die ganzen anderen Male, als du vorbeigekommen bist«, fährt Gloria fort, ohne auf sie zu hören. »Du wusstest nicht einmal, ob du mir hilfst oder nicht, aber du hast es getan. Du hast sogar deinen Platz in Harvard dafür geopfert. Du brauchst es nicht abzustreiten, Edie, ich weiß es.«

Edie zuckt zusammen. Wahrscheinlich erinnert sie sich gar nicht mehr, dass sie Gloria von dem ganzen Stress im letzten Halbjahr erzählt hat, aber schließlich war sie jeden Tag da und hat mit ihr geplaudert.

»Nein«, erwidert sie, »ich habe gar nichts geopfert, Gloria, keine Sorge.«

»Doch«, beharrt Gloria. »Wenn du nicht jeden Morgen hierhergekommen wärst, hättest du mehr Zeit gehabt ...«

»Nein, so meine ich es nicht.« Edie stellt ein paar Becher auf den Tisch und beginnt Kaffee auszuschenken. »Ich habe den Platz bekommen. Letzte Woche kam der Brief.« Dann lässt sie sich neben mir auf einen Stuhl fallen. Und sagt, als wäre sie selbst verblüfft: »Ich habe sogar ein Stipendium bekommen. Seht mal.«

Sie zieht ein sehr zerknittertes Blatt aus der Tasche und legt es auf den Tisch. Das Papier wurde offensichtlich häufiger auseinander- und zusammengefaltet, aber bis jetzt hat Edie kein Wort darüber verloren. Und wirklich, es ist ein Brief von Harvard mit dem Glückwunsch zum Stipendium. Wir starren ihn an, Edie eingeschlossen.

»Ich kann es immer noch nicht glauben«, sagt sie. »Unsere Direktorin sagt, sie hätte mir eine super Empfehlung geschrieben. Und sie haben sich alles angesehen, was ich in den letzten Jahren gemacht habe. In den Tests habe ich am Ende doch ganz gut abgeschnitten. Aber ...«

»Alles in Ordnung, Nonie?«, sagt Liam, der mich besorgt ansieht.

»Klar«, sage ich. »Ich habe mir nur vorgestellt, wie Edie nach Boston zieht. Herzlichen Glückwunsch! Boston! Wow! Amerika! Fantastisch! Juhu!«

Ich stammele. Aber sie werden mir so schrecklich fehlen. Edie. Und Jenny. Und Krähe ...

Oje. Gestern war Krähes Kamelhaar-Meeting. Sie hat weder angerufen noch gemailt. Heißt das, sie haben ihr einen Job angeboten, und sie traut sich nicht es mir zu sagen? Oder wollten sie sie doch nicht, und das will sie mir auch nicht sagen?

Edie hüstelt und macht ein verlegenes Gesicht.

»Also, ehrlich gesagt«, sagt sie, »ich gehe nicht. Ich habe schon angerufen und abgesagt.«

»WAS?«, rufen wir wie aus einem Mund.

Edie lächelt. »Seit Weihnachten habe ich meine Meinung nicht geändert. Harvard ist nichts für mich. Oder Boston. Du hast es die ganze Zeit gewusst, Nonie. Ich hätte schreckliches Heimweh. Außerdem will ich nicht mein ganzes Leben im Flugzeug verbringen. Ich will hier arbeiten. In London. Ich will Psychiaterin werden, glaube ich.«

Gloria seufzt und hält Edie ihre knochige Hand hin, die sie nimmt. Edie wollte Gloria von Anfang an heilen. Und wenn sie ihre ganze Karriere darauf ausrichtet, wird sie es auch schaffen.

»Ich bewerbe mich am University College London«, fährt sie fort. »Das ist gleich um die Ecke. Falls sie mich nehmen. Krähe wird froh sein. Sie hat immer gesagt, wie schrecklich sie die Vorstellung findet, dass wir uns alle trennen und verschiedene Wege gehen. Harvard ist zwar eine tolle Universität, aber ...«

Sie redet weiter, aber ich höre nicht mehr hin. Plötzlich muss ich nachdenken.

»Entschuldigt«, sage ich dann aus heiterem Himmel. »Mir ist gerade was eingefallen. Ich muss los. Tut mir leid. War schön, Sie zu sehen, Gloria.«

Und dann packe ich meine Tasche und gehe, während Edie mir verblüfft hintersieht und Liam mir nachläuft.

»Was war das denn?«, fragt er, als wir auf der Straße stehen.

»Du sagst mir ständig, dass ich mit den Leuten reden muss«, erkläre ich. »Ich muss mit Krähe reden. Und zwar jetzt gleich. Ich muss wissen, was sie tun will. Selbst wenn es schlechte Nachrichten sind – ich meine natürlich, gute für sie. Ich muss es rausfinden. Und Edie hat gerade so was gesagt …«

»Ich komme mit«, schlägt er vor.

Aber manche Dinge muss ich alleine tun. Ich lasse mir einen Viel-Glück-Kuss geben und verspreche ihm, dass ich ihm erzähle, was passiert. Dann winkt er ein Taxi heran (er ist der *perfekte* Freund) und leiht mir Geld, damit ich so schnell wie möglich zu Krähe komme.

Kapitel 50

Henry macht die Tür auf.

»Ist Krähe da?«, frage ich.

»Nein. Sie ist unterwegs. Sie hat gesagt, sie muss nachdenken. Sie kommt später wieder.«

»Gut. Sag ihr, ich mache das Gleiche«, sage ich.

»Soll ich ihr irgendwas ausrichten?«

»Nein. Nur ... nur, dass ich sie sehen muss, okay?«

»Okay.« Er lächelt. »Da wird sie sich freuen.«

»Wirklich?«

Er nickt.

Ich denke an die verschwendete Taxifahrt und versuche, nicht zu enttäuscht zu sein.

»Harry?«

Zu Hause gehe ich in die Küche, um Zeit totzuschlagen. Harry scheint dasselbe zu tun. Ich habe das Gefühl, er hat sich nicht wegbewegt, seit Liam und ich heute Morgen gegangen sind.

»Hallo.«

»Bist du mir böse? Wegen dem, was ich gesagt habe? Wegen dir und Isabelle ... Ich meine – hab ich es verbockt?«

Er sieht mich verwundert an. Dann steht er langsam auf, nimmt mich in den Arm und drückt mich.

»Nein, Schwesterchen. Ich habe es verbockt. Du hast dafür gesorgt, dass es nicht noch schlimmer wird. Warum?«

Ich bleibe eine Minute so stehen, in seine Arme gewickelt.

»Na ja, manchmal mache ich mir Gedanken. Du weißt schon, dass ich ... zu nichts nutze bin. Du hast dein DJ-Ding, Jenny wird ein Megastar auf dem Broadway und Edie wird Psychiaterin. Und Krähe ist eine weltberühmte Designerin.«

»*Psychiaterin?*«

»Was?«

»Du hast gesagt, Edie wird Psychiaterin.«

»Ach, ja. Sie hat übrigens auch ein Stipendium für Harvard bekommen, aber sie geht nicht hin. Sie will hier in London studieren. Und dann hat sie was über Krähe gesagt, das mich zum Nachdenken gebracht hat ...«

»Donnerwetter. Psychiaterin? Deine Freundinnen haben es wirklich drauf.«

Zum ersten Mal seit Tagen wirkt Harry lebhaft. Zwei Sekunden lang. Dann setzt er sich wieder und lässt sich die Haare ins Gesicht fallen.

»Und?«, frage ich und setze mich ihm gegenüber. »Was ist mit mir?«

Er lächelt mich an. Matt, aber echt. »Hmm. Was ist mit dir?«

Er denkt Ewigkeiten nach. Es sieht nicht gut aus für mich. »Also, du bist ständig mit deinem Freund beschäftigt, mit den Prüfungen, deinem neuesten Streit mit wem auch immer, und damit, was du anziehen sollst.« Er sieht mein betroffenes Gesicht. »Warte, Schwesterchen! Du bist sehr aufmerksam. Dir fällt auf, wie es deinen Freundinnen geht, und du bist da, wenn sie dich brauchen – wie du Krähe geholfen hast, als ihr euch kennengelernt habt, und dass du für Jenny extra nach New York geflogen bist. Du bist eine richtig gute Freundin. Und das macht dich zu einem interessanten Menschen. Das, und die Tatsache, dass du die Einzige auf der Welt bist, die Mohairleggings in diesem Farbton tragen kann. Einer der Gründe, warum ich so oft nach Hause komme, bist du. Hey! Wo willst du hin?«

Ich hatte gerade eine Erleuchtung. Wo Krähe sein könnte. Ich werfe Harry einen Luftkuss zu und verschwinde.

Es ist ein wunderschöner sonniger Tag. Besuchergruppen fotografieren sich gegenseitig auf der Treppe zum Museum. In der Eingangshalle legen kleine Kinder den Kopf in den Nacken, um den riesigen Kronleuchter zu bewundern. Und ihre Eltern auch. Ich laufe an ihnen vorbei.

Ich habe schon fast die ganze Kostümabteilung durchquert, als ich sie endlich entdecke. In dem goldenen Lurexkleid mit passendem Umhang und Mickymaus-Ohren ist sie schwer zu übersehen. Sie zeichnet ein kompliziertes Paar Manolo-Blahnik-Schuhe ab.

»Oh, hallo«, sagt sie und sieht mich überrascht an. »Das ist ja ein Zufall.«

»Nein, ist es nicht«, erkläre ich. »Ich komme immer ins V&A.

Und du auch. Hör mal, ich wollte wissen, was gestern bei dem Treffen mit den Kamelhaarmännern rausgekommen ist. Komm, geh mit mir ins Café. Dann kannst du mir alles erzählen.«

Krähe steckt den Skizzenblock in ihre Schultasche und folgt mir durch die Skulpturenabteilung zum Café, wo wir uns an einen Tisch unter eine der riesigen Hüpfball-Lampen setzen. Ich warte darauf, dass sie etwas sagt. Sie wartet darauf, dass ich etwas sage.

»Und?«

»Was?«

»Was haben sie gesagt?«, frage ich. »Wollen sie dich als Designerin? Wollen sie, dass du nach New York kommst?«

Krähe neigt nachdenklich den Kopf. Ich könnte sie schütteln.

»Ja, ich schätze schon«, sagt sie irgendwann. »Das hat mir jedenfalls der Senior Vice President Talent und Dings danach in einer E-Mail geschrieben.«

»Gut. Toll«, sage ich. »Dann habe ich mich wenigstens nützlich gemacht!«

Ich lache künstlich. Es klingt wie Wasser, das in den Abfluss läuft.

»Nützlich?«, fragt sie.

»Dir den Job zu besorgen. Deine Skizzen zu verschicken. Du weißt schon. Das ganze Zeug.«

Krähe sieht mich an, als hätte ich nicht alle Tassen im Schrank. Sie wirkt verblüfft. Vielleicht sogar ein bisschen wütend. Auf jeden Fall nicht dankbar.

»Aber sie wollten meine Ideen nicht.«

»Mmh? Welche Ideen?«

»Die Fairtrade-Baumwolle. Die bedruckten Stoffe. Sie finden

meine Skizzen gut, aber sie wollen, dass ich ganz normale Stoffe von ihren normalen Lieferanten verwende. Sie haben gesagt, ich soll mich nicht darum kümmern, wo die Stoffe herkommen.«

»Das ginge doch auch, oder nicht?«, frage ich.

»Ich will aber nicht«, sagt Krähe. »Es geht doch genau darum, dass ich mit den Leuten zu Hause in Uganda zusammenarbeiten will. Es waren die Muster, die mich inspiriert haben.«

Ich stelle mir vor, wie Krähe mit verschränkten Armen vor den Kamelhaarmännern saß, während sie versucht haben Krähe umzustimmen. Ich wette, es war schwierig. Unwillkürlich muss ich lächeln.

»Du könntest doch auch Kompromisse machen, oder?«

Krähe schüttelt den Kopf. »Warum sollte ich? *Wir* haben nie Kompromisse gemacht.«

»Und was hast du gesagt?«, flüstere ich.

Sie zuckt die Schultern. »Ich habe natürlich Nein gesagt. Ich wollte sowieso nicht für sie arbeiten. Ich war nur bei dem Meeting, weil du meintest, dass ich hingehen soll. Und ich fand es schrecklich. Ich will nicht allein nach New York. Ich will nicht für eine große Firma arbeiten. Sie haben sich überhaupt nicht für meine Entwürfe interessiert. Es ging nur um die Sachen, die über mich in der Zeitung standen. Und in die Zeitung bin ich nur deinetwegen gekommen.« Jetzt sieht sie noch wütender aus.

Ich dagegen nicht. Ich sehe glücklich aus, das weiß ich. Ich spüre, wie eine kleine Wolke Glück über mir aufsteigt und in Richtung Hüpfball-Lampe schwebt.

»Edie hat gesagt, du hast was gegen die Vorstellung, dass wir uns alle trennen«, sage ich. »Das war mir nicht klar.«

»Nonie«, sagt sie. »Manchmal kannst du echt dusselig sein.«

»Ja.« Ich grinse. »Ich weiß. Tut mir leid. Aber ich wollte, dass du deine Träume verwirklichst. Das ist dein großer Moment.«

»Ich verwirkliche doch meine Träume«, schnaubt sie. »Ich will Kunst studieren, solange du auf dem College bist. Deswegen habe ich dich in letzter Zeit in Ruhe gelassen. Damit du zum Lernen kommst. Ich habe es dir doch gesagt. Ich will alles über Picasso wissen. Er stand total auf afrikanische Kunst. Er ist echt cool. Dann irgendwann will ich ein eigenes Label gründen, genau wie wir es besprochen haben. Nur ein kleines Label für den Anfang, mit meinen eigenen Sachen. Du kannst mir bei den Ideen helfen. Du bist genial, Nonie. Viel besser als irgendwelche Kamelhaarmänner. Außerdem ...« Sie hält inne, und ihre Augen glitzern. »Außerdem würde ich sowieso nur ein Label haben wollen, wenn du mitmachst.«

Jetzt glitzern meine Augen auch. Es stimmt, das alles hat sie irgendwann zu mir gesagt. Ich habe nur nicht zugehört. Ihr Gesicht hellt sich auf, und ihre Mickymaus-Ohren, so stark ist ihr Lächeln. In diesem Moment wird mir zum ersten Mal klar, dass Krähe mich braucht. Genauso, wie ich sie brauche. Und jetzt wird mir auch klar, wie sehr sie mich in der Zeit vermisst hat, als sie sich zurückgezogen hat, damit ich mehr Zeit zum Lernen habe. Als ich sie in die Arme nehme, wackeln ihre Ohren noch mehr. Sie drückt mich feste zurück. Ich bin froh, dass wir in unserer Familie große Umarmer sind.

Kapitel 51

Liam wirkt nicht besonders überrascht, als ich ihm alles erzähle.

»Aber ich dachte, dass sie mich nicht mehr nötig hat!«, protestiere ich.

»Zeigt nur, wie schrottig deine Menschenkenntnis ist«, entgegnet er und gibt mir einen tröstenden Kuss auf die Nasenspitze. »Früher hast du gedacht, ich finde es schrecklich, wie du dich anziehst, weißt du noch? Dabei habe ich gedacht, du bist zu cool, um dich ansprechen zu lassen. Bis zu dem Tag im Starbucks, als du deine Bestellung vermasselt hast. Das war lustig.«

»Aber früher war ich so gut darin!«

»Worin? Im Kaffeebestellen?«

»Nein. In Menschenkenntnis.«

»Wirklich?«

Er klingt nicht sehr überzeugt. Ich versuche mich zu erinnern. Ich bin mir ganz sicher, dass es mal eine Zeit gab, als ich genau wusste, was andere Leute denken. Doch als ich versuche ihm Beispiele zu nennen, fällt mir auf, dass ich meistens total danebenlag.

»Hast du schon mit deiner Mutter geredet?«, fragt er, indem er das Thema wechselt.

»Ja. Gestern. Über mein Lernprogramm in den Osterferien.«

»Das habe ich nicht gemeint.«

»Nein?«

Ich weiß genau, was Liam gemeint hat. Vielleicht liege ich in vielen Dingen falsch, aber eins weiß ich sicher, und das ist, dass es sinnlos wäre, mit Mum darüber zu reden, warum sie Vicente vor all den Jahren nicht geheiratet hat. Sinnlos und schmerzhaft – als würde ich mir Nadeln ins Fleisch stechen.

Außerdem spielt es bald keine Rolle mehr. Mum schwebt auf der gleichen Liebeswolke wie ich. Ständig hat sie das BlackBerry in der Hand und tippt Liebesbriefe. Oder sie ist bei geheimnisvollen »Vernissagen«, von denen sie nie was erzählt. Ich bin ziemlich sicher, dass Vicente inzwischen regelmäßig in London ist, um sie zu sehen. Wahrscheinlich wartet sie nur, bis ich die Prüfungen hinter mir habe, bevor sie die Hochzeit bekannt gibt. Will mich in meinem »wichtigsten akademischen Jahr« nicht vom Lernen ablenken. Jetzt sind es nur noch ein paar akademische Wochen. In zwei Monaten wird sie mich zu einem kleinen Gespräch in die Küche bitten. Juhu.

»Ich rede bald mit ihr. Wenn sich eine gute Gelegenheit ergibt«, sage ich zu Liam. Er seufzt frustriert und gibt auf.

Außerdem habe ich keine Zeit, mit Mum zu reden. Ich habe so viel Stoff zu lernen, dass ich eigentlich ein Jahr dafür brauchen könnte, aber ich habe nur noch sechs Wochen. Edie tut, als wäre sie auch gestresst, damit ich mich nicht so allein fühle, aber eigentlich ist sie wieder die Alte, und wir wissen beide, dass sie die Prüfungen mit links bestehen wird. Sie hat sogar noch etwas Freizeit, und ihre Eltern erlauben ihr wieder sich um ihre Web-Kampagnen zu kümmern.

»Die Idee mit den Schultaschen ist super«, erklärt sie in der Cafeteria nach der Shakespeare-Prüfung ein paar Wochen später. (*König Lear* habe ich drauf. Total. Fragt mich was zu seiner Motivation – egal was. Das erste Mal in meinem Leben, dass mir eine Prüfung Spaß gemacht hat.) »Ich bin mit ein paar Leuten in Uganda in E-Mail-Kontakt. Krähe könnte weitere Kooperativen mit ins Boot holen, dann käme noch mehr Geld zusammen. Was ist denn?«

»Du siehst so anders aus«, sage ich. »Ich meine, nicht, dass ich dir nicht genau zugehört hätte, aber irgendwas an dir ist anders.«

Sie sieht zu Boden und grinst.

»Krähe hatte die Nase voll von meinen alten Kleidern und hat mir ein paar Sommerkleider gemacht. Gefällt es dir?«

Ich sehe mir das Kleid an. Es hat die raffinierten Falten und Abnäher, die Krähe in ihren Skizzen ausprobiert hat. Es wirkt ganz schlicht, aber Edies Figur sieht noch toller darin aus, als sie ist. Als ich ihr das sage, errötet sie leicht, bevor sie eine lange Rede über all die anderen Dinge hält, die sie vorhat, um Geld für Schulen zu sammeln und das Bewusstsein dafür zu schärfen, wie wichtig Bildung für Mädchen ist. Mit T-Shirts. Wenn Edie Kampagnen organisiert, gibt es immer T-Shirts.

Kapitel 52

Doch diesmal braucht sie die T-Shirts gar nicht.

Ich bekomme einen Anruf von Amanda Elat bei Miss Teen.

»Was ist das für eine Geschichte mit Krähes Taschen? Ich wusste nicht, dass Krähe Taschen macht.«

»Macht sie auch nicht«, erkläre ich. »Sie hat ein paar Stoffe entworfen für ein Projekt in Uganda …«

»Oh!«, sagt Amanda. »Das erklärt alles. Irgendwie.«

»Erklärt was alles?«

»Dass ich heute Morgen fünfzehn Anrufe bekommen habe. Und dass mein E-Mail-Postfach überfüllt ist. Anscheinend denken alle, die Sache hätte was mit Miss Teen zu tun. Schön wär's.«

»Welche Sache?«

»Queen Fadilah natürlich«, sagt sie. »Hast du nichts davon gehört?«

Nein, habe ich nicht. Ich weiß, wer Queen Fadilah ist, weil ich Mode- und Promizeitschriften lese, und sie taucht immer in beiden auf – entweder als die bestangezogene Königin der Welt oder als genialste Unterstützerin guter Zwecke. Selbst Edie weiß, wer Queen Fadilah ist, wegen ihrer jüngsten Bildungskampagne für Millionen von Kindern. Irgendwie erinnert sie mich sogar an Edie, nur in Dior und Louboutins.

Letzte Woche hat sie vor den Vereinten Nationen eine Rede über Bildung gehalten (Queen Fadilah, meine ich, nicht Edie – das mit den Vereinten Nationen scheint sie sich anders überlegt zu haben). Außerdem war sie im Weißen Haus, um mit dem amerikanischen Präsidenten zu sprechen. Bei beiden Gelegenheiten wurde sie von so gut wie jedem Paparazzo der Welt abgelichtet, und seitdem hat die Modepresse jeden Quadratzentimeter ihrer traumhaften Outfits unter die Lupe genommen. Normalerweise wäre ich auf dem Laufenden, aber im Moment lerne ich für die Prüfungen. Ich hätte nie gedacht, dass ich vor lauter Pauken ein wichtiges Modeereignis verpassen könnte, aber das zeigt nur, wie brav ich in letzter Zeit bin.

Jedenfalls war Queen Fadilah bei beiden Gelegenheiten eher zurückhaltend angezogen, in ihrem Fall Palazzohosen von Dior mit Louboutin-Flats. Doch worüber alle gesprochen haben, war die Tasche, die sie über der Schulter trug. Für die Queen ein überraschend schlichtes Accessoire – ein Stoffbeutel aus Baumwolle –, doch alle waren HINGERISSEN von dem Print. Von Weitem sah es aus wie ein Raubtiermuster, doch auf den zweiten Blick erkannte man … Hände haltende Mädchen. Auf Nachfrage erklärte Queen Fadilah, es sei ein Projekt, bei dem Geld für eine Mädchenschule in Uganda gesammelt werde. Ist sie nicht süß?

Jetzt wollen alle mehr darüber wissen. Die Tasche hat bei den Mode-Bloggern im Internet eine wahre Schatzsuche ausgelöst:

Wo kommt der Print her, wer ist der Designer, welche Schule wird unterstützt? Ich frage mich nur, wie um alles in der Welt Queen Fadilah an eine von Victorias Taschen gekommen ist.

»Jenny ist in New York«, bemerkt Edie, als ich ihr davon erzähle. »Das kann kein Zufall sein.«

Wir rufen Krähe an, damit sie vorbeikommt, und dann passen wir Jenny vor ihrem nächsten Auftritt ab.

»Ja«, antwortet sie am Telefon, als wäre es das Normalste von der Welt. »Sie war mit ihrer Tochter bei einer der Vorpremieren, vor diesem Dings bei den Vereinten Nationen. Prinzessin Alima wollte mich in der Garderobe besuchen. Wo ich doch auch eine Prinzessin bin.«

Edie kichert.

»Oje«, seufze ich. Soll ich Jenny daran erinnern, dass sie keine echte Prinzessin ist? Wahrscheinlich nicht.

»Jedenfalls«, fährt sie fort, »hatten wir jede Menge Fanartikel, die wir ihr schenken konnten. Und dann hat sie die Taschen gesehen, die du mir geschickt hast, Nonie, und die haben ihr so gefallen, dass wir die Fanartikel einfach reingesteckt und ihr eine mitgegeben haben. Natürlich habe ich ihr von Krähe und Victoria und dem Schultaschenprojekt erzählt, und Prinzessin Alima sagte, vielleicht wäre es was für ihre Mutter und ob sie vielleicht noch eine extra haben dürfte? Da habe ich ihr natürlich noch eine gegeben.«

Ich rufe Amanda Elat zurück und erkläre ihr alles. Sie wirkt nicht so glücklich darüber, wie ich gehofft hatte.

»Na gut«, sagt sie, »aber es wäre schön, wenn du das den Millionen von Leuten erklären könntest, die mich danach fragen. Rund um die Uhr klingelt mein Telefon.«

Edie bloggt wieder. Ich schlage vor, dass sie die Geschichte auf ihre Website setzt. Inzwischen ist auch Liam da.

»Du solltest einen Artikel darüber schreiben, Nonie«, sagt er. »Für eine der großen Mode-Websites. Ich wette, die interessiert die Geschichte auch. Wenn du willst, suche ich die Adressen von ein paar Redakteuren raus.«

»Ich?«

Alle drehen sich um und starren mich an.

»Weil du die Leute kennst, um die es geht«, sagt Edie. »Weil du Jenny die Taschen gegeben hast.«

»Weil du so gut schreiben kannst«, sagt Krähe. »Die E-Mail, die du an die Kamelhaarmänner geschrieben hast – du kannst perfekt formulieren. Ich wusste selbst nicht, was meine Ideen darstellen, bis du beschrieben hast, worum es mir geht.«

»Weil es dir Spaß machen würde«, sagt Liam. »Du redest ununterbrochen über Mode. Wenn du so schreibst, wie du redest – also, ich würde es sofort lesen wollen.«

Liam hat bemerkt, dass ich gern rede! Und er mag mich immer noch! Heute ist der schönste Tag meines Lebens.

Natürlich glaube ich ihnen nicht, aber ich tue trotzdem, was sie von mir verlangen. Wenn eure besten Freundinnen und euer entzückender Freund einstimmig sagen, ihr sollt etwas tun, ist es zumindest den Versuch wert.

Also schreibe ich einen Artikel darüber, wie Krähe das Muster für die Taschen entworfen hat, wie Victoria und ihre Freundinnen Geld für Schulen sammeln und wie Prinzessin Alima in Jennys Garderobe kam. Es ist, als würde ich ein Outfit zusammenstellen, nur mit Worten. Ganz anders, als über Shakespeare zu schreiben (was ich inzwischen auch ganz gut kann). Und als ich fertig bin, biete ich den Artikel der Online-Redaktion einer meiner Lieblingsmodezeitschriften an, und prompt bestellen sie noch einen längeren Artikel bei mir für die gedruckte Ausgabe. Und zwei Blogs wollen ebenfalls Artikel über Krähe und über die Produktion der »Hände haltenden Mädchen«-Taschen durch Frauenkooperativen rund um die Welt, die mitmachen, um der plötzlichen massiven Nachfrage nachzukommen. Wenn ich bei Google jetzt meinen Namen eingebe, scheint das Internet voll mit meinen Artikeln zu sein und mit Zitaten aus meinen Artikeln. Es ist unglaublich. Meine Texte scheinen lesbar zu sein. Wenn ich über Taschen, Spendensammeln und stylische Royals schreibe, sind sie sogar ganz gut.

Kapitel 53

»Wie läuft die Produktion?«, fragt Mum mich eines Tages, als ich mir in der Küche einen Toast hole.

»Die Taschen? Sie kommen kaum hinterher. Zum Glück hat Andy Elat angeboten beim Vertrieb und solchen Dingen zu helfen. Gestern habe ich mindestens zehn Leute mit der Tasche auf der Oxford Street gesehen. Es ist total verrückt. Es gibt Bestellungen für über eine halbe Million Taschen, wie ich zuletzt gehört habe, und jede Menge Kooperativen machen mit. Edie meint, mit dem Geld können sie ganze Bibliotheken kaufen. Und das Schulgeld für die Mädchen bezahlen. Queen Fadilah macht in der Presse immer noch Werbung dafür. Nächsten Monat gibt sie mir sogar ein Interview. Ich arbeite gerade an meinen Fragen für sie.«

»Sehr schön«, sagt Mum, aber ich höre ihr an, dass sie eigentlich über etwas anderes reden will. »Ich habe uns Kaffee gekocht. Setz dich doch mal.«

»Okay«, sage ich. Dann zucke ich zusammen. Ich habe das Gefühl, dass mir alles Blut aus dem Kopf in die Füße läuft. Plötzlich habe ich heiße Beine (nicht auf die hübsche Art), und mir ist schwindelig. Es fällt mir wie Schuppen von den Augen: Vor zwei Tagen habe ich meine letzten Prüfungen geschrieben. Wir sind in der Küche. Es ist so weit. Mums »kleines Gespräch«. Es gibt kein Zurück.

Irgendwie schaffe ich es bis zum nächsten Stuhl. Dann geben meine Beine nach. Mum schiebt mir einen Kaffeebecher hin.

»Ich hätte es dir schon vor Ewigkeiten sagen sollen«, fängt sie an.

Erst nicke ich, dann schüttele ich den Kopf. »Nicht nötig«, flüstere ich. Es kommt mit einer Art Quieken heraus. Sie sieht mich irritiert an.

»Da ist ein Mann, mit dem ich mich seit einer Weile treffe«, fährt sie fort. »Ich wollte es dir sagen, aber ich dachte, dass es vielleicht nicht ganz einfach für dich ist. Deshalb habe ich lieber gewartet, bis deine Prüfungen vorbei sind. Ich weiß, es ist albern, aber ...«

Einen Moment höre ich gar nichts mehr. Im Kopf führe ich ein Gespräch mit Liam. Er sagt: »O Gott, du hattest vollkommen Recht, Nonie. Deine Menschenkenntnis ist doch nicht schrottig. Es tut mir so leid. Wirst du mir je verzeihen, dass ich an dir zweifeln konnte?« Und ich sage: »Siehst du? Ich hab's dir ja gesagt.« Das Gespräch, das wir nachher führen, wenn er mit der Arbeit im Café seines Vaters fertig ist und ich hier mit Mum fertig bin und wie ein Häufchen Elend zu ihm rübergekrochen komme.

»... seit fast einem Jahr«, sagt Mum gerade. Anscheinend habe ich was verpasst. Hoffentlich nichts Wichtiges. »Um genau zu sein, hat es letztes Jahr im Februar angefangen, bei Harrys Verlobung, also ...«

»Ja, Mum, ich weiß. Ehrlich«, unterbreche ich. Können wir es bitte schnell hinter uns bringen?

Sie sieht mich überrascht an, dann lächelt sie.

»Ich schätze, ich kann nichts vor dir geheim halten, oder?«, sagt sie. »Na ja, wir wohnen in einem Haus. Natürlich hast du es gemerkt. Es war nur ... du hast nie was gesagt. Ich wollte es dir schon an Krähes Geburtstag sagen, aber irgendwie ist alles schiefgelaufen ...«

»Mum«, unterbreche ich sie. »Ich freue mich für euch. Wirklich. Er ist ein super Typ. Aber könnten wir nicht das Haus behalten? Bitte? Ich meine, jetzt wo Harry nicht mehr heiratet, ist er häufiger hier. Er kann auf mich aufpassen. Und du wohnst ja dann hauptsächlich in Brasilien, also ...«

»In Brasilien?«, fragt Mum. Sie sieht mich überrascht an.

»Ja. Ziehst du nicht zu ihm? Oder kommt er her? Aber wie will er von hier aus seine Projekte leiten?«

»Wie bisher auch«, sagt Mum. »Von seinem Büro im Gartenhaus. Nur dass es dann unser Garten sein wird. Warte mal ... *Brasilien?*«

»Da wohnt er doch«, erkläre ich.

»Peter? Nein. Er wohnt im Nachbarhaus.«

»*Peter?*«

»Peter Anderson. An wen hast du denn gedacht? Warte mal – doch nicht Vicente?«

Ich nicke. Natürlich Vicente. Wer sonst?

»Aber er ist doch die Liebe deines Lebens«, sage ich zittrig.

Das mit Peter Anderson ist irgendwie verwirrend. »Er schickt dir doch die ganzen weißen Rosen.«

»Die Rosen? Ach – aber nein, die waren nicht von Vicente«, sagt Mum. »Also, der Riesenstrauß schon, letztes Jahr. Völlig übertrieben, fand ich. Die anderen kamen alle von Peter. Es sind meine Lieblingsblumen. Aber warte mal – *Vicente?* Wie kommst du auf Vicente?«

Und so erzähle ich ihr mit wackeliger Stimme alles, was ich weiß. Wie sie und Vicente »eine Pause eingelegt« hatten. Ihre Begegnung mit Papa, und wie sie aus Versehen schwanger wurde. Der Unfall. Dass sie zu Vicente zurückwollte und nicht konnte. Die Hochzeit, die nie stattfand. Die ganze Geschichte.

Ich habe keine Ahnung, wie Mum reagiert, weil ich mich beim Reden auf ein bestimmtes Muster auf der Marmorplatte konzentriere, aber ich spüre, wie das Blut aus meinen Füßen zurück in meinen Kopf fließt, und inzwischen ist mein Gesicht so heiß, dass ich meinen kalt gewordenen Kaffee damit aufwärmen könnte.

Als ich fertig bin, ist es still. Endlich sehe ich auf, aber Mum starrt mich einfach nur an. Eine Weile bringt sie kein Wort heraus. Sie sieht traurig aus. Irgendwann findet sie die Sprache wieder.

»Das hast du wirklich gedacht?«, fragt sie. »Die ganze Zeit? Warum? Ich meine, wie kommst du auf das ganze Zeug?«

»Telefongespräche«, sage ich. »Wenn du mit Freundinnen geredet hast. Granny. Du weißt schon ...«

»Mummy!« Mum sieht inzwischen richtig wütend aus. Dann greift sie nach meinen Händen und sieht mir in die Augen. »Es tut mir so, so leid, Liebling«, sagt sie. »Und weißt du was – von allen Leuten war es Gloria, die mir gesagt hat, ich hätte schon vor Jahren mit dir über alles reden sollen. Aber ich habe es einfach nicht geschafft.«

Ich zucke die Schultern. Sie muss sich für nichts entschuldigen. Unfälle passieren.

Mum lässt eine meiner Hände los und streicht mir über die Wange.

»Nonie! Das ist ja unerträglich! O Gott. Ich schätze, ich muss dir endlich die ganze Geschichte erzählen, oder?«

Wieder zucke ich die Schultern. Wenn sie Lust hat. Auch egal.

»Du warst das am meisten geliebte und erwünschte Baby auf der ganzen Welt«, sagt sie zärtlich. »Ich bin völlig erschüttert, dass dir das nicht klar war. Es stimmt, nachdem ich deinen Vater kennengelernt hatte, habe ich schnell gemerkt, dass wir als Paar nicht zusammenpassten. Ich war schwanger und ich habe mich gefragt, ob es ein Fehler war, Vicente zu verlassen. Deine dusselige Großmutter wollte unbedingt, dass ich zu Vicente zurückgehe ... dass ich versuche ihn zurückzugewinnen. Immerhin hatten wir Harry. Aber ich glaube, Granny hatte es vor allem auf sein Vermögen abgesehen. Sie wollte, dass ich seinen Grundbesitz heirate. Jedenfalls bin ich nach Brasilien geflogen, und er sagte: Ja, er würde liebend gern wieder mit mir zusammen sein, aber nicht mit dem neuen Baby. Und da ist mir alles klar geworden, Nonie. Da wusste ich, wie unbeschreiblich lieb ich dich habe. Weil es mir nie im Leben auch nur eine Sekunde lang in den Sinn gekommen ist, ich könnte mit Vicente irgendwas verpasst haben, wo ich doch dich hatte. Selbst als du noch so klein wie eine Erbse in meinem Bauch warst, hatte ich dich schon unendlich lieb.«

Inzwischen weint sie. Und ich weine auch. Wir weinen ziemlich viel. Ich hoffe, die Tränen sind nicht schlecht für die Marmorplatte, weil wir sonst ein echtes Problem hätten. Und die ganze Zeit streichelt Mum mir die Wange und meine Flokatihaare.

»Und so bin ich nach Paris zurückgekehrt. Ich habe deinem Vater von dir erzählt, und er war überglücklich. Er hat eine Serie von wunderschönen Bildern für dich gemalt – der strahlende Mond am Sternenhimmel. Wir wollten sie für dich aufheben, aber dann hat er schrecklich viel Geld dafür geboten bekommen, und weil er normalerweise nie Geld hatte, konnte er nicht Nein sagen. Von dem Geld hat er die Wohnung gekauft. Während der ganzen Schwangerschaft hat er sich rührend um Harry und mich gekümmert. Und dann kamst du zur Welt. Du warst zauberhaft. Auf der Straße hielten mich die Leute mit dem Kinderwagen an, um mir zu sagen, wie schön du bist. Wir hatten ein sehr, sehr glückliches Jahr zusammen. Aber dann musste ich wieder arbeiten, und ich wollte in London sein. Wegen Harry hat Vicente mir geholfen dieses Haus zu kaufen. Granny hat Recht, er ist sehr großzügig. Und dein Vater hat mir geholfen Kontakte zur Kunstwelt zu knüpfen, damit ich mich selbstständig machen konnte.«

Sie hält inne und seufzt tief.

»So ist es gewesen, Liebling. Und die ganze Zeit, seit du auf der Welt bist, war ich immer so stolz auf deinen Mut und deine Schönheit und deinen Stil und deine Loyalität zu deinen Freundinnen. Vielleicht bist du ungeplant auf die Welt gekommen, Nonie, aber du warst kein Unfall. Das habe ich nie, nie, nie gedacht. Ich bin tief erschüttert, dass du das nicht wusstest.«

»Aber Granny ...«, stottere ich schluchzend. »Ich habe gehört, was sie gesagt hat. Dass ich jetzt zwei Hochzeiten in der Familie verhindert habe. Harrys und deine.«

Mum presst die Lippen zu einer dünnen Linie zusammen.

»Deine Granny gehört im Moment nicht zu den Menschen, die ich am liebsten habe. Du hast Recht mit Harry und Isabelle. Natürlich war ich traurig, aber ich habe schnell gemerkt, dass du ihn vor einem großen Fehler bewahrt hast. Und es war vollkommen hirnrissig von Granny, die Sache mit Vicente zu vergleichen. Das habe ich ihr auch gesagt. Seitdem habe ich kein Wort mehr mit ihr gesprochen.«

Hmm. Stimmt. Mir ist auch schon aufgefallen, dass Granny lange nicht mehr bei uns war. Ich dachte nur, sie wäre damit beschäftigt, ihr Haus umzudekorieren oder so was. Aber ich denke nicht an Granny. Im Kopf führe ich wieder ein Gespräch mit Liam. Diesmal verläuft es ein bisschen anders. Ich weiß nicht, wo ich das »Siehst du?« unterbringen soll.

Mums BlackBerry piept. Sie sieht nach, von wem die Nachricht ist. Diesmal frage ich lieber, bevor ich mir einbilde, ich wüsste, worum es geht.

»Peter Anderson?«, frage ich. »Der wissen will, ob wir unser kleines Gespräch geführt haben?«

Sie sieht mich an und lacht.

»Ja, genau! Puh, was soll ich ihm schreiben?«

»Na ja, ich weiß immer noch nicht genau, was los ist«, sage ich. »Ich habe dich irgendwie unterbrochen. Erzähl es mir.«

Und das tut sie. Wie sie nach dem »Stellt die Musik leiser oder ich hole die Polizei«-Vorfall zu ihm rübergegangen ist, um sich zu entschuldigen. Die Essen in seinen Restaurants (er hat drei), die Ausstellungsbesuche (jede Menge), und wie sie sich schließlich Ende letzten Sommers Hals über Kopf in ihn verliebt hat. Es ist lustig, dass so was immer noch passiert, wenn man so alt ist wie Mum, aber ich habe die Symptome mitbekommen, und es scheint zu stimmen. Sie hatten eine Riesenangst, dass ich was dagegen haben würde, wenn Mum nach all der Zeit plötzlich mit einem neuen Mann ankäme. Obwohl sie zusammen über neunzig sind, können sie manchmal ziemlich dumm sein. Warum sollte ich mich querstellen? Und ja, Mum verkauft ihren Anteil des Hauses, um es Vicente zurückzuzahlen, aber sie verkauft ihn an Mr Anderson. Er fand unser Haus schon immer schöner als seins. Und er würde im Sommer einziehen, wenn es mir recht ist.

»Dann darf ich mein Zimmer also behalten?«, frage ich sicherheitshalber. Ich will nicht schon wieder auf meinem Zimmer herumreiten, aber es ist wichtig.

»Ja, Nonie. Du darfst dein Zimmer behalten.«

»Juhu!«

»Und du bekommst das Himmelbett, das du immer wolltest. Und den Spiegelschrank. Das habe ich dir schließlich versprochen.«

»Juhu!«

»Und ist es dir wirklich recht, wenn Peter einzieht?«

»Natürlich. Wenn du ihn so lieb hast, muss er ja nett sein. Ich gewöhne mich schon an ihn. Solange er nicht von mir verlangt, dass ich dauernd aufräume ...«

»Oh, Gott sei Dank.«

Nach dem Gespräch gehe ich hoch in mein Zimmer und starre durchs Fenster über die Dächer von Kensington in den blauen Himmel. Es ist dieselbe Aussicht, die ich immer hatte, aber irgendwie wirkt sie neu. Es hat sich etwas verändert. Ich stehe lange am Fenster, bis ich darauf komme, was es ist.

Ich habe mich verändert. Es ist, als hätte ich einen Teil von mir gefunden, der mir mein Leben lang gefehlt hat. Zwar habe ich dabei auch rausgefunden, dass meine Menschenkenntnis SCHROTT ist, vor allem, wenn es um meine eigene Mutter geht, und dass ich meinem Bauchgefühl nie wieder trauen kann. Doch ich fühle mich ganz, und federleicht. Mum hat gesagt, ich wäre mutig, aber im Innern hatte ich immer schreckliche Angst vor der Zukunft. Als wäre ich noch nicht bereit dafür. Als wäre ich nicht gut genug. Aber jetzt bin ich es.

Ich schicke Liam eine Nachricht.

»habe mit mum geredet. du hattest recht. lieb dich, xxx.«

Ich starre den Text eine Weile an. Es ist das erste Mal, dass ich Liam schriftlich gebe, dass ich ihn liebe, auch wenn es ihm inzwischen klar sein müsste. Doch wenn man es auf dem Display sieht, ist es plötzlich eine große Sache. Ich frage mich, ob ich es wirklich abschicken soll. Bin ich damit vielleicht eine von diesen klammernden Kletten, die kein Junge leiden kann?

Dann fühle ich mich wieder federleicht. Wenn man jemanden liebt, dann muss man es auch sagen dürfen. Diesmal glaube ich, dass alles gut wird.

Und drücke auf Senden.

Kapitel 54

Harry steht am DJ-Pult. Discomusik wummert im Wohnzimmer, und normalerweise wäre das der Zeitpunkt, an dem Peter Anderson hereinstürmt und anfängt aus vollem Hals herumzubrüllen. Nur dass er dafür diesmal keine Zeit hat. Er ist viel zu beschäftigt mit Mum zu tanzen. Wahrscheinlich ist er der ungeschmeidigste Tänzer, den ich je gesehen habe, aber Mum scheint es nicht zu stören. Sie strahlt ihn an. Wenn Jenny hier wäre, wäre sie total entzückt, was für ein reizendes Paar die beiden abgeben, aber das ist das Problem, wenn man eine Freundin hat, die ein Broadway-Star ist. Sie ist nie da. Sie tritt immer noch vor ausverkauften Sälen in New York auf und tingelt als »die neue Audrey Hepburn« durch die Modepresse und als »die neue Julie Andrews« durch die Unterhaltungspresse. Und was noch komischer ist – jedes Mädchen, das einigermaßen singen kann und bei *Amerika sucht den Superstar* auftritt, wird sofort als »die neue Jenny Merritt« tituliert. Jenny ist also schon die alte Version ihrer selbst! Dabei ist sie noch nicht mal neunzehn. Morgen hat sie ein Shooting für *Vanity Fair*. Die wissen nicht, worauf sie sich eingelassen haben. Jenny fehlt mir so.

Krähe ist gerade aus Uganda zurückgekommen. Sie hat Henry bei seiner neuen Schule abgeliefert und Zeit mit Victoria verbracht. Sie kommt bei uns vorbei, meinen wunderschönen College-Freund im Schlepptau. Na ja, streng genommen geht er noch nicht aufs College, aber wir fangen nächste Woche zusammen an, und wenn sie mich das Fach wechseln lassen, studiere ich mit ihm Journalismus. Immerhin habe ich gerade die stylischste Frau der Welt interviewt. Da müssen sie mich nehmen, oder?

Liam trägt Jeans, perfekte Turnschuhe und eine asymmetrische Jacke von einem Vintage-Markt, die ich ihm vom Honorar für meinen ersten Artikel gekauft habe. Darin sieht er noch cooler und schöner aus als sonst. Unglaublich, dass er mein Freund ist. Ich küsse ihn nur, um mich zu vergewissern. Er hält meine Hand und reibt gedankenverloren mit dem Finger über meine Cocktailringe. Das macht er immer. Er ist eben mein Freund.

»Willst du tanzen?«, fragt er. »Ich wollte dich schon längst auffordern, aber ich habe Angst um dein Kleid. Hält es das aus?«

Ich trage ein Kleid aus alter Spitze mit einem skulpturalen Oberteil und einem Rock in der Form spitz zulaufender Blütenblätter, in dem ich wie eine Fee aussehe. Ursprünglich wollte Krähe aus der Spitze die neueste Version von Isabelles Brautkleid nähen, doch plötzlich wurde sie nicht mehr gebraucht. Wir haben Harry nicht gesagt, wo die Spitze herkommt, aber es wäre Verschwendung gewesen, sie einzumotten. Krähe trägt ein Maxikleid, das sie aus dem berühmten Hände-haltende-Mädchen-

Stoff genäht hat. Sie könnte die Rechte auf das Muster für Millionen an einen großen Konzern verkaufen. Stattdessen stellt sie sie kostenlos einer Hilfsorganisation zur Verfügung. Ihr liegt nichts an Millionen. Ihr liegt daran, mit ihren Freundinnen zusammen zu sein, Picasso zu studieren und zu tun, was ihr Spaß macht. Es hat eine Weile gedauert, bis ich das begriffen habe.

Liam und ich beschließen das Risiko einzugehen und betreten die Tanzfläche. Harry spielt Siebziger-Jahre-Funk, zu dem man einfach tanzen muss. Doch bevor wir loslegen, fange ich Krähes Blick auf.

»Was ist? Was ist?«, frage ich.

»Nichts«, sagt sie. »Nur so ein Gefühl. Wart's ab.«

Ich will sofort mehr wissen, aber Liam zieht mich hinter sich her, und Krähe winkt ab. Mum tanzt Boogie quer über das Parkett. Ihr Hochzeits-Outfit ist ein schlichtes weißes Kostüm, das Yves Saint Laurent für sie gemacht hat, in dem Jahr bevor ich zur Welt kam. Es ist aus weißer Wolle mit einem kurzen Jackett und einem ausgestellten Rock und passt ihr immer noch perfekt. Auf der Treppe zum Standesamt von Chelsea heute Nachmittag hatte sie einen weichen Glockenhut dazu auf und einen Strauß weiße Rosen im Arm und sah umwerfend aus. Selbst Granny war begeistert.

»Das ist Stil, Nonie«, hat sie zu mir gesagt, als wir das glückliche Brautpaar mit weißen Rosenblättern bewarfen. »So was von schick. Sie erinnert mich an Bianca Jagger. Aber das war vor deiner Zeit, Darling...«

Granny vergisst, dass ich Expertin für Stilikonen des zwanzigsten Jahrhunderts bin. Ich weiß genau, was sie meint. Ich kenne die Fotos. Biancas Hut war noch größer.

Ich bin froh, dass Granny die Hochzeit gefällt, obwohl keine Landsitze, Privatkapellen, Tiaras, ecrufarbene Brautjungfern oder andere ihrer »unabdingbaren Hochzeitszutaten« darin vorkommen. Glücklicherweise scheint es ihr zu reichen, dass sie sieht, wie verliebt Mum ist. Und die Tatsache, dass sie überhaupt eingeladen ist. Ich musste mich wirklich ins Zeug legen, bis Mum Granny endlich vergeben hat. Ich finde es nämlich schrecklich, wenn wir in unserer Familie nicht miteinander reden. Ich meine, es ist doch lächerlich. Warum alles in sich hineinfressen?

Harry spielt eine langsame Nummer. Liam kommt näher. Ich spüre seinen Atem in meinem Haar. Ich kann mich kaum konzentrieren. Mum hat die Arme um Peter Andersons Hals gelegt. Neben ihr tanzt Vicente mit seiner Freundin – die, die er letzte Weihnachten in London besucht hat, aber er war zu höflich, um mir von ihr zu erzählen. Weiter hinten sitzen Edie und mein Vater an einem Tisch und unterhalten sich. Wahrscheinlich reden sie über die Bilder, die er für mich gemalt hat, bevor ich zur Welt kam. Seit ich ihr davon erzählt habe, ist sie völlig fasziniert von der Geschichte. Oder aber sie will ihm eine Ladung Schultaschen andrehen.

Als Liam und ich getanzt haben, setzen wir uns dazu. Liam versucht mit Papa Französisch zu reden, was niedlich und sehr sexy ist. Aus Nettigkeit tut Papa so, als wäre sein Englisch nicht halb so gut, und antwortet auch auf Französisch. Ich könnte den beiden stundenlang zuhören.

Und dann sehe ich es auch. Ich ertappe Harry dabei, wie er von seinem DJ-Pult schmachtend in unsere Richtung starrt. Obwohl er über die Trennung von Isabelle wirklich traurig war, ist Harry nicht der Typ, der sich lange im Unglück wälzt. Das Haus ist voll mit langbeinigen blonden Model-Freundinnen der Familie, und ich frage mich, auf welche er diesmal ein Auge geworfen hat.

Krähe setzt sich zu uns.

»Harry ist wieder verliebt, oder?«, flüstere ich ihr zu. Aus irgendeinem Grund bekommt Krähe so was immer als Erste mit. Wahrscheinlich weiß sie längst genau Bescheid.

Sie grinst, aber sie will nicht mit der Sprache rausrücken.

»Es könnte praktisch jede sein. Gib mir wenigstens einen Tipp.«

Sie schüttelt den Kopf.

Edie beugt sich zu uns rüber. »Von wem redet ihr?«, fragt sie.

»Also«, beginne ich vertraulich. »Anscheinend ist Harry wieder verknallt, aber Krähe will mir nicht sagen, in wen.«

»Oh!«

Edie schnappt nach Luft und wird wie üblich lippenstiftpink im Gesicht. Sie schlägt die Beine übereinander, nestelt am Saum ihres entzückenden Minikleids herum und schüttelt ihren umwerfenden blonden Bob in einem Anflug von Panik.

Ich fange Krähes Blick auf, und dann muss ich lachen. Sie grinst.

»Keine Sorge, jetzt habe ich es erraten«, sage ich. »Mann, war ich dumm.«

»Was ist denn?«, fragt Liam, der mich auf seinem Schoß balanciert.

Edie vergräbt das Gesicht in den Händen. Sie murmelt etwas, aber ich verstehe nicht was. Irgendwann sieht sie auf.

»Das glaube ich nicht«, sagt sie. »Woher wollt ihr das wissen?

Edie ist seit Ewigkeiten in Harry verknallt. Eigentlich seit sie zwölf ist, mit einer kurzen Unterbrechung für den süßen Phil.

Ich wusste nie, wie ernst es war, aber wenn ich sie jetzt ansehe, ist mir alles klar. Und was Harry angeht, ich weiß zwar nicht genau, warum ich mir plötzlich so sicher bin, dass er sich endlich in sie verliebt hat, aber ich habe einen Verdacht.

»Er steht auf Traumfrauen mit einem großen Herz«, sage ich. »So wie du. Vertrau mir. Und keine Sorge, ihr habt meinen Segen. Bloß knutscht nicht vor meiner Nase rum, okay? Ich ertrage einiges, aber alles hat seine Grenzen.«

Zehn Minuten später kommt Harry dazu und fordert Edie zum Tanzen auf, während sich einer seiner Freunde um die Musik kümmert. Edie ignoriert unser Gegröle und Gekicher, und kurze Zeit später hat sie die Wange an seine Schulter gelegt. Ich habe beide noch nie so glücklich gesehen.

»Schön«, sagt Liam und sieht Krähe und mich an. »Was ist mit uns? Was sollen wir machen?«

»Wo Krähe hingeht, gehe ich auch hin«, sage ich. Vielleicht eines Tages nach Paris, um für die französische *Vogue* zu schreiben, während sie ihr eigenes Modehaus gründet, oder nach New York, oder ich schreibe einen eigenen Modeblog, während sie Kunst studiert und sich von großen Designern inspirieren lässt. Doch zuallererst gehen wir zurück auf die Tanzfläche.

Liam kommt mit. Wir machen ein paar wilde Schritte. Und sehen toll aus.

ENDE

Danksagungen

Falls jemand von euch dieses Buch bereits auf Englisch gelesen hat, wird ihm auffallen, dass die deutsche Ausgabe sich leicht vom englischen Original unterscheidet. Ich habe die Modenschau, die sich die Mädchen am Anfang in Paris ansehen, von Dior zu Alexander McQueen verlegt. Diese Änderung wurde durch ein trauriges und durch ein sehr schönes Ereignis ausgelöst.

Im Frühjahr 2011, nachdem das Buch in Großbritannien erschienen war, wurde John Galliano wegen antisemitischer Äußerungen angeklagt und verlor seinen Job als Chefdesigner bei Dior. Im Herbst sprach ihn ein französisches Gericht schuldig. Sosehr ich ihn als Designer bewundere, ist er ein schlechtes Vorbild für die idealistischen jungen Frauen in meinen Geschichten. Normalerweise würde ich nachträglich kein Buch verändern, aber diesmal waren die Ereignisse zu ernst, um sie zu ignorieren.

In der Zwischenzeit gab es ein weiteres Ereignis: die Hochzeit von Prinz William und Kate Middleton. Kates Brautkleid – das bestsitzende Kleidungsstück, das ich je gesehen habe – wurde über Nacht zur Sensation. Und damit auch die Designerin, die schüchterne, unglaublich talentierte Sarah Burton, die Alexander McQueens Platz als Designerin übernahm, als er 2010 starb. Sarahs Kollektionen sind ebenso schön, exzentrisch und großartig verarbeitet wie die frühe Mode von John Galliano. Und da es in diesem Buch auch um Hochzeiten geht, hat es mir besonderen Spaß gemacht, über die Designerin des berühmtesten Brautkleids des Jahrhunderts zu schreiben. Der neue Anfang passt perfekt zu der Geschichte.

Bei den Änderungen konnte ich auf die Unterstützung meiner wunderbaren deutschen Übersetzerin Sophie Zeitz und meiner Lektorin Anja Kemmerzell zählen. Es ist eine tolle Zusammenarbeit mit zwei tollen Frauen. Vielen Dank, ihr beiden.

Wie immer schulde ich Barry, Rachel, Imogen, Nicki und dem Rest des Chicken-House-Teams in Großbritannien großen Dank. Und Caroline bei Christopher Little.

Liebster E. und ihr Kinder, vielen Dank für alles. Ohne euch würde ich es nicht schaffen.

Außerdem finde ich es überaus passend, dass diese Ausgabe im Jahr des diamantenen Thronjubiläums von Queen Elizabeth II. herauskommt, die vor sechzig Jahren den englischen Thron bestieg. Sie ist eine außergewöhnliche Frau. Jenny würde ihr bestimmt auch ganz herzlich zum Jubiläum gratulieren wollen.

Was ihr tun könnt

Manchmal geht es nicht darum, was ihr tun könnt, sondern darum, was andere für euch tun können. Wenn ihr jemanden in der Familie habt, der an einer psychischen Krankheit leidet (und dazu gehören viele Menschen), müsst ihr euch nicht allein fühlen. Bei Organisationen wie SANE (SANEline und SANEmail) und Childline wissen sie, wie es euch geht, und sie sind da, um euch zu helfen. Seht sie euch im Internet an. Ruft an oder schreibt eine E-Mail. Fragt, was sie für euch tun können.

Nach Angaben der Organisation 1GOAL gibt es 72 Millionen Kinder auf der Welt, die nicht zur Schule gehen können. Ihnen könnt ihr helfen. Wie? Vorschläge gibt es zum Beispiel bei Organisationen wie Actionaid und Unicef. Seht euch ihre Websites an (actionaid.org und unicef.de). Vielleicht könnt ihr über eure Schule die Patenschaft für ein Kind übernehmen. Ich unterstütze außerdem die SOS-Kinderdörfer. Vielleicht müsst ihr gerade für Prüfungen lernen und könnt es euch nicht vorstellen, aber je mehr Kinder eine gute Schulbildung bekommen, desto besser wird unsere Welt.

Sophia

Möchtest du noch mehr von Sophia Bennett lesen?
Dann findest du hier eine Leseprobe aus ihrem neusten Buch
»Der Look«:

1

Improvisieren:
  a. (Musik) an ein Thema gebunden frei spielen
  b. (Theater) frei Erfundenes von der Bühne sprechen, seinem Rollentext hinzufügen

Das ist die offizielle Definition im Wörterbuch. Ich habe auf Papas Computer nachgesehen, während ich warten musste, bis Ava ihren Flötenkasten gefunden hatte. Und dann gibt es noch eine Bedeutung:

Improvisieren:
  etwas ohne Vorbereitung, aus dem Stegreif tun

Das trifft es bei uns. Ava hat mich dazu verdonnert, mit ihr Straßenmusik zu machen. Aber wir improvisieren nicht nur musikalisch. Neuerdings ist unser ganzes Leben improvisiert.

»Meinst du wirklich, das funktioniert?«, flüstere ich skeptisch, als Ava den letzten Refrain von »Yellow Submarine« runterleiert.

Sie verbeugt sich strahlend.

»Wir sind große Klasse! Vertrau mir«, flüstert sie zurück.

Das Problem ist, ich vertraue ihr nicht. Das letzte Mal, als ich meiner großen Schwester vertraut habe, hat sie mir versichert, es wäre nichts dabei, im Biene-Maja-Kostüm zum Schulsport zu gehen (mit Flügeln und allem), wenn man sein Turnzeug bei der Oma vergessen hätte. Die Lehrerin ließ mich eine ganze Stunde lang in dem Kostüm vorturnen, inklusive Hula-Hoop. Ava findet die Sache bis heute wahnsinnig komisch. Manche Erinnerungen verfolgen einen für den Rest des Lebens.

Wenigstens hat sie mir heute ein Drittel der Einnahmen versprochen, was eigentlich verlockend klang. Ich will mir davon ein paar neue Graphitstifte zum Schraffieren kaufen.

»Jesses Cousine hat letzte Woche fünfzig Pfund verdient«, sagt Ava, als könnte sie Gedanken lesen. Dabei wird ihr Blick ganz verträumt, wie immer, wenn sie von ihrem Freund aus Cornwall redet – oder von jemandem, der irgendwie mit ihm verwandt, bekannt oder verschwägert ist.

»Du meinst Jesses Cousine, die Konzertgeigerin?«

»Mhm.«

»Die in einem Orchester spielt?«

»Okay«, sagt Ava. »Aber sie hat auf der Straße in Truro gespielt, wo sich Fuchs und Hase Gute Nacht sagen. Wir sind eindeutig im Vorteil.«

Sie hat Recht. Was den Standort angeht, könnte es nicht besser sein: Wir stehen auf der Carnaby Street im Herzen des Londoner West End, mitten im Rummel der Samstags-Einkäufer, die in der Frühsommersonne bummeln gehen. Wären wir die Cousine von Avas Freund, würden wir heute bestimmt ein Vermögen machen. Allerdings hätte sie bestimmt nicht *Einfache Beatles-Melodien für Anfänger* im Programm. Und sie hat ihr Instrument nicht mit fünfzehn abgewählt wie Ava. Und sie würde sich nicht von ihrer kleinen Schwester begleiten lassen, die bis dahin noch nie ein Tamburin in der Hand gehabt hat.

Also. Wir improvisieren. Mehr schlecht als recht.

»Ich schätze, wir verdienen mindestens das Doppelte«, sagt Ava zuversichtlich. »Sieh dir all die Leute an, die stehen bleiben.«

»Vielleicht hat das mit deinem Top zu tun.«

»Was ist damit?« Sie sieht an sich hinunter. »Immerhin cooler als dein T-Shirt.«

»Nichts ist damit«, seufze ich.

Ava hat heute Morgen eine Dreiviertelstunde gebraucht, bis sie sich für das knappe lila Top und die abgeschnittenen Jeans entschieden hat, die sie trägt, und weitere fünfundzwanzig Minuten für ihr Make-up. Wie immer sieht sie fantastisch aus: dunkles, glänzendes Haar, veilchenblaue Augen, weibliche Kurven und ein strahlendes Lächeln – wobei Letzteres gedämpft ist, weil sie sich irgendeinen Virus eingefangen hat, aber sie sieht sogar an schlechten Tagen umwerfend aus. Wir geben ein ungleiches Paar ab: die coole Abiturientin, die aussieht wie ein Filmstar in zivil, und ihre schlaksige kleine Schwester, die aussieht, als hätte man einen Laternenmast in Bermudashorts gesteckt.

Ich wünschte, ich könnte mich so zurechtmachen wie sie, und ich habe es versucht, aber es funktioniert einfach nicht. Mir fehlt das gewisse Etwas. Als sie sich vorhin gebückt hat, um die Flöte aus dem Kasten zu nehmen, hat sie sogar eine Runde Applaus von ein paar Bauarbeitern geerntet. Allerdings waren die schnell wieder weg, als Ava zu singen anfing. Anscheinend haben auch Bauarbeiter sensible Ohren.

»Wie viel haben wir bis jetzt eingenommen?«, fragt Ava hoffnungsvoll.

Ich werfe einen Blick in den Flötenkasten, der offen zu unseren Füßen steht.

»Eine leere Bonbontüte, ein Kaugummi und einen Parkschein.«

»Oh.«

»Aber da drüben steht ein Typ, der die ganze Zeit rüberstarrt. Siehst du ihn? Wenn wir Glück haben, gibt er uns ein Pfund oder so was.«

Sie seufzt erschöpft. »Das reicht nicht für ein Zugticket nach Cornwall. Wenn es so weitergeht, sehe ich Jesse nie wieder. Lass uns ›Hey Jude‹ spielen. Als ich das letzte Mal ›Hey Jude‹ gesungen habe, stand in der Zeitung: ›Muss man gehört haben‹, weißt du noch?«

Ich grinse. Ich erinnere mich an das Zitat aus der Weihnachtsausgabe unserer Schulzeitung. Ich glaube, der vollständige Satz war: »muss man gehört haben, um es zu glauben«, und ich bin mir nicht sicher, ob es ein Kompliment sein sollte. Langsam verstehe ich, warum Ava es nicht geschafft hat, ihre Freundinnen zum Mitmachen zu überreden.

Ava pustet ein paarmal in ihr Instrument, dann schmettert sie die Anfangsakkorde. Ich schüttele, so gut ich kann, das Tamburin und versuche den Blicken der Passanten auszuweichen. Der Text heißt: »Take a sad song and make it better«, aber Avas Trauerspiel zu verbessern, liegt jenseits meiner musikalischen Fähigkeiten. Ich kann nur lauter spielen.

In der Zwischenzeit schlendert der Mann von der anderen Straßenseite langsam auf uns zu. Mir kommt der Verdacht, dass er Zivilpolizist sein könnte, falls Zivilpolizisten Lederjacken und orangefarbene Rucksäcke tragen. Vielleicht dürfen wir gar nicht hier spielen und jetzt will er uns verhaften. Oder schlimmer noch, er ist ein Kidnapper und späht seine nächsten Opfer aus.

Glücklicherweise habe ich in der fünften Klasse Judo gelernt. Und ausnahmsweise ist meine Größe ein Vorteil. Während Ava von Mama die Hollywoodschönheit geerbt hat, habe ich Papas Gene, der schlaksige 1 Meter 98 groß ist. Von ihm habe ich auch die buschige Mono-Augenbraue, die mir wie eine Raupe quer über das Gesicht kriecht. Ich bin zwar noch nicht ganz so groß wie Papa, aber dem Lederjackentyp kann ich auf den Kopf spucken. Wenn es hart auf hart kommt, habe ich im Nahkampf gute Chancen. Natürlich nur, falls er kein Judo kann.

Als ich mich nach Ava umdrehe, ist sie verschwunden. Dann sehe ich, dass sie auf dem Kopfsteinpflaster sitzt, den Kopf zwischen den Knien.

»Alles klar?«, frage ich. Sie hätte besser frühstücken sollen.

»Ja. Muss mich nur ausruhen. ›Hey Jude‹ war schwerer, als ich in Erinnerung hatte. Übrigens sitze ich hier schon seit zehn Minuten. Du hast dein Tamburin allein geschwungen.«

»Wirklich?« Sie übertreibt. Hoffe ich. Ich lasse das Tamburin sinken. »Ich habe den Mann da beobachtet. Meinst du, er ist Polizist? Was hat er da in der Hand? Ein Walkie-Talkie?«

Ava folgt meinem Blick. »Nein. Ich glaube, das ist ein Fotoapparat. Oh! Vielleicht ist er Scout.« Sie steht auf, um besser sehen zu können.

»Glaube ich nicht«, sage ich. »Dafür ist er doch viel zu alt und er hat auch kein Halstuch oder kurze Hosen an.«

Ava verdreht die Augen. »Ich meine Modelscout, nicht Pfadfinder, du Blödie. Hier in der Gegend wurde Lily Cole entdeckt.«

»Lily wer?«

»Internationales Supermodel. Du hast keine Ahnung von Mode, oder, Ted?«

»Mama sagt, Rot und Rosa beißen sich, dabei hab ich immer gefunden ...«

Doch Ava rammt mir den Ellbogen in die Rippen. »Hey! Er kommt auf uns zu. Tu einfach ganz normal.«

Oje. Er ist also wirklich von der Polizei. Ich spüre es. Jetzt landen wir im Kriminalregister. Zumindest Ava. Ich bin wahrscheinlich noch zu jung. Außerdem war ihr »Hey Jude« viel krimineller als mein bisschen Tamburin.

»Hallo Mädels«, sagt der Mann und lächelt uns an. »Wie geht's euch heute?«